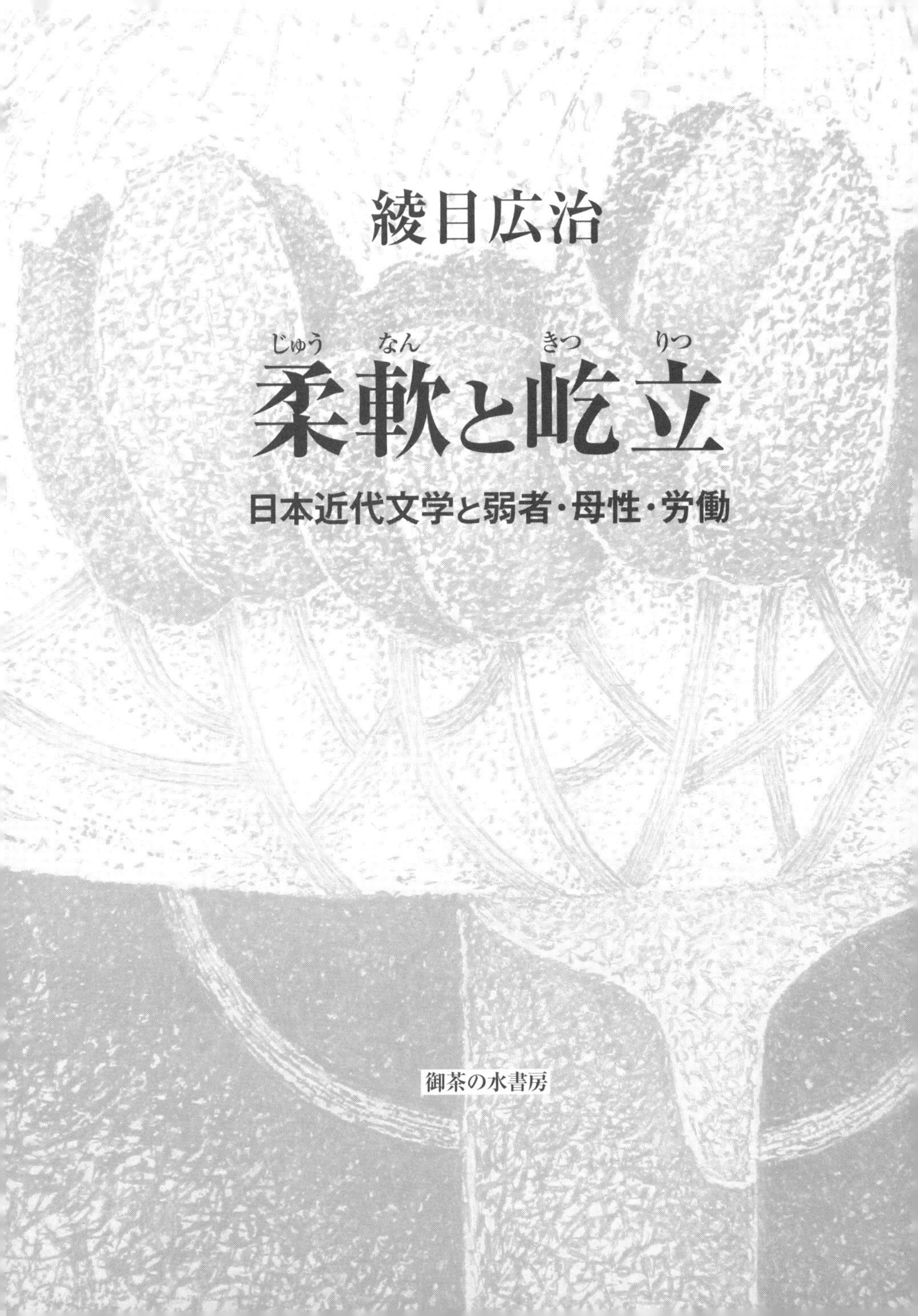

綾目広治

柔《じゅう》軟《なん》と屹《きつ》立《りつ》

日本近代文学と弱者・母性・労働

御茶の水書房

柔軟《じゅうなん》と屹立《きつりつ》　目次

目次

Ⅰ　戦前まで

Ⅱ　戦前から戦後へ

Ⅲ　現代へ

柔軟《じゅうなん》と屹立《きつりつ》——日本近代文学と弱者・母性・労働

I　戦前まで

森鷗外「舞姫」
——作者の虚構と読者の虚構

一　なぜ虚構か

私小説のような例外はあるが、一般に作家は小説制作において虚構という方法を用いる。それはどういう理由からであろうか。すぐに思いつく理由は、テーマを明瞭にするために一種の実験装置として虚構の方法が採られるというものであろう。そのことに関して杉山康彦は『ことばの藝術』（大修館書店、一九七六〈昭和五一〉・三）で、「（略）「自然界の事物」に対する「幾何学の図形」のように、幾百万人の世界の葛藤に対し、何人かの主人公による葛藤の、幾何学の図形を作り上げること、それが虚構というものであろう」と述べている。現実の世界は混沌として複雑であって、「自然界の事物」はその一例である。だから、事物の真の特徴はどこにあるのか、その本質は何かということが見えにくいのが常である。それに対して、「幾何学の図形」は事物の明瞭な形を現わしていて、その事物の特徴や本質をはっきりと示してくれるのである。作家が虚構を用いるのもそれと同じであって、事柄や事態の性質や特徴を明確にしてその本質を際立たせるためだというわけである。

おそらくこのことが、虚構の方法が小説制作において用いられる、最大公約数的な理由と言っていいであろう。虚構の小説によって作者は、問題の本質の輪郭をくっきりと浮かび上がらせることができるのである。また読者の方も、明瞭になった問題の輪郭や本質を学び取るのである。もっとも、学び取られた輪郭に、たとえ普遍性があったとしてもそれは抽象的であるから、すぐさまそれを現実の問題に適用することはできない。読者は小説から学び取ったものを言わば〈物指し〉にして、現実を測定することで、複雑を極めている現実の問題を考えたり対処したりする際の参考にするのである。

今は読者のことはさておくとして、虚構をこのように考えてくると、小説における虚構は、社会学者のマックス・ウェーバーが『社会科学方法論』（富永祐治他訳、岩波文庫、一九三六〈昭和一一〉・一一）などで語った〈理念型〉の概念に通じてくると言える。ウェーバーは、無限に多様な構造を持つ現実を全面的にもれなく認識することは不可能であるから、一定有限な部分を研究者の価値理念（あるいは認識関心）に関わらせて抽出し、それを純粋な極限概念に仕立て上げ、それを模範型あるいは平均型、すなわち〈理念型〉として、多様複雑な現実の分析に役立てようとした。〈理念型〉をまさに〈物指し〉にすることによって、問題の本質をより明瞭な形として理解することができるし、普通には見えなかった事柄も見えてくるわけである。

この〈理念型〉の考え方は、小説における虚構の問題を考える場合にもほとんどそのまま適用できるだろう。たとえば、西郷竹彦は『虚構としての文学　文学教育の基本的課題』（国土社、一九九一〈平成三〉・一一）でこう述べている、「芸術家としての作家たちは、虚構によったとき、はじめて「混沌としたもの」をあきらかにすることができたのです」、と。西郷竹彦は『虚構の方法・世界　展開法と層序法と折衷法』（光村図書出版、二〇〇五〈平成一七〉・一〇）では、「「虚構の世界」は、そのものの隠れた本質を、見えなくなっている本質をしっかりわからせてくれるものになることです」、というふうにも語っている。

このように、虚構を〈理念型〉の概念と繋げて考えてくると、虚構の問題はいわゆる〈典型論〉とも繋がってくることがわかるが、言うまでもなく〈理念型〉は、それ自体としては現実のどこにも存在していない。だから、〈理念型〉は非現実ではあるのだが、しかしそれは現実から抽出され純粋化されたものでもあるから、現実と繋がってもいるのである。このことは虚構についても言える。したがって、虚構は両義的な性格を持っているのである。そのことに関しても、西郷竹彦は「新文芸学講座――虚構論」（『西郷竹彦　文芸・教育全集』〈恒文社、一九九八〈平成一〇〉・七〉所収）で、「虚構とは現実をふまえ、現実をこえるところに成立する世界である。／現実と非現実を止揚・統合するところに虚構がある」、と述べている。

一般的には虚構というものは、以上のように定義づけて説明することができるだろうが、このように説明すると、ここから虚構の言わば効用というもの、とくに読者にとっての効用が幾つか出てくることもわかる。たとえば、虚構は見えなくなっている現実の問題の本質を浮き彫りにするものであるから、虚構によってその本質に気づいた読者は、現実に対しての姿勢が変ってくるだろうし、ときには批判的に対峙するようにもなるであろう。あるいは、批判までは行かなくても、自分を囲繞《いにょう》している現実に無反省であった、それまでの自分のあり方を省みようとするかも知れない。さらには、読者は虚構によってあり得べき現実や社会のあり方についての暗示を受け、自らも社会もそれに向けて変革しなければならないということを学ぶかも知れない。

これらの効用は作者にとっても同様であって、何よりも作者は自分の小説の最初の読者なのである。おそらく、優れた小説のほとんどは、あらかじめ作家の頭にはっきりとした主題なり理念があって、それを紙の上に書き表したものであるというよりも、作者も小説を書き終わってから初めてその主題や理念を自覚的に捉え返すことができた、というような制作物なのである。作家も虚構の方法によることで、見えなかったものを見ることができたのである。

さて、虚構についてはほぼ以上のようなことが言えるが、しかし、なぜ作者が虚構の方法を用いるのかという問題を、作者の言わば実人生と絡めて考えたときには、別の様相が出てくる。作者の実人生にとって虚構の方法はどういう意味や効用があるのか。あるいは作者の実人生にとって虚構はなぜ必要なのか。この問題に端的な解答を与えているのが、伊藤整の『小説の方法』（一九四八〈昭和二三〉・一二）である。『小説の方法』は私小説論の性格も持っているが、伊藤整によれば、日本の私小説作家も虚構の小説を書いた近代西欧の作家も、小説を書く動機は同じであって、ともに作者の「強烈なエゴの発露」が動機なのであり、つまりは「作者その人のひそかな告白」がその動機だったのである。ただ、戦前の日本はそもそもエゴ（個我）そのものを認めるような成熟した近代社会でなかったために、私小説家たちは一般社会から「逃亡」して、文壇という小さな共同体の中でエゴの告白合戦をしたのであり、それが私小説であった。それに対して、近代の西欧は互いにエゴの存在を認め合う成熟した社会ではあったが、西欧ではそのエゴの声を露骨に表わすことは小説においても憚られたために、その声を「偽装」することが行われたのである。その「偽装」がすなわち虚構なのである。

伊藤整は同書で次のように述べている。「（略）個我の声が切実なものであり、自己にあまりに即したものであるときに、それは一人の密室で読まれるにしても社会に公表されるのであるから、羞と不都合とから作者を守るために仮装を、虚構を必要とする。小説における虚構は、この必要から生れるので、告白と懺悔が真実であり、真剣であれば、それは必然にそれだけ多くの虚構のなかに自己を隠すのである」、と。ひょっとすると、この論は少々下衆《げす》の勘ぐりめいてはいないかと思う向きがあるかも知れないが、私は説得力あるものだと考えている。少なくとも、小説の虚構は、作家の実人生に対しての顧慮からなされる場合があるということは言えるのではないだろうか。森鷗外の「舞姫」は、虚構の問題においてこの伊藤理論に適合する小説なのである。

二　作者の虚構

森鷗外は「鷗外漁史が『うたかたの記』『舞姫』『文つかひ』の由来及び逸話」（一八九七〈明治三〇〉・一一）で、「『舞姫』は実事に拠ツてかいたものではありません、能く如彼《あゝ》いふ話はあるもんです（略）」と語っている。たしかに、たとえば主人公の太田豊太郎の父親はすでに亡くなっていて、豊太郎は母一人の手で育てられたことになっているが、鷗外は両親に育てられ、『舞姫』執筆当時も両親は健在であったというような違いがある。もっとも、ヒロインのエリスのモデルと思われる人物が、ドイツから日本にやってきたという実際の出来事がある。ただ、そのモデルの女性もエリスのような貧しい踊り子ではなく、今野勉『鷗外の恋人　百二十年後の真実』（NHK出版、二〇一〇〈平成二二〉・一一）の調査によれば、その女性は日本への船では一等船室の客であったようである。言うまでもないが、貧しかったならば一等船室で長い船旅を過すことはできないだろう。同書によって、実際にもその女性が富裕層の人間、少なくとも中流以上の階層の人間であったことが明らかにされている。また、その女性にはエリスのような懐妊の事実も無かったらしい。

このような事実を見ると、なるほど鷗外の発言には肯われるものがあると言いたくなる。さらに、鷗外は「舞姫」執筆の後、それを雑誌「國民之友」（一八九〇〈明治二三〉・一）に発表する前に森家の家族の前で朗読会を開いているのである。鷗外の妹である小金井喜美子によると、朗読会では集まった人たちは、朗読会が終わった後、ほっと溜息をついたらしく、小金井喜美子は、よく書けていますねと言ったようである。その朗読会のあった年、すなわち一八八九（明治二二）年の三月に鷗外は赤松登志子と結婚したばかりであった。もしも、「舞姫」が「実事に拠ツてかいたもの」であったならば、たとえエリスのモデルと思われるドイツ人女性が鷗外帰国直後に追いかけて日本へやってきたことを知っている家族の前であっても、その事の顚末を語っているような小説を朗読する会を催すことはできなかっただろう。と言うよりも、家族の前だからこそ、なおさらに朗読をすることなどできなかったはずである。

鷗外を日本まで追いかけてきたドイツ女性は、今野勉の調査によれば、本名をアンナ・ベルタ・ルイーゼ・ヴィーゲルトと言い、日本への滞在期間は一ヵ月と一週間ほどであるが、その間に鷗外は僅か二度会っているだけであり、このドイツ女性の問題の〈処理〉には鷗外はほとんどタッチしなかった。鷗外とその女性との間には通常の関係以上のものがあったことを考えると、その対応の仕方にはやはり冷たいものがあったと言えようか。あるいは、どういう理由があったにせよ、結果的には自分の将来を考えての打算もしくは保身のための対応であったとも言える。その対応には、エリスに対する太田豊太郎の対応に通じるものがあったと考えてもいいだろう。ともかく、そのドイツ女性は森家の人たちによって説得されて、ドイツへの帰国の途に着いたのである。

以上が日本における実際のエリス問題の極めて簡単な経緯なのであるが、ドイツでの関係については「独逸日記」を見ても全くわからないのである。他の女性とのことは書かれてはいるものの、「舞姫」の素材となるような事柄については何も書かれていない。二人の間には濃い関係があったはずだが、その関係は「舞姫」の物語によって昇華された形で私たちに残されているだけである。虚構という、まさに伊藤整言うところの「偽装」もしくは「仮装」によってのみ、それは語られているわけである。そしてその物語は、関良一が「森鷗外「舞姫」の成立」(『国文学　解釈と鑑賞』、一九六一〈昭和三六〉・九)で指摘している、十代の鷗外が嗜読したとされる才子佳人の物語の、その類型を踏まえつつ、前述したように現実の関係が虚構として昇華された形で語られているのである。では、どのように語られているのか。次に簡単に物語の梗概を追いながら、その内容を見てみよう。

主人公の太田豊太郎は幼いときから秀才で、また勤勉でもあって、周囲の期待に応える人間であった。勤めるようになってからもそのことに変わりなく、そのため「官長の覚え殊なりしかば」、ドイツに官費留学することになる。ただ、その秀才ぶりは豊太郎本人に言わせれば、「たゞ所動的、器械的の人物」であることの結果でもあった。だが、ベルリンの「自由なる大学の風に当」ることで、豊太郎は、「奥深く潜みたりしまことの我」が「表にあらはれて」きて、そうなると法科の勉学よりも「歴史文学に心を寄せ」るようにもなる。規矩に嵌《はま》った、これまでの型通りの秀才タイプから、豊太郎ははみ出しつつあったのであり、エリスとの出会いはそういうときに起こる。豊太郎は自身のことを「弱くふびんなる心」を持った人物だと語っているが、それは別の言い方をすれば、弱く貧しい者に対して「憐憫の情」や同情を寄せる人物でもあったということである。だから、貧しいエリスに深く同情したのである。

ところで、豊太郎が秀才であったこと、そのためドイツに官費留学するようになったところなどは、たしかに鷗外自身が投影されているのだが、その性格や人物像は鷗外と異なっていることに注意しなければならない。鷗外は豊太郎が森林太郎でないことを周到に語っているのである。伊藤整の言う「仮装」である。そうしておいて、鷗外は豊太郎とエリスとの関係を多くの才子佳人の物語類型に沿って描いていく。二人の出会いが「或る日の夕暮」であったという設定も、平岡敏夫が『〈夕暮れ〉の文学史』（おうふう、二〇〇四〈平成一六〉・一〇）で述べているように、「才子と佳人の出会いによく用いられる」ものである。その後の話も、才子は自分の出世のために佳人の愛を犠牲にするという類型に沿って展開していく。

エリスとの交際が官僚組織の上層部の知るところとなり、また留学生たちによる「讒誣」もあって豊太郎は官を罷免される。そういうとき、日本から母の死を告げる便りも来て、悲劇的な形ではあるが、ともかくも豊太郎はこれまでの束縛から解き放たれたのである。豊太郎の罷免に深く同情したエリスと、豊太郎はこのとき初めて結ばれたようで、豊太郎はこう語っている。「（略）余が彼を愛づる心の俄に強くなりて、遂に離れ難き中となりしは此の折なりき」、と。その後、豊太郎は友人の相沢謙吉の「助け」で新聞社の仕事で生計を立て、エリスとその母親の住む住居に同居するようになる。やがてエリスが妊娠したことがわかった頃、豊太郎は相沢の斡旋で天方伯から翻訳の仕事を任せられ、さらに天方伯のロシアへの出張にも通訳として同行する。そしてドイツに帰って、天方伯より有能さを認められた豊太郎は、豊太郎にはドイツでの「様々な係累」は無いと相沢から聞かされていた天方伯に、「われと共に東にかへる心なきか」と言われ、生来の弱気からそのことを承諾したとされる。「嗚呼、何等の特操なき心ぞ、「承はり侍り」と応えるは」、と。

以後、物語はよく知られているように、豊太郎の「帰東」の話を相沢から聞かされたエリスは発狂し、「生ける屍」となって「瘋狂院」に入ることになる。豊太郎は最後にこう語る、「嗚呼、相沢謙吉が如き良友は世にまた得がたかるべし。されど我脳裡に一点の彼を憎むこゝろ今日までも残れりけり」、と。

さて、このように梗概を追ってくると、「舞姫」にある問題も幾つか見えてくる。何よりも豊太郎はエリスを捨てたことについて相沢に責任転嫁していることである。自分の責任については自らの気の弱さのせいにして、〈致し方なかった〉というふうな自己弁護で話を収束させている。あるいは、物語全般がその自己弁護に有利なように展開されていると言えようか。たしかに、豊太郎のエリスへの気持は免職になったときに高まったのであるが、ということは元々エリスに対して愛情というものは、それほどでもなかったのではないかということでもあろう。鷗外自身も「気取半之丞に与ふる書」（一八九〇・四）で、「太田生は真の愛情を知らず」と述べている。そもそも、豊太郎はベルリンに来て「まことの我」に目覚めたと言っているが、それは錯覚ではなかったかという問題もあるかも知れない。また、気取半之丞こと石橋忍月が「舞姫」（一八九〇・二）で述べているような矛盾、すなわち豊太郎は自らを「臆病」などと言いつつも、他方では「果断」であるということも言っていて、そこにも矛盾があるのである。

このような問題群が「舞姫」にはあって、これまでも多くの「舞姫」論が書かれてきたのである。確実に言えることは、やはり「舞姫」が鷗外の実体験を大きくデフォルメして書かれた虚構の話であったことである。何のためにということになると、一つは必ずしも気の進まない結婚をしたことへの反発や、また悲恋の物語を歌い上げることで、自らもその中にいる公的世界に対しての抵抗を語って見せたということなども考えられよう。虚構という「仮装」を用いることによって、それらの気持を込めたわけである。他方では、エリスとのことは、「人材を知りてのこひにあらず、慣習といふ一種の惰性より生じたる交なり」という相沢の発言（間接話法であるが）を書き記すことで、新妻の登志子に対して、それなりの気遣いも語っているという見方もできなくはない。そうならば、これも「仮装」に込められた、作者の実生活を顧慮したメッセージである。

　おそらく、鷗外自身もすっきりと整理できていないところもある、それら様々な思いを、虚構の小説に込めながら、ドイツの思い出に纏わる青春への挽歌が、すなわち「舞姫」であったと言える。そして、すでに見たように「舞姫」は伊藤整理論の模範例のような小説なのである。だが、それだけではなく、読者の読みによって、作者が深くは捉え返していなかった問題を浮き上がらせることができる小説でもある。

三　読者の虚構

「舞姫」が立身出世を取るか恋を取るかという問題を扱っていること、だから「舞姫」は才子佳人物語であるという見方ができるわけだが、立身出世に関しては小説の中では、「我名を成さむも、我家を興さむも」とか「模糊たる功名の念」などの言葉で語られているだけである。もちろん、これまでの「舞姫」論者もその問題を指摘しつつ論を展開しているのだが、それは論の背景として論及されることはあっても、そのことが前面に出てきて主題的に論じられるような論は、稀なのではないだろうか。しかし、立身出世の問題は考えられている以上に明治以降の青年にとって大きな問題であったと言え、太田豊太郎もその立身出世のエートス（雰囲気）の中に全身を浸らせていたのである。

　しかし、「舞姫」ではその問題に言及されてはいるものの、追究はされていない。自明の如く語られているだけである。しかし、その問題こそ「舞姫」読解の急所なのではないだろうか。あるいは、イーザーやヤウスなどの受容美学の言葉で言うならば、その急所は小説の中の空白箇所であると言えようか。先にも引用した「新文芸学講座――虚構論」で西郷竹彦は、「作者が意図しなかったような見方・考え方を読者がすることで、作者も意図しなかったような広い、あるいは深い意味づけが可能になる。それを読者も虚構するというのです」、と述べている。立身出世の問題はそれであると思われる。

もしも、立身出世のことが無かったならば、豊太郎はエリスと幸せで穏やかな家庭生活を営んだであろうし、そうなれば「舞姫」という物語は成立しなかったであろう。ここで、視野を同時代の小説に拡げて見るならば、坪内逍遥の「当世書生気質」は、やはり恋と学業（立身出世）との板ばさみに悩む物語で、主人公の青年は結局学業の方を選ぶ話であり、また二葉亭四迷の「浮雲」は立身出世しなければ恋も成就しない話であった。日本の近代文学の出発期におけるこれら代表的な小説は、いずれも立身出世の問題を物語の枢要のところに置いていたのである。立身出世の問題が当時の青年たちにとって、とりわけ有為の青年たちにとって、いかに重要な問題として意識されていたか、ということがわかる。

E・H・キンモンスは『立身出世の社会史』（広田照幸他訳、玉川大学出版部、一九九五〈平成七〉・一）で、「（略）一八八〇年代に登場してきた新しい知識人層も、基本的には秩序への同調者であり、人間的なすべての感情を排除してまでも立身出世を遂げようとしていたことが、当時の評論や小説の中からはっきりわかる」、と述べている。もっとも、太田豊太郎は簡単に「人間的なすべての感情を排除」したのではなく、彼なりに苦しんだのではあるが、しかしながら結局は彼も一八八〇年代の青年らしく、その感情を抑えて立身出世の道を選んだのである。

従来、「舞姫」が近代的自我の確立という観点から論じられるとき、豊太郎のこの選択に関しては、自身は目覚めたと思っていた彼の自我は、実は中途半端で弱いものだったのではないか、ということをめぐって議論されることが多かった。その際、近代的な自我は国家や社会と対立するものとして捉えられていた。あるいは、近代的自我の確立とはそういうものだ、というふうに。しかしながら、近代的にしろ何にしろ、自我は独立自存のものとして、確立されたり存在したりするようなものではないのではないか。

精神分析のジャック・ラカンは、『精神病』上巻（小出浩之他訳、岩波書店、一九八七〈昭和六二〉・三）で、「人間の関心の対象とは他者の欲望の対象である」として「人間の自我《モワ》とは他者である」と述べている。社会学の浅野智彦も「近代的自我の系譜1（略）」（『岩波講座現代社会学2（略）』〈一九九五・一一〉所収）で、「社会学的な視座から見るならば、自己とは（略）自己に向けられた他者のまなざしが自己の内に取り込まれて自分自身に向けられるまなざしになるとき、そのときに自己が成立する」、と語っている。

このように、自我は他者の欲望や視線を取り入れることで成立するのであり、その他者とは身近な人々だけではなく、それらの人々をも取り巻いている社会や国家をも含んだもの（ラカンふうに言えば〈大文字の他者〉）だろう。太田豊太郎の自我もそういうものであったと言え、ベルリンで「まことの我」が「表にあらわれ」たというのも、自我にあるもう一つの面が「あらわれ」ただけであって、立身出世を願う自我もやはり「まことの我」だったのであり、むしろその方が自我の中心に位置していたと言うべきである。だから、結局は豊太郎が中心の方の自我に従ったのは、自然な成り行きであった。立身出世意識はあらかじめ彼の自我に強固にビルトインされていたのである。

話を拡げるならば、夏目漱石の『こゝろ』において、明治天皇睦仁の「崩御」に続く乃木大将の「殉死」

という出来事から、「明治の精神」への「先生」の「殉死」ということが、小説の展開からはまさに唐突に出てくるが、この唐突さも「先生」の自我には明治の天皇制国家という他者の価値意識や規範意識がビルトインされていたからだと考えれば、それほど不思議なことではない。「先生」の自我も元来そういう自我だったのだ。

こう見てくると、「舞姫」がエリスとの恋愛悲劇の物語であることは間違いないが、それよりも読者が剔抉《てっけつ》しなければならないのは、豊太郎が浸っていた立身出世意識のエートスの方ではないか、ということが言えそうである。少なくとも〈自我〉対〈国家や社会〉という観点は、失効しているのではなかろうか。「自由と独立と己れ」ということを語った『こゝろ』の「先生」の自我も、明治国家の価値観には驚くほど従順だった。豊太郎も立身出世意識において然りであって、鷗外はその問題の表面を撫でているだけで、鍬を全く入れていないのである。「舞姫」読解において読者が鍬を深く入れなければならないのは、その問題である。その鍬入れは、西郷竹彦の言う「読者も虚構する」一例であろう。

漱石文学と探偵小説

一

夏目漱石の文学と探偵小説との関わりについては、すでに宇野浩二が一九四九（昭和二四）年二月に「文藝春秋別冊」に「愛読する作家」というエッセイの中で、谷崎潤一郎が探偵小説好きであったことに触れながら、「（略）潤一郎とほとんどおなじぐらゐ、探偵小説をかいたのは、夏目漱石であり」云々ということを述べている。もっとも、宇野浩二は漱石文学の中で具体的にどの小説がその「探偵小説」に該当するのかは、述べていない。江戸川乱歩はこの宇野浩二の見解をほぼ肯定する形で「愛読する作家」を引用しているが、しかし江戸川乱歩もまさに探偵役が登場する『彼岸過迄』（一九一二〈明治四五〉・一～四）に言及しているのみで、他の小説等については具体的な指摘はしていない。

それらより一歩踏み込んだ指摘をしているのが、雑誌「近代文学」（一九五三〈昭和二八〉・一二）に掲載された、荒正人の評論「漱石の暗い部分」である。荒正人は、「漱石は、意識の上では探偵を憎み、その下では愛してゐたのである」と述べ、その気持ちが『吾輩は猫である』（一九〇五〈明治三八〉・一～一九〇六〈明治三九〉・八）で「猫といふ探偵を生んだのである」（傍点・原文）ということを指摘し、さらには主人公が探偵的行動をする『趣味の遺伝』（一九〇五・一二）に論及するなどして、次のように述べている。「私は探偵風の人物の登場する作品の系列を心に描く。――『明暗』『行人』『彼岸過迄』『草枕』『坊つちゃん』『趣味の遺伝』『吾輩は猫である』と溯ることができる」、と。このように荒正人の評論「漱石の暗い部分」は、肯綮に中《あた》る指摘をしているのだが、しかしながら探偵的人物が登場する小説の諸相の分析よりも、漱石における「父親殺しと母子相姦への願望」の問題の方に論の重心が移っていっているのである。

　これらの論者の述べているように、漱石文学と探偵小説とは繋がりがあると考えられるのではないだろうか。漱石が育った明治期には、伊藤秀雄が『明治の探偵小説』（晶文社、一九八六〈昭和六一〉・一〇）で論じているように、探偵ものの翻訳小説や翻案小説がかなり出版され、明治二六（一八九三）年一月から東京の春陽堂によって「探偵叢書」二六集が刊行され、またそれに対抗するように同年七月から大阪の駸々堂から「探偵小説」という名の叢書四九集が刊行されているのである。因みに樋口一葉の憧れの人であった半井桃水も明治二八（一八九五）年に『探偵小説　贋造紙幣』という探偵小説を刊行している。

　このように、翻案ものなどを含めて多くの探偵小説が読者の手に届けられていたのであるから、夏目漱石もそういう空気を吸っていたと思われる。もっとも、その場合の探偵小説とは、犯人当ての犯罪小説、後の言葉で言えば本格探偵小説に限られるものではなく、冒険や幻想、怪奇などが語られている探偵小説、後の言葉で言えば変格探偵小説も含まれていたのである。ここで先走って言うならば、漱石の小説の中には、本格探偵小説的な要素があるものもあれば、変格探偵小説的なものもあると考えられる。

　それらの探偵的要素のある漱石の小説について考えて行きたいが、その前に探偵や探偵稼業に対して漱石はどのようなイメージを持っていたのかということについて、まず見てみたい。実は、作家生活の初期においては、漱石は探偵というものに良いイメージを持っていなかったようなのである。

たとえば、『吾輩は猫である』（一九〇五〈明治三八〉・一～一九〇六〈明治三九〉・八）で夏目漱石は、「吾輩」に「凡そ世の中に何が賤しい家業だと云つて探偵と高利貸程下等な職はないと思つて居る」と言わせ、「苦沙彌先生」にも「（略）探偵と云ふいけすかない商売さ。あたり前の商売より下等だね」と言わせている。さらには、「探偵と云ふ言語《ことば》を聞いた、主人は、急に苦い顔をして」、以下のようなことを、「苦沙彌先生」が言ったとされている。「不用意の際に人の懐中を抜くのがスリで、不用意の際に人の胸中を釣るのが探偵だ。知らぬ間に雨戸をはづして人の所有品を偸《ぬす》むのが泥棒で、知らぬ間に口を滑らして人の心を読むのが探偵だ。（略）だから探偵と云ふ奴はスリ、泥棒、強盗の一族で到底人の風上に置けるものではない」、と。『草枕』（一九〇六〈明治三九〉・九）でも、「余」に「掏摸《すり》の親分たる探偵」という言い方をさせている。小説中の人物の言葉だけでなく、漱石自身も明治三八（一九〇五）年もしくは三九（一九〇六）年の「断片」で、「探偵なるものは人の目を忍んで、知らぬ間に己れの勝手な真似をするものなり」と述べている。

こうして見ると、たしかに夏目漱石は、探偵について決して良いイメージを持っていなかったことがわかるが、これは漱石一人に限ったことではなかったと言えよう。江戸時代の司法機関の末端にいた同心たちが、自分たちの手先として私的に使った岡っ引きや目明しなどは、その過去には犯罪者であった者が多かったようで、それは彼らが社会の裏事情に通じていたため同心にとっては便利だったからだが、やはり一般庶民からすれば、極道者が十手を持って威張っていることにもなり、これは不愉快なわけである。実際彼らは庶民に対して強請《ゆすり》などもやっていた。松本清張の時代物には、そういう質の悪い岡っ引きが登場する小説があるが、それは実際の岡っ引きがそうだったからでもある。だから、明治前半あたりまでは探偵というのが良いイメージで受け止められなかったのは、岡っ引きや目明しについての、そのような前代までの印象があったからである。このことに関しては、谷口基の『変格探偵小説入門』（岩波書店、二〇一三・九）でも、「いうなれば、夏目漱石の生きた時代にあって「探偵」とは、旧時代における悪夢の再現に喩《たと》うべき存在であったのだ」と述べられている。漱石一人が探偵について悪印象を持っていたのではなかったわけである。

探偵についてはそうであるが、しかし探偵小説あるいは探偵小説作家については、夏目漱石は必ずしもそうではなかったと思われる。たとえば、探偵小説の始祖とされるエドガー・アラン・ポーについて漱石は高い評価をしているのである。もっとも、それは探偵小説家としてのポーに対してというように限定しての評価ではなく、文学者としてのポーについての評価であるが。比較文学の研究者である池田美紀子は、『夏目漱石　眼は識る東西の字』（国書刊行会、二〇一三〈平成二五〉・一）で、「ポーという鋭い人間性の観察者である作家に、日本で初めて注目したのが、夏目漱石であった」と述べている。漱石はかなり早くからポーに注目して高く評価していたのである。

たとえば、本間久四郎訳の『名著新訳』の「序」（一九〇七〈明治四〇〉・一二）で漱石は、自分は「ポーに関する知識は極めて乏しい」と断った後、ポーの「作物」を読んだ感じとしては、彼は「非常な想像家の様な心持」がして、その想像は人情や性格に関するのではなく、「事件の構造に対する想像」であるとして、次のように述べている。

さうして其事件がありふれた日常見聞の区域を脱して驚くべく愕くべき別世界の消息であると思ふ。

（略）大体はもつと程度の低い外面的の不思議で好奇心を釣つてゐる。だから極端に其弊所を云ふと荒唐不稽に陥り易い。然しそれを飽く迄も、明晰に、緻密にあるときは殆んど科学的とも云ひ得べき程の描写を以て叙述して居る。（略）普通の人ならばとても思ひつけない。思ひついてもかう詳しくは書けない。所を彼は此等の愕くべき空想譚に対して、恰も眼前に展開する活動写真を凝視して筆記する様な態度で書き卸している。

ポーについては、漱石はすでに明治二九（一八九六）年一〇月の第五高等学校『龍南会雑誌』でも言及していて、かなり以前よりポーは漱石にとって関心のあった文学者であったことがわかる。また、明治四二（一九〇九）年一月号『英語青年』に「ポーの想像」という談話を掲載しているが、やはりポーについて高い評価をしているのである。その中で、今見た『名著新訳』の「序」とほぼ同じことを述べた後、「今少しPoeの想像に付て附け足しをしてみよう」として、ポーには「図抜けて豊贍な想像力」があること、「其の描写の仕方が如何にもexactに出来てゐる」こと、そしてその「exact」は「専門技師の設計の如く」であると述べている。

夏目漱石もポーに倣って、「日常見聞の区域を脱して驚くべく愕くべき別世界」を垣間見ようとしたのが、初期の短編小説の幾つかではなかったかと思われる。それらはまさにミステリアスな世界、もっと言うと怪奇幻想的な不可思議な要素のある世界であった。次にそれについて見ていきたい。

二

「琴のそら音」（明治三八〈一九〇五〉・六）は、大学を出たての勤め人で二六歳の法学士の主人公である「余」

（靖雄）が、高等学校時代からの友人である文学士で心理学を研究している津田真方《まかた》のところに遊びに行き、そこで不思議な話を聞くところから物語が始まる。そのとき津田は「幽霊の本」を読んでいたようなのだが、「余」の婚約者がインフルエンザに罹っていることを聞くと、津田は「「よく注意し給へ」」と二句目は低い声で云つた」と述べられている。「余」にはその「低い声」が「頭の中へしんと浸《し》み込んだ様な気持がする」のだが、さらに津田は「注意せんといかんよ」と繰り返す。実は、津田の親戚の者がインフルエンザに罹り、そして肺炎になって死んでしまったことがあったから、そのように言ったのだが、それに関しては不思議な出来事があったのである。津田は「余」によると高校時代から成績優秀な人物で、その男が語る話だから「満更の出鱈目ではあるまい」と「余」は思う。その話とは次のような話であった。

――肺炎で死んだ、津田の親戚の者というのは若い女性で、彼女が肺炎で死んだときには彼女の夫は日露戦争に出征中だったのだが、その夫がある朝懐中の小さな鏡を見ると、その鏡の奥に写ったのが「青白い細君の病気に窶れた姿」だった。「それで時間を調べて見ると細君が息を引き取つたのと夫が鏡を眺めたのが同日同刻になつて居る」ということが、後になってわかる。実は、出征前に細君はもし自分が死ぬようなことがあっても只では死にませんということを夫に言い、さらに「必ず魂魄丈《だけ》は御傍《おそば》へ行つて、もう一遍御目に懸ります」と言ったらしいのである。――

この不思議な話を聞いた後「余」はひとまず自宅に帰り、手伝いの「婆さん」に留守中に変わったことが無かったかを確かめる。とくに何も無かったようなのだが、犬の遠吠えが聞こえて、「婆さん」は「今夜は鳴き方が違ひますよ」と言い、また「余」の婚約者に何かあったのではないかと言い、さらには巡査がやってきて賊がやってこなかったかを聞くということがあるなど、その夜は主人公の「余」の不安を掻き立てるようなことがあった。眠られない夜を過ごした「余」は、翌朝早く婚約者の「露子」のところに行く。

そうすると、「露子」のインフルエンザはすでに治っていて、主人公の心配は杞憂であったことがわかるのである。その後「露子」が「余」の家にやって来て昨夜来のことを聞いて、「余」と「露子」さらに「婆さん」の三人が笑ったということで話は一応終わる。そして、その「余」の話は津田真方の著書に入れられることになったということも語られる。さらに「琴のそら音」の末尾では、「露子」の病気を心配した「余」のことを聞いた後、「気のせゐか其後露子は以前より一層余を愛する様な素振に見えた」とされていて、漱石の小説では珍しく幸福な終わり方をしているのである。

幻想的な話としては「琴のそら音」と同時期では「倫敦塔」（明治三八〈一九〇五〉・一）があるが、「倫敦塔」は場所自体が幻想や神秘を誘うものになっているため、不可思議な叙述があっても読者は抵抗なく受け入れることができるが、「琴のそら音」はそうではなく、ごく平凡な日常が語られていて、その中に非日常の世界が顔を覗かせているというところにそのミステリアスな特徴があると言える。言うまでもないが、ミステリーという言葉は推理小説という意味だけではなく、神秘や不可思議、不可解、謎といった意味も含まれている。やはりその意味で、「琴のそら音」は変格探偵小説の中に入れられていい小説である。なお、ミステリー研究家の山前譲が編者となっている『文豪のミステリー小説』（集英社文庫、二〇〇八〈平成二〇〉・二）の中に、この「琴のそら音」は芥川龍之介の「藪の中」や柴田錬三郎の「イエスの裔《すえ》」などとともに収録されている。

ミステリアスな要素は、津田が語った親戚の女性とその夫の話にあり、その後の「余」に不安を与える出来事などは別にどうということはなかったのだが、津田の語った話は、相手への想いが強ければその想いは時空を超えて伝わるという話であり、やはり不可思議で神秘的である。死の間際の妻の姿が夫の持っていた鏡に写るというのは、生き霊の話とも死霊の話とも受け取れ、聞きようによっては気味の悪い話であるが、しかしそれよりも、むしろロマンティックな色彩の濃い話として受け取れるであろう。

ミステリアスで且つロマンティックな小説としては、他にも「趣味の遺伝」（明治三九〈一九〇六〉・一）がある。ミステリアスな要素と言えば、これまでの言い方で言えば変格探偵小説的な要素ということであるが、「趣味の遺伝」はそれだけでなく、実は本格探偵的な要素も多分に含まれている小説なのである。

物語は、日露戦争下の両軍兵士たちに、「狂へる神が小躍りして「血を啜《すゝ》れ」と云ふ合図」を出して兵士たちが凄惨な戦いを繰り広げる戦場を、語り手の「余」が空想するところから始まる。そういう空想をしていると、「余」は東京の新橋で「凱旋の兵士」たちの群れに出くわし、ある一人の若い軍曹とその母親の再会の場面を見て、老いた母親を残して戦場の露となった「浩《かう》さん」（河上浩一）という親友を思い出す。翌日、「余」は「浩《かう》さん」の「遺髪」のみが眠る寂光院に墓参りに行くと、そこに見知らぬ美女が先に参っていた。その女性の美しさは「浩《かう》さんの事も忘れ、墓詣りに来た事も忘れ」るほどだった。やがて「余」は浩一の日記を母親から読ませてもらうことがあった。

「余」は、その日記の中に「浩《かう》さん」が本郷郵便局で一度だけ遭った女性の夢を三度も見たことが書かれていることを発見する。「余」は、その郵便局の女性が寂光院の女性であると考え、なぜ一度だけ遭った女性のことを浩一が夢に三度も見たのか、また女性もなぜ墓参りをしたのか、という謎を解き明かすために、かつて彼らの先祖の男女間で恋があり、それが彼らに「趣味の遺伝」として伝わったのではないか、という「仮定」を立てて、浩一の先祖が紀州藩士であったことから、紀州藩の元家老であった老人に話を聞きに行くのである。そうすると、果たして「趣味の遺伝」の仮説が立証されたと「余」は思う。老人によると、小野田帯刀《たてわき》という藩士に藩中第一の美人の娘があり、その小野田家の向かいにあった河上家の才三《さいぞう》、すなわち浩一の祖父に当たる人物と美人の娘は恋仲になったのであったが、国家老の息子がその娘に横恋慕して結局殿様の意向でその国家老の息子のところに嫁ぐことになったという悲恋話があったのである。「余」はこう述べている。

新橋で軍隊の歓迎を見て、其《その》感慨から浩さんの事を追想して、夫《それ》から寂光院の不可思議な現象に逢つて其現象が学問上から考へて相当の説明がつくと云ふ道行きが読者の心に合点出来れば此《この》一篇の主意は済んだのである。

つまり、相手のような人物を好きになる、その「趣味」が「浩《こう》さん」と「寂光院」の女性すなわち小野田の令嬢の双方に「遺伝」して、互いに想い合ったというわけである。ここで注意したいことは、「余」の結論は突飛なものであり、「寂光院の不可思議」な現象を説明する論としては、やはり幻想味のある変格探偵小説的なものであるが、しかし「探索」もしくは「探究」のあり方自体は、むしろ本格探偵小説的なのである。つまり、「余」の推理は推理の常道を行っていると言える。たとえば、浩一が逢った郵便局での女性が寂光院の女性と同一人物であるとは断定できず、そしてそれがまた工学博士の小野田の令嬢に重なるとも、その時点では断定できなかったのであるが、「余」は「（略）少しは想像を容れる余地もなくては、凡ての判断はやれるものではない」と述べている。つまり、推理における想像力の重要性を言っているわけで、このことはポーの名探偵のデュパンも言っていることなのである。さらには、あのシャーロック・ホームズも「パスカヴィル家の犬」事件で「想像力の科学的応用」ということを述べている。もっとも、ホームズは「さまざまな可能性を比較検討し、もっとも確実性のあるものを選び取ろう」とすることの大切さを言っている。その点、「余」は一つの仮説、仮定が頭に浮かんだら、とにかくその一つの仮定にしがみつこうとしていて、そこが素人探偵の悲しさではある。

さらにホームズは、同じく「パスカヴィル家の犬」事件で、自分の推理は複数の蓋然性の中から「もっとも確実性のあるもの」を選び取ろうとするのだが、これについてもあなたは「あて推量と言われるだろうが（略）」と、話相手のモーティマー医師に語っている。ホームズは「銀星号事件」でも「想像力の値打ちがわかったろう」と述べ、「恐怖の谷」事件では、複数の「可能な線」を考えることについて、「それが単なる想像であることを認めるが、想像が真実の母となることが、いかに多いか、ということはわかってくれるだろう」と、ワトソンに言っている。ここで言われている「可能な線」とは、同じ「恐怖の谷」事件でホームズが語っている「仮定」という言葉と同じ意味合いである。そして、想像力による「あて推量」すなわち「仮定」を立てることの重要性をホームズは語っているわけである。もちろん、この「仮定」は仮説のことである。

このことについて基礎医学の研究者で探偵小説家でもあった木々高太郎は、「百の仮説」（『木々高太郎全集6』朝日新聞社、一九七一〈昭和四六〉・三）で、「勇敢に仮説を作っていくことが出来るか、否かが研究者の研究が出来るか否かの分かれめである」として、その「仮説」形成において重要なものとして、やはり「想像力の養成である」と述べ、ホームズが仮説形成能力において優れていたということを語っている。「趣味の遺伝」の「余」も、想像力を駆使しながら大胆に仮説あるいは「仮定」を作っていく。たとえば、寂光院の女性について、「ことにあの女の様に立派な服装をして居る身分なら藩主の家へ出入りをするに極《きま》つて居る。藩主の家に出入りするとすれば其《その》姓名はすぐに分る。是が余の仮定である」としていて、さらに「余の考《かんがへ》によると何でも浩《かう》さんの先祖と、あの女の先祖の間に何事かあつて、其因果でこんな現象が生じたに違ひない。是が第二の仮定である」というふうに、「仮定」を立てている。また、「(略)余の仮定が中《あた》るとすると、あとは大抵余の考へ通りに発展して来るに相違ない」と述べている。そして、その藩の元家老であった「此老人に逢ひさへすれば、自分の鑑定が中るか外れるか大抵の検討がつく」、と。

　こうして見てくると、「仮定」あるいは仮説を一つしか立てず、すぐにそれを実証しようとするところ、すなわちホームズのように複数の仮説を立ててそれらを「比較検討」して最も妥当な説を選ぶのではなく、その操作を省いて一つ仮説が浮かぶとすぐにそれにしがみつくところは、先にも述べたように素人探偵の悲しさであるが、しかしながら「あて推量」かも知れないけれど、ともかくも大胆に仮説を立ててそれを検証していくやり方は、本格探偵小説における探偵たちが行う推理の王道と同じであって、「余」はその道を歩んでいるのである。その点において、この「趣味の遺伝」は本格探偵小説としても読める小説である。すなわち、仮説を立ててそれが的中していく面白さが語られた小説だということである。もっとも、三人の女性が同一人物かどうかについては確定的なことは語られていないが、しかしそれを匂わす言葉を、小説の末尾で小野田の令嬢は語っている。

　「趣味の遺伝」における本格探偵小説的な部分は以上のようなことであるが、それでは変格探偵小説的なところはどうであろうか。それは、旧時代に叶えられなかった恋の情念が、「趣味の遺伝」という形で子孫たちに伝わり、子孫同士の間でもその情念が燃えたというところにある。もっとも、男性の側の河上浩一が戦死しているのであるから、明治の世においても恋は成就しなかったわけである。それはともかくも、当時においては最先端の遺伝学を用いながらも、通常の合理主義を超え出たところで「余」の謎解きが行われているのだから、これはやはり大枠としては変格探偵小説的な話だと言っていいであろう。

ところで、漱石が探偵そのものについては低い評価しか与えていないということを先に見たが、「趣味の遺伝」においてもそうであって、たとえば「余」が寂光院であの女性を見かけたとき、彼女のことを知ろうとして後を付けて行く先を見届けようかとも思うが、しかし「それでは丸で探偵だ。そんな下等な事はしたくない」と述べている。そう言いながらも、その後「余」がやったことはまさに探偵的な行為であった。「余」もこう述べている。「探偵程劣等な家業は又とあるまいと自分にも思ひ、人にも宣言して憚《はば》からなかつた自分が、純然たる探偵的態度を以て事物に対するに至つたのは、頗《すこぶ》るあきれ返つた現象である」、と。しかし、「趣味の遺伝」という「第二の仮定」を立ててからは、「今迄は犬だか、探偵だか余程下等なものに零落した様な感じで、夫《それ》が為め脳中不愉快の度を大分高めて居たが、此《この》仮定から出立すれば正々堂々たる者だ。学問上の研究の領分に属すべき事柄である」、というふうにも思うようになるのである。

「趣味の遺伝」という小説には、凄惨な戦場の描写や戦争と個人の生の問題なども語られているが、探偵小説との関連では以上のように、その展開は本格探偵小説的でありつつ、しかしその主題は変格探偵小説的であると言えよう。そして、この辺りから探偵的なことに対しての漱石の意識も微妙に変わっていったのではないかと思われる。そのことは、探偵的な事柄に対しての「余」のアンビヴァレントなあり方に見ることができよう。探偵を「下等なもの」としつつも、他方ではそれを「学問上の研究の領分に属すべき事柄である」というふうに認めてもいるのだから。

さて、よく知られているように、この「趣味の遺伝」の四年後に、漱石はいわゆる修善寺の大患で生死の境を彷徨《さまよ》うような体験をする。そしてその大患から回復して約一年半後の明治四五（一九一二）年から『彼岸過迄』などの後期三部作を発表していく。次にこの後期三部作と探偵小説との関わりを考えたいが、その前に修善寺の大患の前に書かれた『永日小品』（明治四二〈一九〇九〉年一～三）の中の「蛇」という小品について少し見ていきたい。これは全集で言えばわずか三頁にも満たないものだが、不可思議な小品である。

雨の降る日に叔父さんと語り手の人物（少年と思われる）とが、それほど深くない川に入って魚を捕ろうとする。その川には、語り手には「大きな鰻だな」と思われたものがいた。するとその長いものが叔父さんの手を離れて向こうの土手の上に落ちる。「と思ふと、草の中からむくりと鎌首を一尺許《ばか》り持ち上げた。さうして持上《もちあ》げた儘屹《まゝきつ》と二人を見た」のだが、「覚えてゐろ」という声が聞こえる。「声は慥《たしか》に叔父さんの声であつた」とされているが、続けて「同時に鎌首は草の中に消えた」と語られている。ミステリアスなのは、語り手の人物が「叔父さん、今、覚えてゐろと云つたのは貴方ですか」と問い掛けると、「叔父さんは漸く此方《こつち》を向いた。さうして低い声で、誰だか能く分らないと答へた」とされ、さらに続けて「今でも叔父に此の話をする度に、誰だか能く分らないと答へては妙な顔をする」というふうに、この物語は結ばれていることである。

「鎌首を（略）持上《もちあ》げ」た生き物であり、またこの小品の題目が「蛇」となっているわけであるから、当然それは「蛇」のことであり、だから「覚えてゐろ」という奇怪な言葉はその「蛇」の怨みの言葉のように思われもする。しかし、真相は解らない。叔父さんにとっても不可思議な体験として記憶されているようで、「妙な顔をする」しかないのであろう。このように「蛇」という小品は、読者を真相のわからない迷宮に落とし入れるような不思議な作品である。怪奇幻想趣味的な作品と言えよう。『夢十夜』や『倫敦塔』などを見ても、漱石はそういう世界に敏感な人物であったと思われる。彼はその世界をもっと追究していったならば、変格探偵小説の大家にもなれたのではないかと想像される。

三

さて、明治四三（一九一〇）年の修善寺の大患から回復した後の最初の長編小説が『彼岸過迄』（明治四五〈一九一二〉・一～四）である。「彼岸過迄」という題は、元日から書き始めて彼岸過ぎ迄に書き終える予定だったからそう名付けただけのようだが、この小説の「緒言」である「彼岸過迄に就いて」（明治四五・一）には、「久し振だから成るべく面白いものを書かなければ済まないといふ気がいくらかある」と語られている。実際、『彼岸過迄』が漱石のそれまでの小説と異なっているのは、プロット構成において読者の興味関心を牽引していこうとするような、つまり面白みを狙った作りになっていることである。そのことは、『彼岸過迄』だけでなく、『彼岸過迄』とともに後期三部作と言われている『行人』（大正一〈一九一二〉・六～二〈一九一三〉・一一）、『こゝろ』（大正三〈一九一四〉・四～八）にも言える。

また、探偵小説との関連で注意されるのは、修善寺の大患以後の漱石は探偵についてそれ以前のような反感をあまり示していないことである。これについては、小宮豊隆が『彼岸過迄』が収められている漱石全集（岩波書店版）第五巻の「解説」の中で、後期の漱石の作風が人間心理の奥に潜んでいる悪徳を、何処までも追いかけて剔抉《てっけつ》しようとするものになっていて、「それは正に、罪ある者に対する探偵の神経と同様に、鵜の眼・鷹の眼の神経であつた」、ということを述べている。自分が文学で行おうとしていることが、言わば紙の上の探偵稼業のようなものであることに思い至ったのだから、これまで持っていた、実際の探偵たちに対する反感も和らぐものになったのではないかというわけである。

たしかに、『彼岸過迄』の「停留所」の章における敬太郎の行為からは、探偵についてのそういう漱石の気持の変化を読み取ることができよう。さらに言うと、『彼岸過迄』には、これまで見てきた、漱石文学における変格探偵小説的な要素も含まれていて、漱石文学と探偵小説というテーマから見て、実に興味深い小説になっている。もっとも、変格探偵小説的な要素というのは、ほんの短いエピソードで語られているだけであって、それは、小説の前半の中心人物と言える敬太郎という青年と同じ下宿にいる森本が語る話にある。

森本によると、九州の耶馬溪で日暮れに一本道を歩いていたときに、「婚礼に行く時の髪を結つて」盛装した女と擦れ違ったことがあったが、女は暗いところを一人上って行ったようなのである。これはやはり少しミステリアスな話であって、またしても漱石の小説にその種の話が出て来たかというふうにも思われるが、しかしこれはこれだけの話として終わっている。それよりも、ここで注意したいのは、その話を聞いている敬太郎が、「(略)信じられ得ないという微笑を洩らすに拘はらず、矢つ張り相当の興味と緊張とを以て森本の弁口を迎へるのが例であつた」と語られていることである。つまり、敬太郎は「平凡を忌む浪漫趣味《ロマンチック》の青年であつた」のである。あるいは、「彼の異常に対する嗜欲」というふうにも言われ、また敬太郎は、平凡な辻待の人力車を見るたびに、「此車だつて昨夜《ゆうべ》人殺しをする為の客を出刃ぐるみ乗せて一散に馳けたのかも知れないと考へた」、というような青年とされている。

このような敬太郎の精神傾向、すなわちミステリアスな事柄が好きで犯罪を妄想したりするような傾向は、江戸川乱歩の初期の代表的探偵小説である「屋根裏の散歩者」（大正一四〈一九二五〉・八）の主人公の郷田三郎を思わせるものがあるだろう。郷田三郎は学校を出てから職業を転々として何をやっても、「いっこうにこの世が面白くないのでした」という二十五歳の男であるが、「犯罪」にだけ魅力を感じて、ときには変装して町を歩いたりもする。つまり、退屈だからそういうことをするのである。このことは、「要するに敬太郎はもう少し調子外れに自由なものが欲しかつたのである」と語られている敬太郎に共通すると言えよう。敬太郎も「彼の異常に対する嗜欲」と語られているような青年なのである。敬太郎も退屈しているわけである。

やがて郷田三郎は、遊びが昂じて実際に犯罪を犯すのであるが、それに対して、敬太郎は犯罪を犯そうとしていたのではない。しかし、「敬太郎は警視庁の探偵見たやうな事をして見たい」と思っているし、「元来探偵なるものは世間の表面から底へ潜る社会の潜水夫のやうなものだから、是程人間の不思議を攫《つか》んだ職業はたんとあるまい」と考えている青年なのである。犯罪者側であれ警察側であれ、郷田三郎も敬太郎も共に探偵的な事柄が好きなわけである。なぜそうなのかと言えば、繰り返すと、二人とも退屈しているからであり、且つ二人とも「浪漫趣味《ロマンチック》」な青年だったからである。

さて、その敬太郎好みの依頼が、敬太郎の友人である須永市蔵の叔父の田口要作から来る。それは、小川町の停留所で電車から降りる「四十格好の男」の、「電車を降りてから二時間以内の行動を探偵して報知しろ」という依頼であった。敬太郎によるこの追跡劇が、『彼岸過迄』の前半の山場となっていて、その停留所で「四十格好の男」がある女性と待ち合わせでもしていたかのようにして、二人でレストランに入って行くところや、それを追跡していく敬太郎の行動を、おそらく読者はまさに探偵小説を読むような興味に引っ張られて読み進めていくであろう。もっとも、この出来事に関しては後に、別にどうということはなかったことが明らかにされていて、「四十格好の男」とは依頼者の田口要作の義弟であった松本恒三《つねぞう》のことで、女性は田口要作の娘の千代子であり、つまり二人の男女は叔父と姪の関係で、二人がその日に会うことを田口も知っていて、少々いたずら心も手伝って田口は敬太郎が役に立つ人間かどうかを試してみたらしいのである。後に、そのことを敬太郎は、尾行された当の松本恒三から聞くことになる。

この追跡劇をめぐる探偵行動の話は、先に見た「成るべく面白いものを書かなければ済まない」という漱石の読者サービスから出たもので、たしかに読者の興味を惹くけれど、しかしこの探偵話は空振りに終わっている。小宮豊隆が「解説」で述べているように、「（略）普通の探偵小説よりも遙に面白くない（ママ）、探偵小説にしかなつてゐないのである」と言えよう。しかしながら、小説を面白くするために有効な方法としては探偵小説の骨法あるいは枠組みを活用することであるということに、『彼岸過迄』の頃から、あるいはもう少し前辺りから漱石は自覚的になったと言えるのではないかと思われ、それが敬太郎の探偵行動の話となって表れたと言えるし、ここではそのことに眼を向けたいと思う。

さて、『彼岸過迄』における後半部分での大きな話題の一つとなっているのが、須永市蔵の出生の秘密が明らかにされるという話であるが、これも大きく言えば探偵小説の骨法を応用した、あるいは活かしたものであると言える。須永市蔵の父が亡くなる前に須永市蔵に向かって、自分が死んだら母親の厄介にならなければならないということを言った後、「今の様に腕白ぢや、御母さんも構つて呉れないぞ」と言ったとされている。そして、父親の葬儀のときには母親からも、「御父さんが御亡くなりになつても、御母さんが今迄通り可愛がつて上げるから安心なさいよ」と小さい声で言われるということがあった。やはり、これらの言葉は須永市蔵にとっては謎めいた言葉である。須永市蔵はこれらの言葉を聞いて「厚い疑惑」を持ったようである。普通の親子なら当然のことを、なぜ父も母も敢えて言うのだろうか、という「疑惑」である。実は須永市蔵は自分が両親の間の子どもではなく、父と「小間使《こまづかい》」との間で生まれた子どもだったということを、後に知ることになる。このことは小説の終わりに近づいた「松本の話」で明らかにされ、その「松本の話」には須永市蔵から松本恒三宛にきた手紙もあり、この手紙によって物語はほぼ終局を迎える。

このように後半部分を見てくると、謎の解き明かしに向かって物語を進んでいるような構造になっているのである。小説の骨法という点では探偵小説的な骨法であると言えよう。謎があり、その解き明かしがあるのだから。もちろん、一般の探偵小説のように、挑戦的に読者に謎を突き付けているような物語ではない。しかしながら、物語の終盤にかけての謎の解明という点では、やはり本格探偵小説的と言えるのではないかと思われる。

ところで、探偵小説の問題と関わる事柄ではないが、後期三部作において見られる問題についても簡単に触れておきたい。それは三角関係の問題で、これについてはこれまでも多くの論者が取り上げているわけだが、そのことよりも社会学者の作田啓一が『個人主義の運命——近代小説と社会学——』(岩波新書、一九八一・一〇)で論じていることを、さらに延長して述べてみたい。作田氏はその書で、フランスのルネ・ジラールの『欲望の現象学』(古田幸男訳、法政大学出版局、一九七一・一〇)の論を紹介しつつ、それによって日本の小説も分析している。

その論とは「欲望の三角形的構造」の論と言えるもので、それはある人物が誰かを好きになるとき、多くの場合、他の人物がその誰かを好きになっていることがあり、その欲望を模倣するという論である。つまり、私たちは恋のライバルが現れることによって、まさに自分の恋心を燃えあがらせるらしいということである。ライバルが言わば触媒になるわけである。これはライバル側もそうであって、恋敵がいるからライバルも燃えることになる。作田氏はこの論を『こゝろ』に適用して分析していて、説得力のある論が展開している。たしかに『こゝろ』では、「先生」は最初「お嬢さん」との関係にむしろ警戒感を抱いていたぐらいなのだが、「K」が下宿に来てから「先生」の恋心に真に火が点くのである。まさに嫉妬心が恋心を燃え立たせたわけである。

『彼岸過迄』においても、須永の千代子への想いは、高木という青年が加わることによって高まる。須永はそのことをよく自覚もしている。こう言っている、「僕は此《この》二日間に娶《めと》る積《つもり》のない女に釣られさうになつた。さうして高木《たかぎ》といふ男が苟《いや》しくも眼の前に出没する限りは、厭でも仕舞迄《しまいまで》釣られて行きさうな心持がした」、と。さらには、「すると僕は人より二倍も三倍も嫉妬深い訳になるが、或はさうかも知れない」、と。「娶《めと》る積《つもり》」が無いにも拘わらず、ライバルが出現したために嫉妬を燃やして千代子に接したのである。千代子もそのことに気づいていて、須永に対して、「(略)唯何故愛してもゐず、細君にもしやうと思つてゐない妾《あたし》に対して……」、「何故嫉妬なさるんです」と言っている。

四

さて、「欲望の三角形的構造」の問題については指摘するだけにしておいて、探偵小説の問題に戻りたい。

小説の終盤で須永市蔵の出生の秘密が明らかにされるというところが探偵小説的であるということを先に見たが、探偵小説的なところをさらに指摘すると、須永市蔵は一人息子ではなく、「妙ちゃん」という妹と毎日遊んだ事を覚えていると言っている。しかし、その妹は市蔵のことを「市蔵ちゃん〳〵と云つて、兄さんとは決して呼ばなかつた」と市蔵は語る。そのことを後になって言うのは、やはりそのことが幼い市蔵にとっては不審だったからであろう。その不審は当然であるが、それは謎だったのである。その謎が小説の終盤に近づいて明らかにされるのだから、この辺りも探偵小説的と言えよう。

さらに言うと、出生の謎が明らかにされるというのは、あの有名なオイディプスの物語を連想させる。オイディプスもしくはエディプス、すなわち精神分析のフロイトが自分の理論の根幹に置いたエディプス・コンプレックスのエディプスのことであるが、ここでは知らずに母と性的関係を持ってしまったオイディプスのことというよりも、自分の出生の秘密を知らなかったオイディプスという点に眼を向けたとき——だから、オイディプスは父とは知らずに争いから父を殺し、母とは知らずに性的関係を持ってしまったわけだが——、須永市蔵も出生のことを知らなかった点においてオイディプスと同じである。興味深いのは、ドイツの思想家エルンスト・ブロッホが『異化』(船戸満之他訳、白水社、一九八六・九)の中の「探偵小説の哲学的考察」という評論で述べていることである。彼は、「探偵小説はそのきっかけを物語の中で、物語の進行とともに展開するのではなく、その唯一の主題は、すべて事前《アンテ・レム》に起ったことを掘り出すことなのである」として、次のように述べている。

(略)ポーの探偵小説は再三、オイディプスの世界、つまり探偵小説と近しい関係にある形式の世界をかすめ通っているのである。しかも、まさに始まりの前のXという点、闇の中の事件の前の事件、未知の前史から物語へと開かれる戸口の前のXという点で親近性があるのだ。つまり、ポーの探偵小説は、物語が始まったときには、その物語が始まる以前の出来事が謎の「X」として組み込まれていて、それは「オイディプスの世界」と同じであるということ、敷衍するならば探偵小説の究極の元祖はオイディプスの物語であるとも、ブロッホは語っているわけである。そうであるならば『彼岸過迄』の須永市蔵をめぐる話は、物語が始まる以前の出来事である出生の秘密が明らかにされる話であるから、それはまさにブロッホの言うような、「探偵小説に近しい関係にある形式をかすめ通っている」「オイディプスの世界」に通じている。須永一郎の出生をめぐる物語こそはまさに探偵小説的であり、したがってオイディプスの物語とも重なるものである、というふうに言える。

こうして見てくると、『彼岸過迄』はまさに探偵小説的な小説であったと言えそうだが、『彼岸過迄』に比べるとそれほどには探偵小説的と言えないのが、後期三部作の『行人』と『こゝろ』である。しかし、これらの二作も小説の構造や骨法という点においては探偵小説的なところを持っている小説だと考えられる。『行人』では、その小説の構造がそうである。後期三部作のどれにも言えることだが、物語の後半あるいは終盤において謎が解き明かされるという構造を持っているのである。

『行人』では、長野一郎は自分の妻の貞節を試すために弟に、「二人で和歌山へ行つて一晩泊つて呉れ」ということを頼むなど、常軌を逸した言動をする。不可解な一郎の言動についてはその父母も、「どうしたものだらう」、「変人なんだから、今迄もよく斯んな事が有つたんだが、変人丈《だけ》にすぐ癒つたもんだがね。不思議だよ今度は」と語る。周囲の人間にとっては一郎のあり方が謎になっているわけである。そしてその一郎が何を悩み、何に苦しんでいるかは、物語終盤の「Hの手紙」で明らかにされる。

このように謎が終盤で明らかにされるという、物語の作られ方自体が、探偵小説的と言えると思われる。一郎は、妻の直の本当の気持ちがわからず悩んでいるが、直にとっても一郎のあり方は不可解であろう。一郎にとっては、直との関係における二郎の気持も、やはり不可解なものに思われている。一郎は二郎に語る、「（略）たゞ聞きたいのは、もつと奥の奥の底にある御前の感じだ。その本当の所を何《ど》うぞ聞かして呉れ」、と。しかし二郎にとっても、嫂の直という人間はやはり謎めいた存在に思われていて、和歌山行きの後、「兎に角嫂の正体は全く解らない（略）」というふうに感じている。

このように、主要な登場人物たち三人は、それぞれお互い同士が不可解な存在として映っていて、もちろんそのことをめぐっての問題が深められているところに『行人』の主題があり、それは探偵小説的な謎解きの問題を超えて、言わば謎に満ちた人間存在をどう考えるかというような深いテーマになってもいるわけだが、しかし繰り返して言えば、小説の作られ方としては探偵小説的なところを多分に持った小説であったと言えよう。

同様なことを言えるのが、『こゝろ』である。むしろ、『こゝろ』はより一層探偵小説的な小説であると言える。この小説は、今もなお多くの高校国語教科書に採録されていて、たいへん有名な小説であり、漱石作品の中でも一番読まれている小説ではないかと思われる。もっとも、この小説には漱石のケアレスミスも含めて、小説構造上の〈欠陥〉と言ってもいい問題も色々とあり、その意味で『こゝろ』は名作とは言い難いと私は考えているが、しかしながら読者に突き付けたテーマの重さを見るとき、やはり漱石作品の中でも屈指の重要作品であると言えよう。そして、この小説もまさに探偵小説的な性格を持っているのである。

たとえば、最初から「先生」は、語り手の「私」にとって謎めいた存在として登場している。「私は最初から先生には近づき難い不思議があるやうに思つてゐた」、と。また、「先生」自身の言葉も謎めいている。「私」にこう言う、「私はあなたに話す事の出来ないある理由があつて、他《ひと》と一所《いつしよ》にあすこへ墓参りには行きたくないのです。自分の妻さへまだ伴れて行つた事がないのです」、と。もっとも、「下　先生と遺書」の第五十一節では、一度だけ妻の静と一緒に墓参りに行ったことが語られていて、『こゝろ』にはこういうケアレスミスがあるのだが、それはともかく、「話す事のできないある理由」というところは謎めいていて、読者を物語に牽引する力になっているだろう。

先に述べた〈欠陥〉に関連させて述べると、「上　先生と私」において、「私」もいる前で、「奥さん」が「子共でもあると好《い》いんですがね」と言ったとき、「先生」は「子供は何時迄《いつまで》経つたつて出来つこないよ」と言い、それに対して「私」が「何故です」と聞くと、「先生」は「天罰だからさ」と答えて、「高く笑つた」とされている。「K」が自殺したことを見知っている「奥さん」は、その「天罰」がKの自殺と関係があることを察するはずだが、しかし「奥さん」はそう言われてもピンと来ていないようで、そのあまりの鈍感さは呆れてしまうが、それにしても「奥さん」の前でこういうことを言う「先生」は、無神経極まりないのではなかろうか。こういうところにも『こゝろ』の、首を傾げざる得ない問題があるように思われるが、やはりここでも読者に対して謎かけがされているわけである。

この箇所を読んだ読者は、「先生」の過去には一体何があったのかと思うであろう。「私」は「上　先生と私」の中で、「先生は美しい恋愛の裏に、恐ろしい悲劇を持つてゐた」と語っていて、そこでも読者に対して謎の存在を提示している。そういう「先生」のあり方は「奥さん」にとっても謎として意識されてはいる。もっとも、先ほども触れたように、「先生」の変貌の理由が「K」の自殺に関係していて、その「K」の自殺には何らかの形で自分が関わっているということには思いが至らない「奥さん」は、どう見ても「私」が言っているような「聡明な女性」とは思えないのである。

それはともかく、謎を示す箇所は「上　先生と私」の章には他にもいろいろとあるが、このように謎が読者に提示されて、そして「下　先生と遺書」に至ってその謎が解き明かされるわけである。書簡の形で謎が解き明かされるのは、後期三部作すべてそうだと言える。これも探偵小説の骨法の一つと言える。たとえば、有名どころで言えば、松本清張の『点と線』（一九五七〈昭和三二〉・二～一九五八〈昭和三三〉・一）は、刑事の書簡によって謎が解き明かされる。松本清張の他の小説では『Dの複合』（一九六五〈昭和四〇〉・一〇～一九六八〈昭和四三〉・三）も、物語の末尾で重要人物の書簡によって事件の謎が解き明かされているのである。

さて、以上のように見てくると、漱石の後期三部作はまさに探偵小説的だと言えよう。もちろん、その場合の探偵小説的というのは本格探偵小説的ということであるが、しかしそれ以前の変格探偵小説的な小説も併せ考えてみると、漱石の文学にはやはり探偵小説と関わりの深い要素があるということが言えそうである。先に見たように、おそらく漱石は小説を面白く書かなければという思いから、探偵小説の骨法を自らの小説作りに活かしたと言え、だから読者にとっても後期三部作などは面白い小説となったわけであるが、さらに謎を明らかにすることに主眼がある本格探偵小説のあり方と、人間存在の謎を追究していこうとした漱石の文学とは響き合うところがあったということが言えるし、人間存在の不可思議さにも眼を向ける漱石文学は、変格探偵小説とも共振するところがあったと考えられる。

もっとも漱石は、ポーはともかく探偵小説はあまり愛読していなかったようである。ただ、シャーロック・ホームズが活躍した時代と漱石がイギリスに留学した時代とは重なってもいて、それが小説家のイマジネーションを刺激するのか、たとえば山田風太郎は「黄色い下宿人」（一九五三〈昭和二八〉・一二）でホームズと漱石が登場するミステリーを書いていたり、ミステリー作家の島田荘司も『漱石と倫敦ミイラ殺人事件』（一九八四〈昭和五九〉・四）という、やはりホームズと漱石が活躍するミステリーを書いている。山田風太郎も島田荘司も、ホームズと漱石の同時代性ということからだけではなく、漱石文学が意外に探偵小説に馴染むものであることを感じて、そういうミステリーを書いたのかも知れない。

ともあれ、漱石文学のそのテーマ性の重要性や大きさ深さということと共に、漱石の文学に読んで面白いと読者に思わせるものがあるとすれば、一つには探偵小説的な事柄と大いに関係しているのではないかと言えるのではないだろうか。

正宗白鳥

――絶対志向と懐疑精神

一

正宗白鳥は、日本の近代文学者の中で特異な文学者であったと言うことができる。実にユニークな存在である。たとえば、彼には小説の代表作というものが無かった。一九〇四（明治三七）年白鳥二六歳のときに最初の小説「寂寞」を発表して一九六二（昭和三七）年に八四歳で亡くなるまで、実に六〇年近い作家生活を続けた文学者で、その残した小説もかなりの量があり、福武書店版の全集三〇巻の内、一六巻までは小説である。それほどたくさんの小説を書いたのだが、その内どれが代表作かと問われても、答えることは難しいと思われる。そのことについて、文芸評論家の山本健吉は、「小説も戯曲も評論も随筆も紀行文も回想記も含めて、作品全体が一つの連続体をなし、生涯かかって一部の随想録を書いたと言ってもよかった。（略）白鳥と秋声との文学の違いは、一方が『あらくれ』とか『縮図』といった代表作を持っているのに対して、他方にはそれがなく、それぞれが一つの随想録の一部をなして、分ちがたい全体を形作っているところにある」（『正宗白鳥――その底にあるもの――』文藝春秋、一九七五〈昭和五〇〉・四）と述べている。たしかにそういうふうに言うことができるだろう。

だが、そうであるにもかかわらず、彼は日本近代文学者の中でたしかに大家であったし、その文学上の功績が評価されて晩年の一九五〇（昭和二五）年には文化勲章を受章している。文化勲章の受賞はともかくも、そのような大家であり、たくさんの本も出版したが、多くの読者を獲得した作家ではなかった。そのことに関連しては正宗白鳥はこう述べている、「今日まで、私の書いて来たものがよくも世に迎へられたものだと、一年の終るたびに感じてゐた。今年もさう感じてゐる」（「雑文集」、一九二八〈昭和三〉・一）、と。あるいは、自分の小説については、「（略）私自身の作品なんか、早く亡んでしまつて惜しくないものばかりである」（同）とも語っている。おそらく、これはポーズではなく、正直な言葉だったと思われる。実際にも、彼の文学には代表作というものは挙げにくく、ましてや名作の名に相応《ふさわ》しい小説は無かった。しかしながら、やはり白鳥は大家であったのである。その意味で彼は面白い存在であった。

また正宗白鳥には、文学に対して近代日本の多くの作家たちにあった、文学に対する信仰のようなものや、芸術を神聖視するようなところが、全く無かった。その点においても、白鳥はユニークな存在であった。彼はこう言っている、「もしその意味を世の中の役に立つとか、人の為になるとか云ふやうに解釈するならば、百姓も女郎も芸術家と同様に尊い」、あるいは「生活の為の芸術、之を思へば芸術家も油汗を流しながら営々として駆け廻つて居る車夫と同様である」（「思ひ浮ぶまゝに」、一九一二〈明治四五〉・九）、と。因みに白鳥は、昭和一一（一九三六）年に文芸批評家の小林秀雄と「文学と実生活」論争を行っているが、論争の相手であった小林秀雄も、「実生活にとつて芸術とは（略）屁のやうなものだ」（「批評家失格Ⅰ」、一九三〇〈昭和五〉・一一）と語っているように、文学や芸術を神聖な有り難いもののように思うところから抜け出た文学者であった。二人とも文学を言わば相対化して見るところに立っていたのである。まず、正宗白鳥の文学者としての特質にそのことがあるということを押さえておきたい。また、こういう特質は優れた文学者には多かれ少なかれあると思われる。もちろん小林秀雄も優れた文学者であった。

文学を神聖視しないという点においては、正宗白鳥はその初期から一貫していて、処女作の小説「寂寞」(一九〇四〈明治三七〉・一一)を書いて文壇にデビューする切っ掛けを作ったのだが、その切っ掛けについてもこう語っている。「私は訪問記者をやつてゐるうちに後藤宙外氏に勧められたので、「新小説」に小説を書かうと思ひ立つた。無論自信もないし、感興も起らなかつたが、夜具が古臭くなつてゐたのが気になつてゐた際だつたので、夜具の新調費が得られゝば幸ひだと、それに刺戟されて筆を執つた」(「私の文学修業」、一九二四〈大正一三〉・九)、と。あるいは、「多額な月給を授けられてゐたなら、記者生活に安んじて面倒な原稿書きをする気にはならなかつたかも知れなかつた」(「文壇的自叙伝」、一九二八〈昭和三〉・二〜七)、と。

そういうふうに言うのは、一つには自分の小説家としての才能に見切りをつけていたためということもあったと言えよう。たとえば、処女作以前に「萬朝報」に二、三度投稿したけど選外佳作にも入らなかったという体験を、白鳥はしていたのである(「私の文学修業」)。面白いのは、文壇にデビューしてから数年経ってもその姿勢は変っていず、「要するに私が文学をやつて居るのは、やり度い為でもなければ、自信のある為でもない。只余儀なくやつて居るのである」(「如何にして文壇の人となりし乎」(一九〇八〈明治四一〉・八)と語っていることである。「余儀なく」というのは生活のためだということである。先にも引用したエッセイ「思ひ浮ぶまゝに」の中で端的に「私が作をするのは一に生活の為のみである」と述べていた。当時は新進作家だったのであるから、もう少し前向きのことを言っても良さそうであるが、そうは言わないところが白鳥らしいところである。

次に、初期の小説について見て行きたい。

その処女作「寂寞」は青年画家の話である。酒色に耽りながらも器用に絵を描いている仲間の中で、澤谷信一《さわだにしんいち》という主人公の画家は、一人刻苦して絵を描いていて、「世人を動かすやうな大作をつくりたい」と願っていたが、自分には「人並み勝れた特長」が無いとも思っていた。ところが、展覧会に出品した絵が老大家の審査の結果、金杯が授けられ、また富豪の大村というパトロンが付き、そのパトロンの援助を受けて洋行することにもなる。澤谷はその画業が認められ成功の途を歩き始めたわけであるが、しかし彼は空しさを感じるのである。澤谷は画家の友人の北川にこう語る、「いや僕は恋とか何とか、そんな事で苦しんでるんぢやない。定《きま》つてこれとはいへんけれど、唯寂しくつて心細くて、とても独り籠つて絵なんか書いて居られないんだ」、と。

「寂寞」は発表当時とくに注目されることはなかったようだが、処女作に作家のその特質が現れていると言われることがあるように、たしかに「寂寞」という小説は、正宗白鳥の特質をよく現している。「定《きま》つてこれとはいへ」ないけれど、「寂しくつて心細い」というのは、一言で言うならば、実存的不安ということであろう。つまり、生きていることの意味が摑めないことから来る不安であり、そのことに伴う寂寥感である。事業（画業）の成功も栄誉も、さらには富でさえも自分の空虚感を充たしてくれないというわけである。さらに言うなら、生きていること自体、すなわちこの人生自体が空虚で不安なものであるという感覚である。だから、澤谷信一は人生の成功の途上にあると言っていいのであるが、そうであっても「寂寞」の思いから逃れることはできないというのである。ましてや成功の途上にいない人間ならば、なおのこと人生は無残なものになってくるであろう。それを書いたのが明治四〇（一九〇七）年七月に発表された「妖怪画」である。

「妖怪画」も画家の独身青年が主人公で、東京の神楽坂に住む画家の新郷森一は、すでに「美術的向上心」など無くしていて生活の必要から版下の絵を描き、たまには肖像を頼まれることもあるが、それも「金さへ取れゝばといふ遣り方」で描く。しかし、それらの絵の「評判は悪くはな」く、展覧会への出品を勧める友人もあるのだが、彼はそれを「むしろ冷笑するのみ」である。どうも彼は、彼に論語の素読をさせながも、他方では「下女に手をつけ」たり、妾を囲ったりしていた偽善的な父親や、「ヒステリー風になつて、時々は出刃包丁を振りまはす」母親を少年時代に見て暮らしていたために、人間嫌いの人生態度を身に付けてしまったらしいのである。森一は画家としての「技量もあるといはれ、風采も立派であ」るのだが、彼のところに出入りするのは、隣家の主婦とその娘で容貌が崩れているような「白痴娘《ばかむすめ》」の「お鹿」だけであった。そして、森一はその娘をモデルにして妖怪画を描いていた。

あるとき森一は、森一を慕う美貌の婦人記者に言い寄られて、その婦人記者が父の妾に酷似しているのを感じ、婦人記者を突き飛ばして逃げ出し、その夜、衝動的に隣家の娘の「お鹿」に通じてしまう。森一は「父の性行」が「厭で溜ら」なかったのに、その「父よりも一層醜い記憶を造つた」自分を「掻きむしりたく」なって、父母の記憶も自分の記憶も「自己一代で断つて」しまうために、娘を殺し自分も死のうと思う。そして森一がピストルを出しているところに「お鹿」がやって来て、「お鹿」は森一の「ピストルを珍しさうに弄《もてあそ》んでゐた」のだが、「不意に」ピストルを発射させて森一を射ち殺してしまうのである。

小説では、森一が描いていた未完成の妖怪画「百鬼夜行」は、展覧会に出品され「天才の作だなど、、物好きの世間は評してゐる」、と後日談が語られている。

初期の二つの小説を見てきたが、これらは特に暗い色調の小説を選んだものではなく、正宗白鳥の小説は初期に限らず、大なり小なり、基本的にはこのような色調を持った小説がほとんどだと言える。なるほど正宗白鳥自身が言っているように、彼の「書いて来たものがよくも世に迎へられたものだ」（「雑文集」前掲）と言えるかも知れない。普通に言って、読んで面白いものではなく、むしろ不快感の方が起きて来ることがしばしばあるだろうし、ましてや広々とした世界を読者に見せてくれるようなものでもない。

文学史的に有名な「何処へ」（一九〇八〈明治四一〉・一〜八）もそういう小説であり、これによって正宗白鳥の文学はニヒリズムだと言われるようになった。「何処へ」は短編小説の多い白鳥の中では比較的長い小説である。

主人公は菅沼健次《すがぬまけんじ》という二七歳の雑誌記者で、彼は大学卒業後勤めた中学教師を辞め、活気のあることがしたくて今の仕事に就いたのだが、それもこの頃は厭で仕方なく、酒と女性で憂さ晴らしをしているものの、それにも飽きてきているという男性である。そういう菅沼について作者は、「彼れは主義に酔へず、読書に酔へず、酒に酔へず、女に酔へず、己れの才知にも酔へぬ身を、独り哀れに感じた」と語る。そして、菅沼は、「僕は阿片を吸つて見たくてならん、あれを吸ふと、身体《からだ》がとろけちやつて、金鵄勲章《きんしくんしょう》も寿命も入らなくなるさうだ」と語ったりもする。結局、菅沼健次は、言わば人生の道筋においてまさに「何処へ」行っていいのかわからない状態のまま、物語は終るのである。やはり、この「何処へ」も、先に見た二つの小説と同じテーマと色調の小説と言っていいであろう。

二

正宗白鳥はこれらの小説によって、明治四〇年前後の文壇で大きな潮流となる自然主義文学の、その旗手の一人と目されるようになったのである。また、一般の文学史の記述においても正宗白鳥は自然主義文学者の代表的な一人として紹介されている。たしかに大きく見れば、その判断は間違っていないだろう。ただ、白鳥自身は自分の文学を自然主義の文学とは思っていなかったので、またその白鳥の自己判断の方も間違っているとは言えないのである。彼はこう言っている、「(略)私は、抱月や花袋と異つて、自然主義賛美に類した文章は、一行も、自分の主宰した新聞の文芸欄に書いた覚えはないのである」(「自然主義と私」、一九五一〈昭和二六〉・三)、と。

自然主義の思想を簡明に言うことは難しいが、自然主義の理論家であったと言える長谷川天渓の評論の題目「現実暴露の悲哀」(一九〇八〈明治四一〉・一)という言葉にその思想の傾向がよく表わされていると言える。――現実を飾らずに有りのままに見よう、そうするとそこに見えてくるのは、決して美しいとは言えない、欲望に蠢《うごめ》く人間の様であり、その醜い様に眼を向けるならば何の解決も無い人生の姿がありのままに見えるはずで、それを虚飾を混じえずに暴露するのが、小説であり文学である。その姿から希望や理想が見えることはなく、絶望しか見えず、したがって悲哀を感ずるにしても、である。それが真実であるならば、技巧を弄さず、そのままに表現するべきだ――というような考え方である。これがリアリズムの技法と結びついたところに日本の自然主義はあったと言えよう。すなわちそれが、〈無技巧、無理想、無解決〉と言われた日本の自然主義であり、その主義にあったのは、決して明るくはない人生観照態度、あるいは人生観であった。

このように自然主義を見るならば、人生の暗い局面に眼を向け、その希望の無さを表現したと言える正宗白鳥の、とくに初期の文学は、たとえ彼が自然主義を自分から鼓吹したことはなかったと言っても、自然主義の思想とやはり共振するところがあったと言える。しかし、自然主義が主張したように、白鳥が現実を有りのままに描いたかというとそうではなかった。白鳥自身は、「（略）私の作品は、自己の主観に支配された勝手な産物であつた。だから、世の中の真相を冷静に如実に描写してゐると、明治文学史などに定評を下されてゐるのを読むと不思議な感じがする。擽つたく思ふこともある」（「文壇的自叙伝」）と述べているが、たしかにこの言葉は納得できるものである。白鳥の小説は自然主義のリアリズム小説とは異なっていて、むしろ空想の産物である。また、白鳥は自分の小説が自然主義の客観主義的リアリズムと誤解されことについて、「形式が写実らしいためなのであらう。あるひは私の筆に色艶がないために、事実の記録らしく見えるのであらうか」（「雑感」、一九二四〈大正一三〉・四）と語っている。

たしかに「色艶がないために」そのように見えると言えるが、技法においては白鳥の小説は自然主義の主張とはやはり異なっている。もっとも、先に述べたように、人生を観照する態度においては、共通するものがあったのであるが、やはり相違の方も結構あったと思われる。その相違の大きなものが正宗白鳥の中にある理想主義的精神をめぐる問題である。あるいは、理想主義に対する微妙な姿勢とも言えようか。そして、そのことはキリスト教に対しての彼の姿勢とも関わってくるが、その問題を見る前にもう少し彼の文学作品について見て行きたい。

正宗白鳥は大正期に入って小説の執筆に関してはスランプを感じたようで、それを打開するために、小説ではなく戯曲に手を染めるようになる。彼は生涯にわたってかなりの数の戯曲を書いていて、福武書店版の全集で言うと、その一冊半くらいの分量の戯曲を書いている。その内の明治末から昭和初期の間に書かれた戯曲二四編は、全集の一冊分である。戦後になっても戯曲を続けて書いているが、白鳥の戯曲は読むための戯曲と言える。おそらく白鳥が戯曲を多く書いたのは、物語の舞台の背景や人物についての描写をせずに、テーマあるいは思想をくっきりと浮き上がらせることのできる戯曲が、白鳥の文学によく合っていたためと言えよう。

たとえば、戯曲「人生の幸福」（一九二四〈大正一三〉・四）は、題目が「人生の幸福」となっているが、その逆の内容の戯曲である。大磯の別荘に住んでいる長男の豊次郎は異母妹のかよ子を、「当人のためにも幸福だし、社会のためにもいゝと思はれる」から殺そうとして、彼はかよ子の喉を絞めようとするが、逆にかよ子に扼殺され、また別荘の裏山では女性の絞殺死体が発見されるという話である。そして、かよ子は戯曲の最後で、「わたしはあの時豊次郎兄さんにおとなしく絞殺されてゐたら、却つて幸福だつたのか知れませんわ。逃げようと思つたばかりにあんな怖ろしいことをして……（略）」と語る。そうであるならば、「人生の幸福」とは死ぬことなのかと言いたくなる、実に変なドラマであるが、これは大嶋仁が『正宗白鳥　何云つてやがるんだ』（ミネルヴァ書房、二〇〇四〈平成一六〉・一〇）で述べているように、「不条理劇」を先取りしたものとも言えようか。「不条理」という言葉は、実存主義に馴染み深い言葉である。生きていること自体が条理に合わないことなのだ、と白鳥は言いたかったようである。「人生の幸福」という題目は何とも皮肉な題目である。

この「人生の幸福」と内容やテーマにおいて連続していると言えるのが、白鳥の小説としては長めの小説である「人を殺したが……」(一九二五〈大正一四〉・六~九)である。妻と離婚して母親と暮らしている、元学校教師の宇津川保は、渡瀬市造の妻とき子に想いを寄せていたのだが、或る夜、弟子の森山に渡瀬市造が死んだら自分に巨万の富が入るということを酔った勢いで喋ったことがあった。その渡瀬市造が急性肺炎で急死したことを森山が報告に来る。森山は、渡瀬の死はとき子の作為があるようなことも仄めかす。宇津川保が渡瀬家を訪れて庭に潜んでいたとき、彼は渡瀬の弟の豊三ととき子が遺産のことをめぐって言い争っている声を聞き、大野仙吉という男が市造の病中に渡瀬家に来ていたということを豊三の口から聞く。その後、豊三が庭に人の居る気配を感じてやって来る。豊三は大野仙吉が居るものと思っていたらしいのだが、「誰れだと咎めた」豊三の首を、宇津川保は「柔術の手が無意識に働いて」締めつけ、「再び息を吹き返さないやうにと、足で喉を踏み潰した」のである。「人を殺した」わけである。

もちろん、この殺人について警察が捜査を始め、最初は大野仙吉が疑われるが、彼にはアリバイがあり、警察は捜査の行方を見失ってしまい、事件は迷宮入りになりそうなのである。しかし、とき子は真犯人が誰だかを知っているようで、宇津川保に向って、「あなたは、わたしのためには、大変い、ことをして下すつたのよ」ということを言うのである。宇津川保は、とき子にせよ森山にせよ、自分の秘密を知っているのなら生かしてはおけない、と思うが、二人にはうまくはぐらかされ、ついに宇津川保はとき子に殺人のことを告白する。そういうとき、宇津川保の郷里である備中から彼の父の親友だった岩淵寛助という老人が上京して来る。岩淵老人は大金を持っているようで幸福そうなのだが、それが宇津川保の気に入らず、岩淵老人を途中まで見送ると言って帰りの汽車に同乗し、汽車の中で岩淵老人を扼殺するのである。しかし、新聞には岩淵老人が脳溢血で死亡したという記事が載る。宇津川が手を下したときにはすでに岩淵老人は死んでいたのか、あるいは医師の見立ての誤りか、真相はわからないままである。

物語は、「（略）保はつねになく母親に対していたいたしい気持がしてか「岩淵の伯父さんは今時分安楽浄土へ行つてゐるでせうね。」と、母親をもさういふ浄土へ送つてやりたいと思ひながら、じろ〳〵と母の疲れた顔を見詰めてゐた。／母親は、その生みの子の両眼にきらめいた気味の悪い光を見て、ある予感に打たれてゾッとした」というところで終っている。

以上が物語の簡単な梗概であるが、実に奇妙な小説と言えるだろう。しかし、この小説は白鳥の小説としては結構売れ行きが良かったようで、また評判も良かった。奇妙さに関して言うならば、何よりも宇津川保の殺人の動機には、普通には納得し難いものがあることである。一度目の殺人は条件反射的なものとも言えるが、相手の息が吹き返さないように「足で喉を踏み潰」したというところには、やはり殺意が窺われる。また、二度目の殺人は、相手が大金を持っていることに対して宇津川保は面白くない気持を持っていたのであるが、老人を殺して大金を奪おうという明確な動機があったわけではなかった。面白いと言えなくもないのは、二人があっけなく死んでしまったことについて、宇津川保は「自分の細い腕に非凡な力の潜んでゐるのを不思議に思つ」て、また「自分の持つてゐる力に対する歓喜の思ひが強かつた」と書かれているところであろうか。ともかくも、宇津川保の殺人の動機が一体何なのかが少々分りにくいのである。これは理由無き殺人と言える。

ところで、戦後の日本で話題を呼んだ小説の一つにアルベール・カミュの「異邦人」がある。主人公ムルソーは殺人を犯すのであるが、裁判でその動機を聞かれたとき、彼は〈太陽のせいだ〉ということを言う。もちろん、それが真の動機とは言えないだろう。しかし、では真の動機が何であったのかと言うと、それは分らないのである。おそらく、ムルソーも分らないから、〈太陽のせいだ〉と答えたのであろう。宇津川の場合、一度目のは咄嗟の反応だったわけであるが、その後念入りに息の根を止める必要はないし、また老人の殺害にはたしかに宇津川が老人に不快感を感じたということがあったであろうが、殺すほどの不快感ではなかったのである。

そう考えてくると、これはやはり不条理な事件であったと言えようか。不条理さは、宇津川保は一度目の事件のたしかに犯人なのに捕まる様子がないこともそうであるし、二度目の事件に至っては宇津川保は本当に殺人を犯したのかどうかも不明であるということにも現れている。仏教で因果応報ということが言われるが、「人を殺したが……」の世界ではその因果応報が成り立っていないのである。まず、殺人の真の理由もあやふやであるし、またその犯罪に対しての酬いも無さそうなのである。さらには物語の最後では宇津川保は今度は母親さえ殺しかねないというふうに書かれている。この小説について、正宗白鳥は「歳晩の感」（一九二五〈大正一四〉・一二）で、「（略）私の過去の作品のうちでは最長編の一つであるが、甚しく骨が折れた」として、「要するに空想の所産に過ぎないものとしてあつたが、どうも為方がなかつた。わが心の真実中の真実、人生生活の真の真を抉り出すつもりで書いたのだが、出鱈目の空想見たいになつてしまつた」と述べている。

ここで語られている、「人生生活の真の真」とは、どういうことであろうか。私たちは大した理由も無くあっけなく人を殺してしまうものだし、またあっけなく殺されてしまうものであり、その殺人には何の因果応報もあるものではなく、そのように人生はまさに不条理に満ちていて、私たちはその不条理の中で生きている――おそらく正宗白鳥はそう言いたいのであろう。正宗白鳥がよく言った言葉に、「一寸先は闇」

という言葉がある。小説の中で宇津川保の母親も「どうせ人間は一寸先が闇なんだから（略）」と語っているが、不条理を正宗白鳥ふうに言えば、そういう言い方になると言えようか。人生、どうなるかわからない、そこに何の因果応報も無い、ただ思いもよらないふうになってしまうだけだ、と。

また、小説の中で宇津川保は、「おれにはラスコルニコフのやうな深刻な悩みはないのか」と思うところがある。言うまでもなく、ラスコルニコフはドストエフスキイの『罪と罰』の主人公で、ラスコルニコフは金貸しの老婆を斧で殺すのである。犯罪後のラスコルニコフは罪の意識そのものに苦しんでいるというよりも、自分がナポレオンのような超人的な存在でなかったことの方を身に沁みて感じているのである。彼は、自分のような特別の存在は虫けらのような金貸しの老婆を殺す権利がある、と思っていた。したがって、犯行のときも当然の如く平然と老婆の脳天に斧を打ち下ろす筈だったのであるが、実際には犯行にあたっては自分がそういう特別の存在ではないことを感じ取る。その後、自らの凡庸さの自覚とともに罪の意識も綯《な》い交《ま》ぜになってはいなくはないという状態に苦しんでいるのである。さらには『罪と罰』は、たとえば殺人が罪だというこの現世の規範とは、そもそも何かという問題をも、彼の苦悩から窺うこともできる小説である。犯罪後のラスコルニコフの眼は、罪とか罰とかいうものは人間が仮に作った虚構、フィクションではないのか、その虚構の向うには空漠とした虚無があるだけではないのか、というような問題を覗き見てしまう。『罪と罰』はそういうところまで読者を引っ張って行くのである。

おそらく、日本版『罪と罰』を試みたと言えなくもない「人を殺したが……」は、残念ながらそこまでには至っていない小説なのである。「一寸先は闇」であり、またこの世の人間の行為に真の意味での因果応報はなく、それが人生の真実の姿なのだ、というところで終っている。もちろん、その意味で人生は不条理だと言っていることは読者に伝わるのだが、その不条理の問題も『異邦人』のような説得力があるとも言えない。先に見たように、白鳥は「出鱈目の空想見たいなものになつてしまつた」と言っているわけであるが、たしかに「人を殺したが……」は「わが心の真実、人生生活の真の真」が十分に説得力ある形で「抉り」出されてはいないであろう。おそらく、そこには小説家としての白鳥の技量の問題もあるだろう。やはり白鳥は、自らも思っていてまた語ってもいたように、小説家としての資質には今一つ欠けるところがあったと思われる。

そういう資質の問題もあるが、他方では白鳥があまり情熱を込めて小説を書かなかったのではないかという問題もあるだろう。もう少し情熱を込め工夫をこらす努力をし、取材もしたりして物語を作ったならば、あるいは多くの読者にも歓迎される小説が書かれたかも知れない。だが、白鳥はこう言っている、「後年小説の述作に努力するやうになつても、小説の材料を蒐集するために何処かへ出掛けたりしたことは一度もなかつた」(「文壇的自叙伝」)、と。一度くらいは取材のために動いても良かったのではないかと思われるが、しかしながら、またそういうところが正宗白鳥らしいところでもあるだろう。彼は自らの信念、やり方を終生変えなかった人で、それは小説の書き方だけではなかった。そして、そのことはそれなりに見事なことだったのではないかと思われる。

三

さて、正宗白鳥はニヒリストだと言われることがあるが、それについて彼は、「世間ではよく私にナイヒリスチックな傾向が現れて居るから、私の人生観をナイヒリズムだといふやうに云ふ。私自身は何方だか知らないが、世間の多数がさう云ふのだからナイヒリズムかも知れない」（「思ひ浮ぶまゝ」）と語っている。ニヒリズムというとき、一般にはニーチェの思想がその代表的なものであるが、ニーチェの場合、キリスト教的価値観に対してアンチテーゼを打ち立てるという考え方がはっきりとあった。しかし、白鳥の場合にはそういうアンチ・キリストというような思想はないのである。白鳥は、若い頃にキリスト教に入信するが、その入信の動機も言わば特殊日本的なものであった。後に、大正末から昭和初期の間に日本の青年達の間を席巻したマルクス主義に関連して、「あの頃、キリスト教は青年に対して清新なもので、後のマルクス主義みたいなものであつて、一応青年の眼をうばつた」（「不徹底なる生涯」、一九四八〈昭和二三〉・五）と述べている。そういう流行に自分も巻き込まれたと言っているわけである。

また、正宗白鳥はこうも語っている、「キリストの十字架にたよれば誰でも助るといふのに心が惹かれた。祖母から地獄の怖しいことを聞いてゐたが、こゝへゆけば自分の悩みが取れて、そして天国に行ける、楽な往生の出来るといふわけだ。地獄のせめ苦は仏教的であるのに、それとキリストとチャンポンになつたわけだ」（同）、と。祖母の仏教的な考え方から教わった死後の地獄の恐怖から救われるためにキリスト教に入信したのだと言っているわけである。白鳥のキリスト教には隣人愛の思想がない、ということが言われたりするが、本人もそのことは十分に承知していたのである。「私自身何年かの間、キリスト教を信奉してゐたものだが、肝心な隣人愛人類愛を無視してゐた上の信仰だから奇怪であつた。信仰の堂奥に達せられなかつた訳だ」（「東京の五十年」、一九四六〈昭和二一〉・一一〜一九四七〈昭和二二〉・三）、と。こういうふうに自身の信仰の特異性を分っているところが、白鳥の一筋縄ではいかないところであるが、棄教したことについては、「（略）いつの間にか離れるやうになつた。（略）女性関係のこともあつたのだろうと思ふ」（同）と述べている。芝居が好きで、とくに近松ものなどが好きで、「（略）人間の生来持つ本能に敗けるやうな気持になり、従つてキリスト教を離れる原因が作られたと思ふ」（同）とも語っている。

この棄教理由はまずは普通にも見られるものだと思われるが、しかし棄教すると今度は「地獄の怖ろしいこと」という未解決の問題が、白鳥に迫ってくるわけである。それはまた、「人生とは何ぞや」という問いでもあった。すなわち、地獄の責め苦が待っているかも知れない人生とは何ぞや、という問いである。人生は謎である、だから絶対的なものに縋りたい、しかし絶対者は居そうもない、どうすればいいのか――そういう問題から終生離れることができなかったのが、正宗白鳥だったのであり、その問題の周囲をぐるぐると廻っていたのが彼の文学だったと言える。その問題に向う気持を白鳥は「宗教心」と言っている。最晩年であるが、「私は、宗教と云ふ言葉は好まなくなつても、他に適切な言葉が見つからないので、止むを得ず、宗教とか宗教心とか云ふ外ないのであるが、その宗教心は、棄てようとしても、棄てられる筈はないのである」（「現代つれづれ草」、一九五七〈昭和三二〉・四～一二）と述べている。ただ、「宗教心」はあるけれども、では特定の何かの宗教に帰依したかと言うと、死に至るまでやはりそれはなかったと考えた方がいいと思われる。ここは論争があるところであるが、やはり白鳥の理性あるいは懐疑精神がそれを許さなかったはずだと思われる。

たとえば、白鳥は「懐疑と信仰」（一九五六〈昭和三一〉・三～一二）でこういうことを述べている。殺人者が死刑になる前にキリスト教の教誨師が来て、その殺人者が悔い改めて入信すれば、彼は天国に行くことになるが、信者ではなかった被害者は地獄に堕ちることになり、「キリスト教の教則に準ずるとさういふ結果になりさうである」として、「これも恐るべき人生未解決の一例である」、と。先に論争があると述べたが、白鳥が死の前に病床で植村正久の子どもの植村環牧師に「アーメン」と言ったという証言があり、果して白鳥は再びキリスト教に帰依したのか否かという問題をめぐっての論争である。大正一三（一九二四）年四月、四五歳の壮年期に「あの夜の感想」の中で白鳥は、「さう云へば、あの荒れ廻つたストリンドベルヒが最晩年にカソリック教の古い宗旨に帰依して安んじてゐるやうなことを云つてゐるが、あれは頭が耄碌したからではないだらうか」と語っている。最晩年の白鳥の頭脳は決して衰えていなかったと思われるが、弱気になっていたことは十分に考えられる。あるいは、〈ここでアーメンと言っておけば天国に行けるのなら言っておいて損はないだろう〉というくらいの、言わばプラグマティックな判断もあったのではないかとも思われる。難しい問題であるが、そう考えておきたい。

しかしながら、絶対的なものを志向する精神、白鳥の言葉で言えば「宗教心」は一貫して持ち、且つその観点から文学も含めた現世の事柄を見るわけであるから、白鳥は人々のあらゆる営みを相対化して見ることができたと言えよう。絶対的なものに眼を向ける姿勢を維持して、そこから見れば全て相対的と言える現世の事柄を見るのであるから、その観点が白鳥に広やかな理解力を齎したのではないだろうか。また白鳥は、「私の頭の素質は、小説家たるよりも、むしろ批評家たるに適してゐるやうに思はれる」（「旧作追懐」〈『文学修業』所収、一九四〇〈昭和一五〉・一〇〉」とも述べていて、やはり自分のことがよくわかっていた人であるが、その広やかな理解力があらゆる文学の傾向を理解して受け入れることを可能にしたのだと言える。たとえば、「（略）人間社会の真相を仮面を剝いで有りのまゝに知らうとするのも、人間の自然の要求であり、派手な艶のある文章で享楽の姿を描いたものを読んで、空想的陶酔に耽りたいのも、自然の要求であり、また隣人愛の感情を、作り物語の上でゞも心ゆくばかり味ひたいのも、人間の要求するところなので（略）」

(「文壇生活二十年」、一九三二〈昭和七〉・一〇)というふうにである。

絶対的なものを求める精神は堅持しながら、決して絶対的なものと見えるものに安易に靡《なび》かなかったのが、白鳥の懐疑精神でもあった。それに対して宗教だけではなく、歴史や伝統というもの、あるいは民族や国家とか階級というものに靡いたりしたのが、日本の近代における多くの文学者や思想家であった。たとえば懐疑精神の重要性を言った小林秀雄も、結局は伝統に靡いたのである。絶対的なものに負けたとも言える。そういう中にあって、正宗白鳥はそれらを全て相対化して眺めていた。このことはやはり特筆に値するだろう。絶対的なものを求めながらもそれに靡かないのは、正宗白鳥の根本に懐疑と虚無とがあるからだと言えるが、また懐疑や虚無の中に溺れてデカダンスに陥らなかったのも白鳥であった。それはやはり強い精神である。そして、広やかな精神である。もちろん、彼は絶対的なものを求めてはいた。しかし、それはなかなか得られなかった。その歩みが全集三〇巻となって残っているわけである。

おそらく、二一世紀は新たに宗教の時代なのではないかと考えられるが、安易に絶対的なものに靡かず、と言って絶対的なものへの志向は否定しないという、精神が求められる時代ではないかと思われる。そういう二一世紀だからこそ正宗白鳥は省みられるべき存在だと言える。ただ、白鳥に欠けていたのは、自らの懐疑をも懐疑する観点ではなかっただろうか。彼は哲学書はプラトンしか読もうとしなかったようだが、やはり他の哲学書も読むべきだったので、もし読んでいたならば、自身の懐疑も実は時代的な制約から来る或る発想から生まれたものであって、必ずしもその懐疑が正しいとは限らないかも知れないという観点を持つことができたかも知れない。

里村欣三論
——弱者への眼差し

一

里村欣三はプロレタリア文学者のなかで〈特異〉な作家であった。彼は後に転向して、当時の大政翼賛会体制に寄り添う形で戦時下を生き、アジア太平洋戦争の末期には無謀とも言えるフィリピン戦線への従軍を試み、結局、爆弾によって戦傷死することになるのだが、〈特異〉というのはとくにその転向のあり方と、その転向の性質とも関わる転向後の身の処し方をめぐってである。別の言い方をすれば、里村欣三には他の多くのプロレタリア文学者とも、また他のやはり多くの転向作家とも異なったところがあって、通常のプロレタリア文学論や転向文学論の物指しでは計れないところがあるのである。あるいは、里村欣三にはよく分らないところがある、というふうに言ってもいいだろう。必ずしも多いとは言えないこれまでの研究も、その不可解さに論及している。

たとえば、里村欣三研究としては包括的な研究書である大家眞吾の『里村欣三の旗』（論創社、二〇一一〈平成二三〉・五）の副題目は「プロレタリア作家はなぜ戦場で死んだのか」という問いかけになっている。

また、『里村欣三著作集・別巻』として収められている、高橋隆治の『ボルネオの灯は見えるか』(大空社、一九九七〈平成九〉・八)は、元々は『従軍作家里村欣三の謎』(梨の木舎、一九八九〈平成元〉・八)という題目の著書であったが、この旧題目には「謎」という言葉が用いられている。現在、本格的な里村欣三研究の著書としてはこれら二冊の本しか無いが、どちらの題目も里村欣三には或る不可解さがあることを示している。その不可解さは彼の〈特異〉さと関わっているわけで、したがってその〈特異〉さを明らかにしていけば、彼の分りにくさに少しでも光を当てることができるのではないかと考えられる。まず、初期のプロレタリア文学時代の小説について考察することから始めたい。

プロレタリア文学者としてのデビュー作であり、またプロレタリア文学者時代の代表作でもある「苦力頭の表情」(「文芸戦線」、一九二六〈大正一五〉・六)は、主人公の「俺」が中国の或る都市で中国人と思われる「淫売婦」を買う話である。「俺」は、その女に「一箇の崇厳な人間の姿」を見たり、あるいは「人間をみずに、また忽ち淫売婦を感じた」りもするのだが、「俺も食はんがために人一倍に働いて、しかもその上に媚を売つてゐる」以上、その淫売婦と「俺」との間に「どれだけ差違があらう」というふうに思っている。さらに淫売婦に「ふと母親の慈愛を感じた」りもする。そのように感じるのは、かつて「俺」は凍死した母親に背負われていた赤ん坊であって、「お牧」という女性に拾われて育てられたという生い立ちがあり、そのため「母親の愛」に餓えていたからであるということも語られている。

その「淫売婦」に「母親の慈愛を錯覚」しながら、「夢のやうに三日三夜を女の懐の中で暮らした」のだが、帰り際には「俺」はまた「どうみたつて淫売婦だ!」と女に嫌悪感を持ったりもする。その後、金の無くなった「俺」は中国人の「苦力」たちに混じって働く。「俺」は空腹であったのに、「苦力」たちが出してくれる「マントウ」には手が出なかったのだが、その「俺」を「感じ深い眼で」眺めて「慰めるやうに肩を叩い」た「苦力頭」の「表情」から、「俺」は次のようなメッセージを読み取るのである。すなわち、「――やがて食い物にも慣れる。辛抱して働けよ、なア労働者には国境はないのだお互いに働きさ《ママ》へすれば支那人であらうが、日本人であらうが、ちつとも関つたことはねえさ。まあ一杯過ごして元気をつけろ兄弟！――」、というメッセージを。

大家眞吾が述べているように、この末尾の箇所が無ければ、「苦力頭の表情」は「他の諸作品と同様に満州放浪譚の一つに過ぎない」（前掲書）のであり、この小説が里村欣三のプロレタリア文学として代表作となっているのは、たしかにこの末尾の部分が言わば画竜点睛となっているからであろう。しかしここでは、「苦力頭の表情」には里村欣三のプロレタリア文学だけでなく、その後の文学にも共通して見られる特質があることに注目したい。何よりも、里村欣三の眼が半ば植民地化された地域の「淫売婦」や「苦力」たちに向けられていることである。彼らはいずれも社会の最底辺に生きている人たちである。また、日本人ではなく中国人である。つまり、国籍に関わりなく、里村欣三はそういう最底辺の社会的弱者や貧者にまず眼を向ける文学者であった。それらのいわゆる正規労働者ではない弱者や貧者にこそ、里村欣三はまず連帯の手を差し伸べようとしていたのである。おそらく、「苦力頭」の「表情」が語る、「労働者には国境はないのだ」という言葉は、里村欣三自身が身に沁みて実感していたことなのではないだろうか。

先走って言うならば、労働者あるいは貧者や弱者には「国境がない」という実感は、転向後の里村欣三にも変ることなく存在していた。このことに関して、堺誠一郎は「或る左翼作家の生涯――脱走兵の伝説をもつ里村欣三」（「思想の科学」、一九七八〈昭和五三〉・七）で「苦力頭の表情」に論及しながら、「（略）

ここに示された国境を越えての働く者同士の共感と連帯感は、里村欣三という作家が終生持ちつづけた、というより氏自身の本質であり、氏は死ぬまでそれを失うことはなかった」と述べている。先にも触れたように、この小説で「俺」が「淫売婦」に「母親の慈愛を錯覚」したりするのは、五歳のときに実母を亡くし、父の後妻とその子らとともに、あまり幸せとは言えない幼少期を過した里村欣三の、亡き母への求愛の思いが、主人公を通して語られているからであろう。

　処女作には作家の全てが語られていると言われることがよくある。もっとも、そのことはかなり割り引いて考えなければならないのだが、しかしながら、「苦力頭の表情」にはたしかに堺誠一郎が言うように、少なくとも里村欣三の「本質」が表われていると言うことはできるだろう。「母親の慈愛」を求めることもその一つであるが、それよりもここでは最底辺の弱者に向ける眼差しに注意したい。その眼差しは、初期の他の小説やエッセイなどにおいても見ることができる。たとえば、「どん底物語」という副題のあるエッセイ「富川町から」（一）（二）（「文芸戦線」一九二五〈大正一四〉・八、九）は、「立ン坊」と言われる日雇い労働者についてのルポルタージュであるが、その中で里村欣三は、「組織なき労働者が、解放を望む心には「解放を信ずる」組織労働者にはない悲痛な絶望がある」と述べているのである。

　また、「随筆・感想」の欄に掲載されている「雨の八月」（「文芸戦線」、一九二九〈昭和四〉・五）は、露店商人などの「野外労働者」や「浮浪者」についての記事であり、里村欣三は「浮浪者の半数」が「不健康者」だと言っていて、「（略）私は実際には、その大多数が労働不能者でなければならない筈だと考へてゐる」と語っている。さらに、葉山嘉樹との「共同調査及制作」の「東京暗黒街探訪記」（「改造」、一九三一〈昭和六〉・一一、一二）は、「屑屋《バタヤ》」や街娼などが住んでいる「細民街」のルポルタージュであり、街娼については「工場の生活や、過激な百姓仕事で腰の曲がつたのや、足が蛙股になつたのや、〈略〉さういふ不幸な過去を背負つた女達が、派手な衣装に包まれて、池に飼はれた金魚のやうに、狭い露地にウヨウヨ泳いでゐる」様子を語ったり、貧者に関しては「どこの長屋にも片ツ端から、病人が一人二人寝てゐない家はなかつた。〈略〉あらゆる病気を寄せ集めたやうな状態だ」という報告をしている。「ルンペン微笑風景」（「改造」、一九三三〈昭和八〉・五）は、金屑を拾い集める仕事をしている、「ホリヤ」と言われる「ルンペン」についてのルポルタージュである。

このように初期のエッセイやルポルタージュで里村欣三が主に語っているのは、正規の労働者たちよりもさらに下層の人々、すなわち娼婦やまさにルンペン・プロレタリアートと言われる人びとのあり様であった。初期の小説などにおいてもそうであって、「放浪の旅」（「改造」、一九二七〈昭和二〉・一二）で描かれているのは、中国の大連に住む亡命ロシア人などの底辺の人々の姿であり、「旅順」（「文芸戦線」、一九三一〈昭和六〉・一）は日本軍司令部の地下室で湧き出る水をポンプで汲み上げる仕事を三十年間している老人の話で、その希望のない生活の様が語られている。農村の生活を描いた小説では「娘の時代」（「文芸戦線」、一九二七〈昭和二〉・四）があり、これは隣りの農家の娘「お君」が美しく成長して、「私」は「お君」に恋心を抱くのであるが、「お君」の母が病死して、その後父親も病に倒れ、過重な仕事から「お君」は次第に娘らしさを失っていく話である。

こうして、初期のルポルタージュや小説を見てくると、里村欣三の眼差しの特質が浮き上がってくるだろう。その眼差しは、資本対労働という対立の図式からは、一般的にはみ出てしまうような社会的弱者や貧者にこそ向けられているのである。下平尾直は「『第二の人生』三部作をめぐって——里村欣三の転向と翼賛」（「現代文明論」第4号、二〇〇三・三）で、里村が「（略）一貫して描きつづけ（て）きたのは、プロレタリア文学の主流派が、ルンペン・プロレタリアートとして排除し、描くことのなかった未組織労働者や自由労働者の世界だった」（傍点・原文）と述べている。もっとも、初期の里村欣三にも「東京モスリンの争議を観る」（「文芸戦線」、一九二九〈昭和四〉・五）のように、組織労働者の闘いのルポルタージュもあるが、しかし全体としては里村欣三は、そのような組織労働者になることもない社会的弱者の方に眼を向けたのである。つまり、彼は最底辺の弱者の側に寄り添おうとする文学者であった。高橋隆治は「（略）里村欣三ほど哀しいまでに優しい心をもつ作家は少ない」（前掲書）と述べているが、最底辺の弱者の側に立とうとするのも、その優しさの表われである。また彼の意識には、少なからぬプロレタリア文学者にもあった指導者意識やエリート主義的な革命家意識などは無かったと考えられる。

　そのことと関係あるが、やはり多くのプロレタリア文学者にあったマルクス主義理論に対しての、丸山眞男が言うところの「理論信仰」、すなわちマルクス主義理論を物神化して信奉するようなあり方も、里村欣三においては無縁であったと言える。もちろん、そのことは反面において、革命の問題をどう捉えているのかという問題に関して、里村欣三は曖昧であって物足りない点があるというマイナスの評価もされなくはない事柄ではある。たしかにそうではあるものの、虐げられている社会的弱者や貧者の側、社会の最底辺に位置する人びとにあくまで寄り添おうとする心性は、実はプロレタリア革命運動家には最も大切なものであって、理論や思想は二の次であるとも言えるのである。そう考えるとやはり里村欣三のあり方は評価されなければならないのではないかと思われる。

　里村欣三のこのような特質は、「戦旗」派の文学者たちよりも「文芸戦線」派の文学者たちの方の特質であったとも言える。しかし、そういう「文芸戦線」派の中でもたとえば代表的な存在であった青野季吉は、「自然生長と目的意識」(「文芸戦線」、一九二六〈大正一五〉・九)で、これまでのプロレタリア文学はプロレタリアの「表現欲」が「自然に生長」してその生活や要求を描くだけの段階のものであったが、そこに止まっていては駄目で、これからのプロレタリア文学運動は、革命の「目的意識」や「闘争目的」をプロレタリア読者に「注入」するものでなければならないと語ったのである。さしずめ、プロレタリア文学時代の里村欣三の小説やエッセイなどは、「自然生長」の段階に止まった典型であったと言えようか。

しかし、「目的意識」を重視することは、つまるところマルクス主義の思想体系やその理論を学習することを最優先することに繋がり、それは先に触れた「理論信仰」の傾向を多くのプロレタリア革命運動家に齎すことになった。さらに、そこに言わば理論の純化を語る、福本和夫の理論すなわち「福本イズム」も大きく関わってきて、昭和初頭のプロレタリア革命運動は先鋭化するとともに、その理論重視の知識人主導型の運動は混迷を深めて行ったのである。その運動の孕む問題が一挙に噴出したのが、いわゆる転向をめぐってであった。里村欣三も転向するのであるが、彼の特質はその中でも発揮されることになる。

二

よく知られているように、転向とは共産主義革命運動からの離脱のことを言うが、昭和八(一九三三)年六月に当時の日本共産党の指導者であった佐野学と鍋山貞親の両名が獄中より「共同被告同志に告ぐる書」を発表し、天皇制の支持、満州侵略の肯定、コミンテルン(第三インターナショナル)からの離脱を主張して、共産主義放棄の転向声名を出したことに始まり、多くの活動家がこれに倣ったのである。この声名の一年後には、当時獄中にあった活動家のうち転向した者はその九割を越えたとされている。最初期には、革命運動をしないということさえ誓えば転向として認められたが、やがて革命思想を放棄したことも誓わなければ認められなくなり、後にはさらに進んで天皇制イデオロギーに積極的に同化しなければ、転向したことにならないとされるようになった。すなわち、転向したと認められるハードルが段々と高くなっていったのである。戦前昭和期の革命家たちの多くは決して意志薄弱ではなく、むしろ革命への強固な意志を持っていたと考えられるが、そうであったにもかかわらず、雪崩現象のようにほとんどが転向していったのだ。

鶴見俊輔は『共同研究　転向』上（思想の科学研究会編、平凡社、一九五九〈昭和三四〉・一）の巻頭論文「転向の共同研究について」で、「私たちは転向を「権力によって強制されたためにおこる思想の変化」と定義したい」と述べている。「強制」という場合、獄中での拷問が直接の大きな要素であった。プロレタリア文学の旗手であった小林多喜二が、特高警察に逮捕されてその日のうちに拷問によって獄死したのが、「共同被告同志に告ぐる書」が出された同じ年の昭和八年の二月であった。転向声明の四ヶ月前である。特高警察は拷問で無残な状態になった小林多喜二の遺体をプロレタリア文学関係者のもとに送り届けているが、もちろんこれは恫喝のためであって、〈プロレタリア運動を続けているとこうなるぞ〉という見せしめであったのである。

この拷問死の恐怖から転向したとなれば、宗教で言えばそれは背教にあたり、その逆に小林多喜二は殉教者であったということになるだろう。実際にも当時、文芸評論家の亀井勝一郎のように、非転向、転向を殉教、背教という枠組みで捉える見方があった。それはあの裏切り者のユダの問題とも重ねて捉える見方であったわけだが、しかし転向は単に革命運動家の思想的な節操の問題だけに止まるものではなかった。吉本隆明は「転向論」(一九五八〈昭和三三〉・一二)で、「日本的転向」は「大衆からの孤立(感)が最大の条件であった」と述べている。革命運動家たちは、自分たちの訴えに大衆が呼応してくれないことに「孤立(感)」を持っていて、大衆が天皇制イデオロギーの方に眼を向けているのならば、自分たちもその方向に行くべきではないか、と獄中でのまさに孤立した状態の中で思ったというわけである。

このように転向は、おそらく拷問死の恐怖と大衆からの「孤立(感)」との両方の要因が混ざった心理状態で起こった現象であると言えるだろうが、しかし里村欣三の転向においては、この二つの要因はともに必ずしも彼の転向に関与的なものではなかったのではないかと考えられる。里村欣三は神戸市電に勤めていたとき、大正一一(一九二二)年に労働争議の渦中で運輸課長を刺傷させて六ヶ月間入獄したことがあるが、それはいわゆる転向問題が起きるずっと以前のことであり拷問は受けていない。また常に最底辺の人々と近い立場に自らを置き、且つ彼らに眼を向けていた里村欣三には、自分が大衆から孤立しているという思いは無かったはずである。里村欣三の転向は転向の一般的類型には収まらないのである。しかも、里村欣三は日中戦争に従軍する中で徐々に転向していったのである。

さらには、島木健作の『生活の探求』(昭和一二〈一九三七〉・一〇)の主人公のように、これまでの自分は浮わついた観念的な存在であったので、これからは自分の足元である生活にこそ眼を向けて生活者としての自己を再建しようというような転向のあり方とも、里村欣三の場合は微妙に異なっている。もっとも、里村欣三にもそういう反省が全く無かったわけではないのだが、しかし、転向以前の里村欣三が観念過剰のあり方であったかと言うと、決してそんなことは無いのであって、むしろ他のプロレタリア文学者に比べて里村欣三は、革命思想や理論は語らない方だったのである。もっと語ってもいいくらいだったとも言える。では、なぜ転向したのだろうか。

里村欣三は、日中戦争で二年間兵役に就いた体験に基いた、自伝的な小説と言っていい『第二の人生』第一部（河出書房、一九四〇〈昭和一五〉・四）で、主人公の並川兵六のことをつぎのように語っている。「彼の思想はすでに、この五六年来の非常時局の重圧に堪へかねて、微塵に破砕し尽くされたものであつた。思想の破産は同時に、生活の破産であり、その頃彼の故郷への逃避がはじまつたのである」、と。あるいは、「思想の鎧を脱ぎ、イデオロギーの太刀を手渡してしまひ、最後には身につけた襦袢や肌着まで脱いでしまふのであつた。まだこれだけでは足りないと考へて、おまけのつもりで凡ゆる場合に妥協し、追従し、屈服し、恥辱を甘受して恥ぢないのだつた」、と。このように、転向が「非常時局の重圧に堪へかねて」行われたものであったということはわかるのであるが、その具体的な様相は説明されていない。

ただ、転向以前の自分のあり方に対して反省については、並川兵六は「しかし僕たちが今まで、考へてゐたやうな、理想とか真理とかは、そんな高いところにあるのではなく、子供だとか、自分の身のまはりの生活の中に、本当のものがあるんぢやないでせうか」と語っていて、兵六の転向も先に触れた島木健作『生活の探求』の主人公の反省に通じるものもあったらしいということはわかる。「理想」や観念ではなく、「身のまはりの生活」の再発見である。しかしながら、『生活の探求』の主人公の場合は、それなりに〈高度〉な観念生活があったものと想像され、そしてそれが地に足の着いていないものであったことに対しての深甚な反省があったのであり、その結果の転向であった。だが、並川兵六の場合にはそのような高度な観念生活というものは無かったと考えられる。それはすでに見たように、作者の里村欣三が書いたものにはそういうものが認められなかったからであるし、『第二の人生』第一部においてもその片鱗のようなものさえ見られないからである。

おそらく、左翼思想についての里村欣三の学習は、いわゆるパンフレット読みの段階に止まるものであったのではないかと推測される。このことを別の観点から言うなら、昭和初頭のプロレタリア文学者の多くは、マルクス主義思想の体系性に圧倒された体験を持っていて、そのために先に言及したような「理論信仰」があったのであるが、里村欣三にはそういう要素はほとんど全くと言っていいほど見られないということである。むろん彼も、周囲のプロレタリア文学者が転向していくのを見ながら動揺したことであろう。そして、左翼思想や革命理論をそれほど身に着けてはいなかったからこそ、里村欣三は割合とそれらを簡単に脱ぎ捨てることができたのではないだろうか。

それとは違って、かつて体系的なマルクス主義思想に震撼された体験を持つ転向者は、今度は別の思想体系に依り縋ろうとして、天皇制イデオロギーや大東亜共栄圏イデオロギーなどの言わば大観念に易々と捕まり、たとえば治安維持法違反の第一号であった林房雄のように、危険な戦争イデオローグに変貌していった旧プロレタリア文学者もいたのである。里村欣三は戦争イデオロギーを林房雄のように大言壮語してそれを他者に鼓吹するような文学者ではなく、その点において里村欣三の転向は、限定的にではあるものの、ある種の清潔さがあったと言えなくもない。だから、左翼思想についてはパンフレット読みの段階であったと考えられること自体は、決して里村欣三にとって不名誉なことではなかったと言えようか。左翼時代の里村欣三の眼に常にあったのは、すでに見たように社会の最底辺で生きている人びとの姿であった。彼らへの里村欣三の同情や共感は贋物ではなかったのである。転向以後もそのことには変りはなかった。

さて、並川兵六は次のようにも思っている。「——さうだ、物を考へる習慣と、物を考へさせる思想を、まづ最初に捨てなければならない。こんなものは疾つくに捨てたつもりだつたが、まだ彼の肉体の一部には滓になつて粘りついてゐるのだ」、と。つまり、全ての事柄に対して判断停止をして、ただ眼前に展開される出来事に付き従おうとするのである。そのことによって、自らの〈再生〉を企図しようとするわけである。兵六はこうも言っている、「（略）僕は戦争といふ絶体絶命の立場に立たされて、僕自身の力ではなく、他のものの力によつて、僕が鍛へ直されるのを期待してゐるんです。だから、僕は喜んで戦地へ出て行きます」、と。戦地に行ってからも、「戦争が彼のぐうたらな過去の生活と思想を根本的に解決してくれると考へてゐた」というふうに思っている。もっとも、「（略）真つ裸になつて戦地へ飛び込んだつもりでゐるが、しかしその決心も何時どんな風に変らないとも分らない」という不安もあったとされているのではあるが。

ところで、亀井勝一郎は「人間再生の文学」（「文学界」、一九四〇〈昭和一五〉・七）で『第二の人生』を取り上げ、高見順の『如何なる星の下に』（一九三九〈昭和一四〉・一〜一九四〇〈昭和一五〉・三）と比較しながら論じているが、両者には「共通したものがある」として、「里村が「中途半端で、ぐうたらな人間」と自己嫌忌し、その切歯が彼を前方へ押しやつてゐるやうに、高見の心底にあるものは「如何なる星の下に生れけむ…」といふ歎きを伴つた弱さへの切歯である」と述べている。

因みに、この亀井勝一郎の批評は里村欣三については間違っていないが、高見順については的外れなものである。『如何なる星の下に』はたしかに主人公に弱さへの「切歯」を語らせ、戦場に行けば自分の弱さも鍛え直されるのではないかということを語らせているのだが、よく読めばこの小説はそういう弱さの価値をむしろ肯定しようとしているのである。主人公が浅草の売れない芸人たちに共感するのも、彼らの大半が弱い人たちであるからだ。小説全体を読めば、強さは否定され、弱さの方は肯定されていることがわかる。表面的には強さへの憧れを主人公に語らせながら、小説全体の枠組みでは強さが否定されているという、アイロニカルな構造になっているのである。したがって、里村欣三と高見順に共通していたと言えるのは、社会的な弱者への共感においてであった。高見順もやはり社会的弱者であった浅草の売れない芸人たちにこそ共感を寄せているのである。『如何なる星の下に』では、強者に対しては反感が語られていて、その強者の代表が当時の軍国主義であった。だから『如何なる星の下に』は、アイロニカルな方法を用いて語られた、精一杯の抵抗の小説なのであった。

しかしながら、それとは逆に『第二の人生』の並川兵六は、文字通りに自らを強い存在に、すなわち強い兵隊にしようとするのである。『第二の人生』第二部で並川兵六は次のように思う。「善悪の観念ではない。善悪を超越して、異変《ママ》に応じる強い精神である。戦地でこの精神を持ち得るものだけが、強い兵隊なのだ。／（略）戦争の中へ没入しなければならないと思ふのだつた」、と。また、戦場では当然考えられる死の問題については、「死ぬる決心になつてしまへば、こんなにも心の眼が澄み輝くものかと驚かれるほどである」とも思っている。前に触れたように、並川兵六すなわち里村欣三は、戦争イデオロギーを鼓吹するようなことはほとんど言わなかったのだが、しかしながら、思想や観念を捨て去ろうとすることによって一切の判断を停止して、結局は眼前の事態をそのまま追認するだけの危険なところに進み出てしまったと言わざるを得ない。しかし、それとともに、そういう危険性を持ちながらも、他の転向作家とは異なった里村欣三の独自性もそこには見られるのである。

三

「第二の人生第三部」という副題目のある『徐州戦』(河出書房、一九四一〈昭和一六〉・五)では、さらに一層危険なところに並川兵六は足を踏み入れている。戦争イデオロギーを鼓吹しているとは言えないが、それをなぞる口吻を洩らしたりもしている。たとえば、「日支の両民族が共存共栄の大理想と秩序を東亜に建設するために戦つてゐるのだ」というふうに。しかし、並川兵六はそれを声高に語っているのではなく、まさに単になぞっているだけだと考えられるのである。兵六はこうも語っている、「(略)しかし兵六はそのやうな政治的な目的を意識して支那人を愛してゐるのではなかつた。そんな心持もないではなかつたが、彼が支那人を愛する心持のうちには、もつと深く人間性に根ざした根本的な愛情があるやうに思へた」、と。

彼はまた、「聖戦の意義がはつきりと把握できないモヤモヤとした空虚感が、兵六をして支那人に親しみを持たせる結果になつたのではあるまいか。敗戦の窮民に必要以上な同情を示すところに、かつての思想の残滓が見られ、支那人を愛することによつて卑劣な思想的満足を味つてゐたのではなかろうか?」というふうにも思っている。しかし、「聖戦の意義がはつきりと把握できない」のは、そもそも「聖戦」イデオロギーというような、まさにイデオロギッシュな大観念に共鳴する心性を、並川兵六つまりは里村欣三は持っていなかったからだと考えられる。班長が兵六に眼をかけてくれたことについて、「それはきつと兵六の孤独な寄るべのない寂寞の魂を知つてゐたからであらうと思はれるのだ」と兵六は思っているが、もしも「聖戦」イデオロギーに心底共鳴していたならば、自身の精神を「孤独な寄るべのない寂寞の魂」というふうには言い表わすことはないはずである。根底的なところでそういうイデオロギーは兵六には無縁であったのである。

そのことは左翼思想に対しても同様であったと言える。だから、兵六が「（略）敗戦の窮民に必要以上な同情を示すところに、かつての思想の残滓が見られ」云々と述べているのは、実は本末転倒の解釈であったと言うべきである。並川兵六（里村欣三）が左翼運動に近づいたのは、「窮民」への同情がまずあったからであって、「かつての思想」に影響を受けたからではなかったのである。実際、並川兵六は他の兵隊に比べて現地の中国人と濃い付き合いをしていて、先にも引用した論文の中で堺誠一郎は、中国戦線でのそういう里村欣三に関して、「（略）氏のしいたげられた働く最底辺の人たちへの愛情は変わることがない」と述べているが、その判断は正しいだろう。

あるいは里村欣三は、日中戦争が中国の「窮民」を解放する戦争になるかも知れないと本気で信じ込もうとしていたところがあったのではないかと思われる。たとえば、「今、彼等が戦つてゐる事変が支那人全体を敵にしてゐるのではなく、つまり究極の目的は日支両民族の提携と共栄にあるんだ（略）」と並川兵六は語っている。もちろん、これは公認の「聖戦」イデオロギーをなぞっているだけだとも言えるが、当時の里村欣三が半ば本気で思っていたと言えなくもない、あり得べき「聖戦」目的が語られた言葉だったと思えるのである。もっとも、この戦争が本当に「聖戦」か否かということを疑ってもいいわけだが、すでに見たように小説の中で並川兵六は、「物を考へる習慣と、物を考へさせる思想を、まず最初に捨てなければならない」と思っていたのだから、「聖戦」か否かという問題を問うことはあらかじめ禁じられていたのである。

だから「聖戦」イデオロギーも、その内実など問うことなく、あくまで表層的なところで建前としてのみ受け止めて、後は「（略）戦争の中へ没入しなければならないと思ふ」（『第二の人生』第二部）というような状態に自らを追い込んで、「兵隊並みの覚悟が持てる」ようなことのみに専心するだけであった。そして、「未来も過去もない。現在の転移があるだけだ。それが戦場である」（同）という状況の中で兵士としての任務をこなしていたのが、並川兵六すなわち里村欣三であった。もちろん、中国の「窮民」への同情や労わりの気持は真実であって、それは日本における貧民や社会的弱者への同情と同質のものであったと言える。「苦力頭の表情」にあった、「労働者に国境はないのだ」という言葉は、まさに里村欣三が身を以って実感し実践したことであった。ただし、それは「労働者」と言うよりも「窮民」と言った方が里村欣三の場合には、より適切である。

おそらくこのことが、里村欣三を他の凡百の戦争協力者と分つところだったのではないだろうか。彼の戦争小説には或る暖かさがあるのはそのためだと考えられる。そのことは、同じく日中戦争での従軍を扱った火野葦平の『麦と兵隊』（一九三八〈昭和一三〉・九）と比べてみてもわかる。『麦と兵隊』には中国の「窮民」への眼差しは無いのである。それに対して里村欣三は民族主義のイデオロギーも語らなかったし、他の転向文学者などには顕著にある、戦前の天皇制への見苦しいまでの拝跪の姿勢なども、彼には見られないのである。あるいは、林房雄や当時の右翼思想家などに見られる、欧米列強に抗してアジアを救うのはアジアの盟主である日本だ、というふうな自民族優越主義的な発想なども、里村欣三にはほとんど見られないのである。彼の戦争小説には不思議な清潔感があるのは、それらのイデオロギー、すなわちマルクスが言うところの虚偽の意識としてのイデオロギーが無いからであろう。『第二の人生』三部作にあるのは、里村欣三がどれだけ本心から信じていたのか、怪しいと疑われなくもない、公式的で表層的な戦争イデオロギーと、そして戦地での「窮民」への真に暖かい眼差しなのである。

「怪しい」というのは、たとえば平林たい子が『自傳的交遊録　實感的作家論的』（文藝春秋新社、一九六〇〈昭和三五〉・一二）に収められているエッセイ「二人の里村欣三」で、「戦地からは割によく私の所に手紙をよこした。どの手紙も憂鬱で厭戦的で、「日本は毒ガスを使ひ始めたらしい」等と書いてよこした」と述べているからでもある。なるほど、そうであったかも知れないと思われる。『第二の人生』三部作においては戦争イデオロギーを公式的にしか語らなかったということは、やはり戦争に対して距離を置いて見るところがあったということであろう。ただ、『第二の人生』三部作はそのような「憂鬱で厭戦的」なところは伏せて書かれているのである。

もちろん他の戦争小説には当時の軍部の宣伝をそのまま書いたような小説もある。たとえば『熱風』（朝日新聞社、一九四二〈昭和一七〉・一〇）は、日本軍戦車隊は部下思いの上官と上官思いの部下の部隊であり、その戦闘は勇ましいものであったという話であり、子ども向けの戦争物語である『ボルネオ物語　大東亜子ども風土記』（成徳社、一九四四〈昭和一九〉・一）は、ボルネオの人たちに農業技術を教える「皇軍」の軍人の話である。『ボルネオ物語（略）』には現地の人々と日本人とが「先祖が同じ」であることが語られていて、これも当時の軍国主義が盛んに宣伝していた日鮮同祖論などと同類の発想から出た物語であったのである。あるいは、『支那の神鳴』（六藝社、一九四二〈昭和一七〉・一）に収められているエッセイ「日本人に返れ」では、「日本人一人残らず日本人の自覚に立つならば、わが国土に非日本人的文学傾向の残存する余地はない。（略）私は大政翼賛運動の根本精神は「日本人に返れ」の運動だと信じてゐる」というふうなことを述べているが、このような発言はまさに「物を考へる習慣と、物を考へさせる思想を、まづ最初に捨てなければならない」ということの結果であったと言えよう。それらは、当時の日本主義や大東亜イデオロギーを単に口移しで語っているだけなのである。

このように戦時下の他の書き物を見てくると、やはり里村欣三も危ういところに足を踏み入れていたと言わざるを得ないが、しかし転向作家も含めて他の文学者たちのほとんどが危ういところに身を乗り出していたこと、たとえば戦時下において比較的清潔であったと言える文芸批評家の小林秀雄も、けっこう危ういことを述べていたことなどを考えると、里村欣三のこれらの発言は特別のものではなかったと言えよう。そのことよりも、やはり里村欣三が、「労働者には国境はないのだ」と語っているように思えた苦力頭の表情に強く共感するものであった、ということの方に注目したい。前述したように、この場合の「労働者」という言葉の代わりに、国境を越えた「貧者」や「社会的弱者」あるいは「民衆」という言葉を置き換えても構わないであろう。それが里村欣三の「弱者」などに注ぐ眼差しであったのである。

その端的な例は、一九四三（昭和一八）年一一月に出版され、「北ボルネオ紀行」という副題目が表紙に印刷されている『河の民《オランスンガイ》』（有光社）である。里村欣三は彼ら「河の民」が「素朴な精霊説」を信じていて、また彼らの「お話」には日本の「因幡の白兎」に似た話があることや、日本の昔話にはない「お話」もあることなどを紹介しながら、次のようなことを語っている。すなわち、「私は武力の背景を持たず、また征服者の誇りを捨てゝしまつて、一放浪者として人間的に交際し、友達になつてみたいと考へて、こんどの旅行に出て来たのである」、と。あるいは、「食糧がなくなれば、私は土人の小屋から小屋へ、食物を乞ひながら、彼等の人間的な感情に縋つて、この旅を続けなければならないことがあるかも知れないと、出発の時から秘そかに覚悟してゐた」、と。

ここには日本人が文明人でボルネオの「河の民」がそれよりも劣った未開の人間たちであるというような眼差しはない。少なくともそういう眼差しで彼らを見ようとすることを自らに戒めようとしている。実際の旅においても里村欣三の眼差しは、彼自身の「人間的な感情」から出てくるものであったことは、この紀行文を読んでみるとわかる。そこには自民族に関しての優越意識のようなものは無いのである。それはまた、プロレタリア文学時代の「東京暗黒街探訪記」のルポルタージュにおける貧者を見る眼差しや、中国の苦力たちを見る眼差しなどとも、共通するものであったと言えようか。その眼差しにおいて里村欣三は一貫していたのである。大家眞吾は、「眼前の人々の苦しみに全身をもって共感する行為の純粋性が、戦争の中でのそれと、プロレタリア文学運動の、あるいは階級闘争の中で発揮された共感の純粋性とではどう異なるであろうか」（前掲書）と問いかけているが、やはりそれは異なっていないと言えるであろう。

理論や思想、さらにはイデオロギーから離れたところで社会的弱者や貧者、あるいは一般には未開の民族と言われる人々へ向けられる里村欣三の眼差しを、私は無条件に肯定したいと思う。もちろん、彼が日本のファシズムに足を取られたという問題はあり、そのことはさらに考察していかなければならないが、しかし転向後も社会的弱者たちに向ける眼差しには変化はなかったことは特筆されていいのではないかと思われる。つまらない民族主義イデオロギーや天皇制ファシズムのイデオロギーとも、本質的にはむしろ無縁のところに里村欣三はいたのではないかと考えられる。転向文学者であったにもかかわらず、である。このことも特異なことである。

おそらく里村欣三は北ボルネオに紀行したときが、戦時下において一番幸せなときだったのであろう。高橋隆治は、無謀とも言える里村欣三のフィリピン行きについて、「(略)日本軍と運命をともにするようなばかげたことをせず、なんとかボルネオに脱出しようと考えたのだ」と推測しているが、たしかにそう思いたくなるような、里村欣三にとっては幸せな紀行だったと言えようか。しかし、彼は脱出の夢を果たすことができず、空襲の爆弾によって戦傷死したのである。

里村欣三には、まだよくわからないところがある。たとえば、彼の宗教意識、とりわけ仏教に対する意識である。彼は若いときに白隠や一休についての文章を書いていて、仏教に関してはそれなりの素養があったと思われるが、戦時下での日蓮宗への傾倒は、まるで仏教の初心者の入信のような印象を受けるのである。不可解な傾倒である。戦時下で死の問題を正面に見据えなければならなかったことと仏教への傾倒とは、もちろん大いに関係があるわけだが、その問題については稿を改めて考察したい。

太宰治「地球図」論

一

「地球図」（一九三五〈昭和一〇〉・一二）が、新井白石の『西洋紀聞』に大きく拠っていることは、渡部芳紀の「太宰治の一方法――「地球図」論――」（『学習院女子短期大学国語国文論集二』、一九七〇〈昭和四五〉・二）によって明らかにされた。その後、山内祥史は「「地球図」論」（『太宰治研究1』和泉書院、一九九四〈平成六〉・六）および「「地球図」論（続）」（『太宰治研究2』和泉書院、一九九六〈平成八〉・一）で、「地球図」が『西洋紀聞』だけでなく、山本秀煌の著書『江戸切支丹屋敷の史蹟』（イデア書院、一九二四〈大正一三〉・六）をも重要な典拠としていることを実証した。たとえば、「地球図」の物語が「ヨワン榎」の話から始められているところは、『江戸切支丹屋敷の史蹟』「後編」における冒頭の記述をほとんどそのまま踏襲していると考えられる。「ヨワン榎」の話は、『西洋紀聞』には無いことから、「地球図」は『江戸切支丹屋敷の史蹟』にも拠って書かれたものであることがわかる。

これら原典と「地球図」との関係について、『西洋紀聞』との比較対照を詳細に行った渡部芳紀は先に挙げた論で、「太宰が、つけ加えたものは極めて少なく、あったとしても瑣末な事柄である。文章および筋立ての点では太宰の創造はほとんどなかったと言って良い」と述べている。しかし、そう語りつつも渡部芳紀は、「地球図」の物語が「シロオテの悲劇」に焦点を当てて叙述されていること、そしてそのような叙述は、六年の歳月を費やしても二人の信者を得ただけで「弾圧され」、その二人の信者を除いては「自分の気持を理解されず（略）死んでいったシロオテ」の「悲劇」に、太宰治が「自分に通じるものを感じて」いたからであるとしている。「そして、そのシロオテの姿は、昭和十年頃の太宰の姿でもあったのではなかろうか」とも語っている。

もっとも、渡部芳紀はそれだけではなく、新井白石が世界のことをシロオテに説明してもらう際に持ち出してきた「ヲヲランド鏤版の地図」に関して、『西洋紀聞』では「此所にやといふに、これも番字にてエドとしるせし所也」とされているのに、「地球図」では「エドは虫に食はれて、その所在をたしかめることさへできなかつた」と語られていることについては、「太宰の戯画化が行われている」ということも指摘している。では、なぜ「戯画化」なのかという問題に渡部芳紀の論は踏み込んではいないのであるが、それはともかく、『西洋紀聞』で語られている事柄を取捨選択することで、「地球図」は「孤独に死んで行った一人の殉教者を作りあげ」、そこに「当時の太宰の思いの一端は託しえたものであった」と、渡部芳紀は結論づけている。

先に触れたように、前記の山内祥史の「地球図」論は、「地球図」が『西洋紀聞』とともに『江戸切支丹屋敷の史蹟』も典拠にしていることを述べているが、『江戸切支丹屋敷の史蹟』との比較においても、「地球図」ではやはりシロオテの「悲劇性」が前景化した叙述になっていることが述べられている。たとえば

「地球図」では、シロオテはパンなどを「役人から与へられて、わびしげに食べてゐた」と語られているが、「わびしげに」という言葉は、「「西洋紀聞」にも『江戸切支丹屋敷の史蹟』にも見られない、「地球図」特有の言述である」としている。太宰治は、「地球図」が作品集『晩年』収録の際には削られた無題の「まへがき」で、この「地球図」を「一篇のかなしき物語にすぎず」と語っているが、その太宰治の言葉通りに「地球図」は「かなしき物語」として「構築」されたものである、と山内祥史は「「地球図」論（続）」で語っている。

そのことに関わって言うと、牢に繋がれたシロオテについて山内祥史がやはり同論文で、「「地球図」に特徴的なのは、シロオテが「いぢめられ」「折檻され」たことを強調している点と、「牢死した」ことについて「下策をもちひたも同じことであつた」と断じている点とである、といえよう」と述べている。たしかに、『江戸切支丹屋敷の史蹟』ではそのようには語られていないのである。この叙述についても、「地球図」ではシロオテの悲劇がより印象づけられるように語られていると言えよう。

それでは、その悲劇とは何だったのか、その本質とは何だったのかという問題になるが、それについてはたとえば安藤宏が「近代小説と寓意――太宰治「猿ヶ島」「地球図」論――」（「上智大学国文学科紀要」第一四号、一九九七〈平成九〉・三）で、その悲劇とは「意思疎通（言葉）の悲劇、交錯の悲哀」のことであるとしている。また遠藤祐も「「地球図」を読む」（「学苑」六六三号、一九九五〈平成七〉・三）で、「（略）おのれの想いを伝えるべき対象を切実に求めつつ、にもかかわらず得られぬままに待たざるをえない、孤独な司祭の姿を、物語に彫りつけていると思う」と述べている。つまりシロオテの悲劇は、自分が抱く宗教的信念が相手に伝わらぬことについての悲劇だったというわけである。そして、そのことが当時の太宰治にとっては、自分が周囲から理解されないことの悲しみと重ねられていたというふうに捉えれば、これらの論は先に言及した渡部芳紀や山内祥史の論と無理なく接合することができるだろう。

「地球図」についての解釈は、これからも今見てきたような先行研究の枠組みを大きくはみ出ることは少ないであろう。太宰治が『西洋紀聞』や『江戸切支丹屋敷の史蹟』の中から主に引き出して来た叙述や、強調した事柄を見てくると、なるほど太宰治自身を投影させたシロオテの悲劇が浮き上がって来る。しかしながら、それでは太宰治が依拠したそれらの書物に書かれていながらも、太宰治が取り上げなかった事柄は何であったかについてを見てみると、「地球図」のもう一つの面が窺われるように思われるのである。

二

『西洋紀聞』を読むと、新井白石はシロオテ（またはシドチ）の学識とともにその人物をも評価していたことがわかる。たとえば、「凡そ其人、博聞強記にして、彼方多学の人と聞えて、天文地理の事に至ては、企（て）及ぶべしとも覚えず」と述べていて、その博学に感心している。またシロオテの態度の立派さや礼儀正しさについても、「坐する事久しけれども、たゞ泥塑の像のごとくにして、動く事なく、奉行の人々、また某の、坐をたつ事あれば、必ず起ちて拝して坐す。還り来りて坐につくを見ても、必ず起ちて拝して坐す。此儀日々にかはらず。」と語られている。白石はシロオテの礼儀正しさに感じ入っているのである。もっと言うなら、そういうシロオテに好意さえ持ち始めたようなのである。

このことに関しては、岩井薫も『新井白石と切支丹屋敷の夷人』（一粒社、一九三四〈昭和九〉年六月）で、次のように述べている。

新井白石は、ヨワン・シローテの、博聞強記にして、十六科の学に通じ、天文地理に明きこと、到底余人の、企で及ぶ所にあらずと、言葉を惜まず賞讃して居る。又彼はシローテの、操志の堅さと、その人物の謹厳さには、少なからず感服して居る。

また、『西洋紀聞』の下巻では、「男子其国命をうけて、万里の行あり。身を顧ざらむ事は、いふに及ばず。されど、汝の母すでに年老いて、汝の兄も、また年すでに壮なるべからず、汝の心におゐて、いかにおもふ」というふうに問い掛けているのである。これは思いやりのある問い掛けであろう。岩井薫が前掲書で述べているように、六年かけて苦労して日本にやって来たのに、「(略)直ちに囚人となつた哀さを思遣る時、白石もその心根の不愍さには、いさゝかその胸を痛められた」と推察される。まさに、「白石も亦、夷人の献身犠牲の熱誠には、少なからず動かされたと見へる」(同)のである。

そうであったからこそ、自分は逃げるようなことはしないのだから、今のように寒い時候には気の毒なので自分を監視する役から人を外して欲しいと言ったことに対して、白石は「其申す所は、いつはりにてあるなれ」と言って、シロオテを遣り込めるという出来事になったことが『西洋紀聞』に記されている。実はそれ以前に、寒くなったので奉行側はシロオテに着物を増し与えようとしたのだが、シロオテは「其教戒に、その法を受ざる人の物、うくる事なきによれり」として断ったことがあったのである。白石は、奉行側が寒いだろうと思われるシロオテに着物を与えて彼を守ろうとするのは、「奉行の人々の命を重んじぬるが故也」なのに、シロオテはそれを無碍に断りながらも、他方では彼らを気遣うようなことを言うのは、おかしいではないかと言ったのである。

「いつはり」云々というのは、気遣いの方の言葉と無碍に断った方の言葉とでは矛盾していて、そうならばどちらかが「いつはり」であるはずだと言ったのである。そのように論難されたシロオテは、「さらば、いかにも衣給りて、御奉行の心をやすむじまいらすべきに候と申」して、彼は着物を受け取ることにしたのである。このことについて宮崎道生は『新訂西洋紀聞』（東洋文庫、一九六七〈昭和四二〉・四）の「解説」で、白石の「いつはり」云々と言った態度は「一見高飛車」のように見られやすいが、そうではなく、その「外見」とは反対に彼の発言の中身には、「（略）シドチの体をいたわる白石の思いやりが感ぜられるのであって、そうであればこそ、シドチが自己の発言の矛盾を素直に認めて、白石の言葉に従うものになったものと思うのである」と述べている。たしかにそう考えられるであろう。

それとともに、白石とシロオテとがそのような遣り取りを行っているということ自体に、二人の関係が単なる取調人と被取調人との関係ではなく、より深まったものであったことが知られるのである。たとえば、この一件についても、シロオテの方から、「某、事の情をわきまへしより此かた、つゐに一言のいつはり申したる事は候はず。殿には、いかにかゝる事をば、仰（せ）候ぞや」と白石に問い質《ただ》しているのである。このような問い質しをすることができ、それに対して白石が真正面から理路整然と答え、そして納得したシロオテがその言に従っているというあり方を見ただけでも、二人の間には肝胆相照らすというほどではないにしても、互いの人格と学識とを認め合う関係が作られていたと言えよう。

そのことについて、岩井薫は『新井白石と切支丹屋敷の夷人』（前掲書）で、「（略）白石、シロオテ、両者の間には、言葉の不便を越へて、互いの心と心に、相通ずるものがあつたのである」と述べている。実際、それを『西洋紀聞』の叙述から感じ取ることができるであろう。とくに新井白石にとっては、シロオテとの会見は自分の学問に大いに益するところがあったのである。また岩井薫は、『西洋紀聞』の一〇年後に幕府が洋書解禁令を出したことに注意したいとして、白石が青木昆陽をして蘭学を修せしめ、日本における洋学研究の端を開かせたと述べている。白石の「蒙を啓かしめ」（同）、さらに結果的に日本文化の発展にも貢献したのは、まさにシロオテだったのである。白石も、宗教はともかくもシロオテの人物に畏敬を感じるところがあったわけだが、それとともに彼の知識の重要性を十分に察知していたと考えられる。

また、シロオテにとっても幕府の取調官が新井白石であったことは幸運であったと言える。岩井薫も同書で、「あの不遇な伴天連シローテが、他の心なき幕吏の手中に落ちずして、実に当代の人物、新井白石の手にかけられたといふ事は、せめてもの夷人が不幸中の幸であつたといはねばならない」と述べている。また、シロオテの方も白石について、「通事等に敏捷におはし候」と思っていたことが、『西洋紀聞』で述べられている。宮崎道生は前掲の解説論文で、『西洋紀聞』の「内容について、申し添えておきたいのは、中に特別に感興・感動をよぶ記述のあることである」として、「（略）下巻におけるシドチの生命を賭《か》けての渡来に深き同情を寄せた筆致に見られるところである」と語っている。それはすでに見た、白石がシロオテに語った思い遣りのある問い掛けの言葉であった。

このように新井白石はシロオテに温情ある接し方をしたのであり、したがって、切支丹シロオテに対しての「頗る同情的な処置を建策した」（岩井薫）わけである。両者は互いに相手の人物と見識を評価し認めていたのである。その点において、シロオテは周囲に全くの理解者がいない状況にいたわけではなかったのである。そのことは、『西洋紀聞』の叙述そのものからも窺われることである。

今述べたような、『西洋記聞』から読み取れるだろう事柄について、太宰治は「地球図」に取り込んでいないのである。もっとも、太宰治が「地球図」執筆に際して参考にしたと考えられる『江戸切支丹屋敷の史蹟』の執筆者である山本秀煌は、新井白石とシロオテとの関係については、二人の心の交流という面については、ほとんど眼を向けていない。そして、不幸にして目的を達成することができず「牢死」したのは「あはれむべき」であるが、「（略）彼は先輩の伴天連共のやうに転宗の汚名を受けず、宣教師として切支丹の為めに死んだのは、これ所謂殉教でその光栄とするところであらねばならぬ」と述べている。「地球図」でのシロオテ像は、この山本秀煌のシロオテ像に近いと言える。むしろ、より一層悲劇性が増していると言えようか。

三

高橋秀太郎は「太宰治「地球図」論――「物語」と「知識」――」（「日本文芸論叢」第13・14合併号、二〇〇〇〈平成一二〉・三）で、『西洋紀聞』には新井白石のシロオテへの友情が書き込まれているのに、「地球図」ではそれらが落とされているという論が「ほぼ統一した見解」であるが、はたしてそうかと問いを投げかけ、たとえば二度の会見における「朝早くから」や「つめかけた」などの表現は、「白石の熱意、心情をより強調するもの」で、「白石の会見への、あるいはシロオテへの期待、熱意を強調するものであろう」と述べている。

たしかに「地球図」においても、シロオテとの会見に白石が熱意を持っていたことは語られていると言える。しかしそれは、これまで述べてきたような、互いに人物や見識を認め合った上での情誼から出てくる熱意なのではない。やはり「地球図」では、白石におけるシロオテへの期待や熱意は、あくまで彼の知識に対しての関心に基づいたものでしかない、というふうに語られているのである。だから「地球図」のシロオテは、周囲に全く理解者がいなかった孤独な存在として描かれている。

たとえば、白石がシロオテに「いかなる法を日本にひろめようと思ふのか」と問うと、シロオテが「悦びに堪へぬ貌をして」語り始めたというところは、『西洋紀聞』にもそう語られているが、しかしシロオテがその「宗門の大意を説きつくした」最中には、「白石は、ときどき傍見《わきみ》をしてゐた。はじめから興味がなかつたのである」と、「地球図」では語られているのである。しかし、これは太宰治の創作であって、『西洋紀聞』にはそのような叙述はない。また、『西洋紀聞』の下巻は白石の問いにシロオテが答え、その答えが書かれているのであるが、その最後の問いで白石は、「天主の教、我いまだ聞所あらず、其大略を聞かむと問ふ」と言っていて、その後にシロオテが語った「大略」が詳しく記載されているのである。「興味がなかつた」のであるならば、このような詳しい記載はあるはずはない。やはり白石は、大いに関心があったのである。

また「地球図」では、白石はシロオテが語ったキリスト教の「物語」を聞いて、「すべて仏教の焼き直しであると独断してゐた」と語られている。『西洋紀聞』においても「凡其天地人物の始より、天堂地獄の説に至るまで、皆これ仏氏の説によりて」云々と述べているのであるが、それだけでなく白石はキリスト教の「物語」にある矛盾を突きながら真正面からキリスト教に反論しているのである。これは「興味がなかつた」というものではない。大いに興味があったからこそ、まともに批判もしているのである。おそらくシロオテは、「地球図」の白石のように「興味がな」い顔をされて聞き流されるよりも、『西洋紀聞』で語られた実際の白石のように、熱心に自分の話を聞いて本気で反論してくれる方がはるかに嬉しかったに違いない。そういう白石が身近にいたシロオテは、少なくとも孤独ではなかったのである。

さらに「地球図」では新井白石の人間像が卑小に描かれている。たとえば、白石が最初に持ち出してきた「万国の図」が、シロオテから「これは明人のつくつたもので意味のないものである」と「声たてて笑」われると、「白石は万国の図がはづかしめられたのを気にかけてゐた」と語られている。しかし、『西洋紀聞』にはそのようなことは語られていない。白石は、それでは奉行所にある「ふるき図」を出そうと言っているだけである。『西洋紀聞』を読めばわかるように、新井白石はさすがに当代の一級の知識人であり器量も大きい人物だと思われるところがあるが、「地球図」の白石は何とも人物の小さい人間として描かれているのである。なるほどこのような小人物であったならば、シロオテは孤独を一層強く感じたであろう。太宰治はそういう物語にしているのである。

しかし、『西洋紀聞』から窺われるのは、新井白石もシロオテも人物、見識とも平均よりも一回りも二回りも大きい人物であり、また言うまでもなくどちらも大人なのである。二人の交流は、大人同士の付き合いでもあり、また宗教その他においての異文化の交流でもあったわけで、その意味でも興味深い問題を提起しているのだが、太宰治の眼はそのようなことには向かないのである。当時の太宰治が、周囲の無理解や意思疏通の問題などで悩んでいたということもあり、結果としてそのことが白石やシロオテの人間像を卑小なものにしてしまい、その卑小な枠内での「かなしき物語」にしてしまったと言えよう。

さらに言えば、新井白石のシロオテへの尋問には、切支丹伝道に他国を侵略する意図があるかどうかという領土的野心の有無を確かめる意図があったのだが、もちろん当時の太宰治にとってはそんなことはどうでもいいことで、ひたすらシロオテの孤独な「かなしき物語」を浮き彫りにすることに筆を傾けたのである。では、その後の太宰治が白石やシロオテの人間像を正確に摑まえるまでに成長したであろうかと問い直せば、それも大いに怪しいと言わざるを得ないだろう。おそらくシロオテには人知れぬ複雑な思いがあったであろう。白石はそのことを感知していたであろう。残念ながら太宰治は、両者の複雑で奥深い心意を捉えることはできなかったと言わざるを得ない。その意味で「地球図」は言わば柄の小さい、底の浅い物語に終わってしまったと思われる。

［付記］本文中で引用した太宰治の文章は、すべて第一〇次筑摩書房版『太宰治全集』全一二巻・別巻（一九八九〈平成元〉・六〜一九九二〈平成四〉・四）による。

東南アジアの戦線

――『ジヤワ縦横』『南十字星文藝集』

一

日本において、南洋への関心が急速に深まるのは、国策のレベルで言えば、広田弘毅内閣の五相会議が「国策の基準」と「帝国外交方針」を策定した一九三六（昭和一一）年八月からである。その「国策の基準」では、「帝国として確立すべき根本国策」として、「東亜大陸に於ける地歩を確保すると共に南方海洋に進出発展するに在り」と述べられている。それまでは、政府あるいは民間においても東南アジア、とりわけジャワやフィリピンは、あまり関心が持たれた地域ではなかった。

もっとも、民間レベルではジャワなどの南洋に移住した人々が、少数ながらすでに明治二〇年前後あたりからいたようである。それらの人々は主に娼婦や芸人あるいは小商人という、当時の日本社会では底辺部分に位置する日本人であったが、この頃から日本人の視野の中に南洋という地域が少しは入るようになってきた。言論界においても明治二〇年代の初めは、志賀重昂の『南洋事情』や久松義典の『南溟遺蹟』さらには東海散士の『東洋の佳人』、服部徹の『日本之南洋』などが出版され、南洋熱はそれなりの盛り上がりを見せていた。

これらの南洋への関心を明治の「南進」論と言うならば、明治の「南進」論の特徴は基本的には軍事的な侵略ではなく経済進出であった。そのことについて、矢野暢は『「南進」の系譜』（中公新書、一九七五〈昭和五〇〉・一〇）の中で、明治の「南進」論を「基本的には善意の思想であった」（傍点・原文）と指摘している。しかしながらその南洋熱は、朝鮮半島の問題をめぐる日清関係が緊張しはじめて人々の関心が大陸方面に向かい出すと、冷却することになる。また南洋への関心を持った、志賀重昂ら前記の人々の熱も、一過性のものに終わっているのである。

再び南洋への関心が高まるのは大正期であったが、やはり矢野暢の『日本の南洋史観』（中公新書、一九七九〈昭和五四〉・八）によれば、明治期のそれが「在野の思想、民間の思想であり、そして絶えず夢を追う不遇なロマンチストたちの思想」であったのに対して、大正期になると多少とも「公」の思想としての色彩が濃くなるとともに、しかもその関心のあり方は、非ロマン的であって実利的で即物的な傾向を示すようになったのである。「公」の思想としての面は、たとえば一九一五（大正四）年に創設された「南洋協会」がそれを示していて、発起人の中には渋沢栄一や近藤廉平などがいた。また実利的な傾向は、一九一七（大正六）年に太田光瑞がスラバヤに蘭領印度農林興業株式会社を設立したことに端的に表れているだろう。

ところで、大正になるほぼ直前の明治四三（一九一〇）年に出版された竹越與三郎の『南国記』は、異常なほどに大きな反響を呼んだ南洋論の書物であったが、この書物の影響も大正期における南洋への関心の興隆に一役買っていたと考えられる。その中で竹越與三郎が述べたことの一つに、日本人を南方起源の

「南人」と捉え、「北進」は歴史の約束に反しているという論であった。昭和期の南洋への関心には、南洋には日本が文明化の過程で喪失していった掛け替えのない価値が残されていて、そこには言わば原日本が存在しているというロマンティシズムが含まれるようになるが、竹越與三郎の『南国記』はそれを先取りし、且つそのような南洋イメージ形成に寄与した書物であったと言えよう。

ただ、ここで注意しなければならないのは、この時期までの南洋論さらには「南進」論と、いわゆるアジア主義とは別物であったということである。すでに言及した矢野暢の『日本の南洋史観』が述べていることであるが、日本のアジア主義者のほとんどは「北進」論者であって南洋は彼らの活動の舞台ではなかった。よく知られているように、岡倉天心は一九〇三（明治三六）年に英文で出版され、後に邦訳された『東洋の理想』の冒頭で「アジアは一つである」と述べ、この言葉は昭和期に入ってから日本のアジア主義者に都合良く利用されることになるが、逆に言えば、南洋はこの「アジアは一つである」というアジア主義的なテーゼが通用しにくい地域だった。他方で「南進」論者たちの方も、アジア大陸部の問題には無関心だったのである。つまり、この当時までの「南進」論は、国権論的なアジア主義とはまずは無関係だったと言える。その両者が強引なまでに結合されていったのが昭和期であった。

昭和期に入って、南洋への関心も急浮上してくるのである。それは対英米蘭戦争に向けて、また日中戦争（当時の言葉で言えば「支那事変」）の継続のために、資源を確保する必要があり、とくに地域としてはインドネシアなどが注目されたからであった。一九四一（昭和一六）年一一月に大本営政府連絡会議が決定した「南方占領地行政実施要領」では、たとえばインドネシアは「重要国防資源」の補給基地として位置づけられ、日本の直接の支配下におくこととされた。すなわち軍部と政府の「南進」論とは、露骨に戦争政策のための資源獲得が目的だったのである。もっと言うならば、この頃の「南進」論は、支那事変の処理の不手際の結果として要請されたものであった。しかしながら、それはあくまで「大東亜共栄圏」イデオロギーという〈大義名分〉に包まれた政策として提示されなければならなかったわけである。

そのあたりの事情に関して、後藤乾一は『近代日本と東南アジア　南進の「衝撃」と「遺産」』（岩波書店、一九九五〈平成七〉・一）で、「南方占領地行政実施要領」（一九四一年一一月）に触れながら、こう指摘している。「このように南進のホンネはあくまで資源の獲得であったが、日本はタテマエとしては、植民地体制の打破とアジア解放とを戦争目的に掲げざるを得なかった。いうまでもなく占領政策を実施する上で東南アジア側とりわけ民族主義者の支持を得ることが、目的達成のために不可欠だとの認識に達していたからである。またそうした「大義」は、日本国民とくに青年層を戦争に動員する上でも必要とされたのであった」、と。

また、倉沢愛子も『日本占領下のジャワ農村の変容』（草思社・一九九二〈平成四〉・五）で、次のように述べている。すなわち、「日本の南方占領はアジア主義的なイデオロギーに裏打ちされた大東亜共栄圏思想という「大義」を前面に出して、さまざまな意義づけや理由づけがなされていたが、つまるところは日中・日米戦争継続のための資源獲得という、日本の国家的利益の追求から出たものであったと著者は考える」、と。もっとも、ここで「アジア主義的なイデオロギーに裏打ちされた大東亜共栄圏思想」という言い方がされているが、第二次近衛内閣の外務大臣松岡洋右が一九四〇（昭和一五）年の夏に唱えだしたのが初めとされる「大東亜共栄圏」という言葉と、その〈思想〉について言うならば、それは「アジア主義的なイデオロギーに裏打ちされた」と言うよりも、アジア主義と「南進」論とを無理矢理に接合するためにデッチ上げた、まさにイデオロギー（虚偽の意識）だったと言うべきであろう。先にも述べたように、「北進」を主要な関心とするアジア主義には、南洋は馴染まない地域だったのである。

このように、南洋への関心は日本国家の国策として、昭和期とくに昭和一〇年代以降に入って急浮上したのであるが、ではその当時までの日本人にとって、南洋さらには南洋の人々についてのイメージはどのようなものだったのだろうか。たとえば、一九〇三（明治三六）年三月に大阪で開かれた第五回内国勧業博覧会で「学術人類館」という見せ物小屋が設けられ、そこには「内地に近き異人種」が集められたが、その「異人種」とは「北海道アイヌ」「台湾生蕃」「支那」「印度」の人たちに加わって「爪哇」（ジャワ）人もいた。このときにジャワ人に向けられていた眼差しは、差別と偏見に満ちた、且つ好奇なものであったと言えよう。おそらく、明治期においてジャワの人たちにそういう差別意識を持っていなかったのは、先述した、明治二〇（一八八七）年頃に単独でジャワに行きそこに住みついた人々だけだったのではないだろうかと考えられる。

しかし、一般の日本人の多くはジャワやジャワの人々を蔑視していたのである。また、ジャワの人たちなど南洋の人々は上から見下すものだとしていたのは、国家レベルにおいても民衆レベルにおいても差異はなかった。すでに引用した『近代日本と東南アジア　南進の「衝撃」と「遺産」』の中で後藤乾一は、戦前期までの日本人が南洋の人々を「土人」というふうに表現していたことに関して、「まさに「土人」という二文字こそ、近代西欧を規矩とする「文明」に対置された「野蛮」、さらには伝統的な華夷秩序における「外夷」と同義であり、戦前期日本人の南方観（それは今日なお「現地人」「東南アジア系」と表現をかえて色濃く継承されている）を象徴し、約言する概念であった」と述べている。

そのような意識を一層定着させたものの一つに、『少年倶楽部』に一九三三〈昭和八〉年六月から一九三九〈昭和一四〉年七月までに連載された、島田啓三作の人気漫画『冒険ダン吉』があった。この漫画では、東南アジアと言えば、すぐにジャングル、猛獣、裸の土民などのイメージが思い浮かぶように描かれていて、東南アジアは〈野蛮〉で極めて遅れた地域として少年読者に受け止められていたと考えられる。もちろん、それは大人が読者であった場合でも同じであった。『冒険ダン吉』は一般の人々の偏見に満ちた南方観を形象化したものであるとともに、その南方観をより一層強化した漫画でもあったのである。そのように自らは優位に立って東南アジアを見下すような意識が一般人にも定着したのは、おそらく大正時代に日本がいわゆる〈一等国〉になったことと関係があるだろう。

この人気漫画については、川村湊が「大衆オリエンタリズムとアジア意識」（『岩波講座　近代日本と植民地7　文化のなかの植民地』〈一九九三〈平成五〉・一〉所収）で説得力ある論を展開している。川村湊によれば、『冒険ダン吉』が描く東南アジアは「野蛮人」の住む空想的な世界であり、東南アジアの実態からは離れていて、その視線は「文明」が「未開」を観る視線であって、その意味で『冒険ダン吉』はオリエンタリズム的な物語であった、と。たしかにそうであったと考えられる。しかし、そのオリエンタリズム的な優位意識は、昭和期に入ってから、とりわけ昭和一〇年代に入ってからは、そこに別の要素が入ってきて複雑に変質してくるのである。それは、欧米に対する批判が加わってきたからである。

すでに拙論「ジャワ徴用文学者のアジア観――日本型オリエンタリズムについて」（拙著『倫理的で政治的な批評へ――日本近代文学の批判的研究』〈皓星社、二〇〇四〈平成一六〉・一〉所収）で述べたことであるが、東南アジアに対しての日本人の視線には、オリエンタリズム的な要素に加えて、そこに欧米批判の要素も入り交じってくるのである。東南アジアを遅れた所だと見るときは、欧米の価値基準からのまさにオリエンタリズム的視線であるが、しかし欧米の物質文明によって汚れた東南アジアの人々の、その外皮の奥には純粋無垢なアジアの精神がある、というふうに評価もされてくるのである。たとえば実際にジャワに徴用されて行った文学者たちの当時の言説を調べてみると、そのダブル・スタンダード（二重基準）で東南アジアとその人々に向き合っている。「未開」として蔑視するときは欧米の物質文明の価値基準で、しかし今度は欧米をその物質文明のために批判するときには、今度は逆に「未開」の東南アジアが評価されるのである。そして、彼ら徴用文学者たちは自らのそういうダブル・スタンダードに対しては無自覚だったのである。そのようなダブル・スタンダードを含んだ視線は、エドワード・W・サイードの言うオリエンタリズムとは異なっているから、日本型オリエンタリズムと呼ぶべきではないかと思われる。

この事柄に付け加えて述べるならば、サイードは『オリエンタリズム』（今沢紀子訳、平凡社、一九八六〈昭和六一〉・一〇）で、西洋人にはイスラム教がキリスト教の胡散臭い焼き直しに見えたことなどに言及しながら、「かくてオリエントは、全体として、見慣れたものに対し西洋が抱く軽蔑の念と、新奇なものに対して感ずる喜び――あるいは怖れの戦慄――とのあいだを揺れ動くことになるのである」と述べているが、徴用文学者も含めて戦時中にジャワに行った日本人はそれと異なって、「見慣れたもの」には日本（人）と同類のものを見て、むしろその場合には「軽蔑の念」どころか逆に親しみを覚えて〈同胞意識〉さえ感じたのである。さらには矢野暢が『日本の南洋史観』で述べているように、東南アジアは文明化した当時の日本が失った「原日本」のイメージを呼び起こす場所としても意識されていたのである。

さて、以上のように見てくるならば、戦前昭和の日本人が持っていた南洋観というものは、サイードの言うオリエンタリズムと繋がる面があるものの、しかしそれには包摂しきれない特殊な要素もあって、まさに日本型オリエンタリズムと呼べるものであったと言えよう。もっとも、そこに蔑視の意識があることにおいては明治時代や大正時代の南洋観と連続性があるのだが、政府軍部の大東亜イデオロギーからの影響もあって、新たに複雑な様相を示したのである。私たちは、それらの言わば影を太田三郎の『ジャワ縦横』（新紀元社、一九四三〈昭和一八〉・一二）や比島派遣軍宣伝班発行の文集『南十字星文藝集』（一九四二〈昭和一七〉・六）に窺うことができる。

二

一九四二（昭和一七）年三月に日本軍はジャワに上陸して軍政を布いたのであるが、後藤乾一の『日本占領期インドネシア研究』によれば、住民はそれまでの宗主国オランダに対する不信感があまりに強かったせいと、また日本軍の事前の宣伝が功を奏したこともあって、日本軍の到来を歓迎するムードが当初は強かったようである。また、倉沢愛子（前掲）によれば、ジャワには昔から「ジョヨボヨの予言」という言い伝えがあって、〈自分たちは外国の支配を受けるが、東方より黄色い肌の人種がやってきて、われわれを救い、とうもろこしが身を結ぶまでの間（約三ヶ月）自分たちを支配したのちに解放してくれる〉という、その「予言」と日本軍の占領とを結びつけて、ひそかに期待する人々もいたようである。もっとも、知識人の間では日本国家のファッショ的な性格を見ぬいて警戒する動きもあったらしい。

むろん、軍政を布いた日本軍が住民たちの生活のことを重視するはずはなく、住民たちはその軍政に都合のいいように駆り出されていったのである。たとえば、住民の言葉となった「ロームシャ」というのがそれを端的に示していて、たとえば彼らの中には「ロームシャ」となって、タイとビルマを結ぶ全長四一四キロメートルの、あの泰緬《たいめん》鉄道の工事のために連行された者もいたのである。また、日本軍政によるそのような労務徴発は、誰を徴発するかは村落のリーダーの判断で決められていたために、村落のリーダーに対する恐怖心を村人たちに植え付け、また仲間内の疑心暗鬼も生んで、ジャワ社会に深い傷痕を残したと言われている。

画家の太田三郎の『ジャワ縦横』は、一九四二（昭和一七）年の八月以降、軍の命を帯びて数ヶ月ジャワに滞在した時の紀行文である。その滞在期が、日本軍による占領期のまだ初めの時期に当たっていたためもあって、軍政がもたらした過酷な面がそれほど表面化していなく、したがってその滞在期間は、日本軍に対して住民がまだ好意的であった時期であった。『ジャワ縦横』にはその雰囲気が表われている。太田三郎には、『ジャワ縦横』とほぼ同時期に出版された『爪哇の古代藝術』（崇文堂、一九四三〈昭和一八〉・七）という著書もあり、この『爪哇の古代藝術』は「ブル・ブドゥールの佛陀像」や「メンドゥ寺」の「脇侍菩薩二面」や「セウー寺廃墟」の「ラクササ像」など採り上げていて、美術家の著者らしく、宗教関係の多くの彫像や建築物といったジャワの「古代芸術」についての紀行エッセイになっているのに対して、『ジャワ縦横』にもそれらの建築物や彫像などについての記事もあるのではあるが、それよりもむしろジャワの人々やその暮らしぶりについて語られている紀行エッセイであった。

この『ジャワ縦横』で太田三郎は、当時の大東亜共栄圏イデオロギーやさらには天皇制軍国主義イデオロギーといったものを何らも疑うことなく語っている。たとえば、その「序」において、こう語られている。「（略）原住民がわれ等に寄せる信頼の情の純一さについては、それについても今更にひしひしと赫奕たる御稜威が欽仰せられると共に、また、戡定以来いくばくならずしてすでにさうした明朗の成果を贏ち得た軍当局の、恩威まことにその機を得た処置に対する感咽の心を深めさせられ、さらに、其処にその礎をなした幾多の英霊に対して、追尊の念ひを募らせられずにはをれなかつた」、と。「序」であるから肩に少々力が入っていると言えるだろうが、この一文に見られるのは、「赫奕たる御稜威」や「軍当局」の「恩威」などといった、力み返った且つ空疎な言葉の羅列である。しかし、著者の太田三郎は当時は本心からそう思って書いたのだと考えられる。というのは、『ジャワ縦横』全編においてその姿勢にいささかも乱れが無いからである。以下、『ジャワ縦横』の記述を見てみよう。

いたるところで、ジャワの子どもたちが「日本の行進曲を旭日高くとかなりに巧な節廻しで歌つてをる」様子を見ては、太田三郎は「今さらながら御稜威による皇軍の果敢さに対しての、限りなく深い感謝の念ひ」を抱く。また、「この辺一体《ママ》、戸毎に日章旗が翻つてをり、行きあふ人々がみな敬意を表する。ことに子供の群などは（略）最敬礼する」と語られている。これらの記述からは、まだこの時期あたりまでは、日本軍に対してジャワ住民は好意的であったことを窺うことができる。また、シンガサリ寺址で太田三郎が写生をしていたときに、「（略）附近の家から卓子と珈琲とを持つてきてくれたので、寸志を包んだが、これまた辞して受けてくれなかつた。すこぶる本意ない心持のうちにも、そのあたりに原住民の純情さが思はれて何か去りがたい念ひのやうなものが、疾走する車の後に残つた」と語られる。

このように、ジャワ人には日本軍や日本人に対しての好感情があることが語られているのだが、これについては徴用されてジャワへ派遣された文学者たちも同様なことを語っている。たとえば、北原武夫は「新生ジャワ」（『読売報知新聞』、一九四三〈昭和一八〉年八月四日、五日）で、「ジャワの原住民は、深く日本人を信じてゐる。論理的な詮索や打算からではなく、何かもつと自然な気持から、日本人を崇敬してゐる」と語り、また大江賢次も「ジャワみやげ」（「放送」、一九四三〈昭和一八〉年四月）で、ジャワ人が「日本人を尊敬し信頼してゐること絶大なもので、（略）全くいひやうもないほどの日本崇拝ぶりで、却つて指導の位置にある私どもが恥ずかしくなるくらゐなのです」と述べている。もちろん、そのようにジャワ人が日本人を極めて好意的に迎えたというのは、もちろん新たな支配者への迎合の要素も多分にあったと考えられるが、それとともにともかくも日本軍がそれまで彼らの圧制者であったオランダを撃退したからである。

そのオランダに対して太田三郎は、「ますく〵私欲を肥らせつゝあつたこの重商主義の国の、狡智と術策とそして驕慢」、あるいは「かの四百年に渉つた和蘭の暴戻な侵略史」、「和蘭の暴虐」、さらには「蘭人特有の狡智に長けた言辞」、「侵略国和蘭の暴戻さ」というふうに、オランダやオランダ人を徹底して悪辣な存在として語っている。これらの言葉には、ジャワを含めたアジアを欧米の侵略から救い出すのが日本である、という「大東亜戦争」イデオロギーの建て前をそのまま信じている、少なくとも信じようとしている太田三郎の、それなりに真摯な思いが込められていたとも考えられる。あるいは、「大東亜戦争」が〈正義の戦争〉だとするイデオロギーに対しての、太田三郎の縋り付くような思いを感じ取れなくもない。

そのことと関連して、当時よく言われたような言説を太田三郎も繰り返している。またジャワ人について、こうも述べられている。「彼等の心の頂部にのしかかつてゐた「欧羅巴」を取り払つて、本念の「東亜」を発掘したその限りのないすがく〵しさともすべきではなからうか。正しさによつてその所に返された東亜のもの、それは、等しく私たちへの悦びであると共に、また原住民への悦びであらねばならない（略）

共存共歓のよろこび！」、と。さらに、西洋キリスト教の「聖母図」とジャワの仏教寺院の菩薩像や女神像とを比較しながら、こう語っている。「この西洋の母には、例によつて伝統的に執拗な、何かヒステリックなもの、ぬるぬるとした粘着があり、あの東洋の母には、ほとんど大気のやうに透明な、さば〳〵としたもの、光被と、激情の中をば内に燃焼させるきはめて静寂な情感がある！」、と。

ジャワ人の心にあった「欧羅巴」を取り去ると「東亜」本来の姿が現れ、それは同じ「東亜」の人間として悦ばしいものであること、また宗教の聖母像においても西洋と東洋では違いがあり、もちろん東洋の聖母像の方が好ましいのである、ということを太田三郎は語っているのである。こういう言説は、アジア主義と「南進」論とを強引にくっつけた「大東亜共栄圏」イデオロギーをそのままなぞったものである。もちろん、「原住民の純情さ」を語る太田三郎の実感には嘘はないであろう。ジャワではないが、拙論「里村欣三――弱者への眼差し」で述べたように、ボルネオを紀行した里村欣三が一九四三（昭和一八年）一一月に出版した『河の民《オランスンガイ》』（有光社）にも、やはり同様に「河の民」の「彼等の人間的な感情」について賛嘆する記述がある。それは文明に汚染されていない人々の「人間的な感情」への共感であった。先にも述べたが、それは日本が文明化の過程で喪失してしまったものへの郷愁とも言える。

ジャワ占領には、日本軍とスカルノたち民族主義者との関係という問題や、「ロームシャ」の問題もあるのだが、太田三郎の眼はむろんそういうことには届いてはいなかった。ただ、ここでは論及しなかったが、おそらく今日から見て『ジャワ縦横』に読みどころがあるとするならば、ジャワの寺院等にある宗教美術についての太田三郎の記述であろう。

三

ジャワへの上陸が少なくとも当初は住民たちに歓迎されたところもあったのに対して、フィリピンへの日本軍の上陸は初めから様相が異なっていた。むしろ、日本軍に対しての住民たちの反応は冷ややかなものであった。すでに、フィリピンを制限付きながらも一九四六年にアメリカから独立させるという法律がアメリカ議会を通過していたため、フィリピンの人たちにとって日本軍を〈解放軍〉として迎える理由はなかったからである。また、日本軍の兵士たちは住民に作業を強要し、その作業中に住民に不手際等があったときには住民にビンタを多用したりした。さらに、フィリピンにおける住民虐殺はおおむね太平洋戦争の末期に集中しているとされているが、しかし上田敏明の『聞き書き　フィリピン占領』(勁草書房、一九九〇〈平成二〉・三)によれば、上陸当初から虐殺事件はあったようなのである。上田敏明は、戦後約四〇年経ってフィリピン(ルソン島)を訪れ、戦争体験者から聞き取り調査を行っているが、それらの証言を読むと日本軍による虐殺や処刑は「ごく頻繁に」あったことがわかる。

そういう日本軍に対して、フィリピン共産党は日本軍上陸の直ぐ後の一九四二(昭和一七)年三月に抗日人民軍(「フクバラハップ」、通称「フク団」)を組織している。その他にも、フィリピンの人たちによる「マーキング・ゲリラ」、「自由パナイ・ゲリラ」、「ザ・ハンターズＲＯＴＣ(予備仕官訓練隊)ゲリラ」や、華僑による「菲律浜《フィリピン》華僑抗日遊撃支隊」なども結成されている。このように反日もしく抗日のゲリラが比較的短期間に次々と結成されているという事実を見るだけで、日本軍の占領がフィリピンの人たちに全く歓迎されていなかったことがわかる。にもかかわらず、日本軍は「軍政宣布」において、その占領を、〈フィリピン民衆を米国支配から解放し、大東亜共栄圏の一員として、フィリピン人のフィリピンを建設するためである〉と強弁し、そして、〈治安を乱す行動に対しては最も峻烈に処断し、重いものは死刑に処する〉、としたのである。

こういう状況だったから、『南十字星文藝集』にフィリピン人と友好関係を結んだという記事はごく稀少にあるだけとなっている。たとえば森忠義は「比島の黎明」で、自分たちは「同じ東洋人」だと声をかけ、「友達であると話せば彼等にも意が通じたらしく日本人は顔や皮膚の色がよく似てゐると安心しきつてか笑ひかけてゐるのであつた」と述べている。しかしこの記事は、そのように話しかけなければ、フィリピン人が心を開いてはくれなかったというエピソードとも読め、やはり現地の人たちの関係は良好でなかったことを語っている記事と読めよう。また、江野澤恒は「比島人情ばなし」の中で、「（略）比律賓人中には部分的に皇軍に対して多少の誤解を持つものがあるかも知れぬが」、「正義皇軍に対して恐怖心を持つ比島人はまだ尠なくないやうであるが」云々というふうに述べている。ここからも日本軍がいかにフィリピン人に信頼されていなかったか、むしろ彼らと敵対する関係にあったかが見えてくるだろう。

『南十字星文藝集』は、「序」で述べられているように、「比島の諸作戦に参加してきた将兵の記録を一冊にあつめたものである」が、それだけでなく当地の日本人小学生たちの作文なども収められていて、執筆者は総勢二八〇人を超え、そこには小説、エッセイ、短歌、俳句、川柳、作文等のいろんなジャンルを纏めたものになっている。しかしながら、今見たようにフィリピン人たちとの関係は良いものでなかったということもあって、『南十字星文藝集』にはフィリピン人のことはほとんど語られることなく、多くは自分たちのことか、あるいは本心はともかくとして、「大東亜共栄圏」イデオロギーを表面的になぞっただけの類型的なものに終わっている。

その中で多少とも実感の籠もった作品は、故郷や家族のこと、または亡き戦友のことをテーマにしたものくらいである。たとえば、谷崎悦治の詩「露営」の「三」では「故郷を捨てた此の俺が／逝きたる戦友のあの声に／生れし家を想ひ出し／ホロリと墜ちた一雫」と語られ、また三谷大和の短歌「故郷の歌得意なりし戦友は／今異国の地下に安くねむれる」と詠まれている。あるいは、兵の日常生活を書いた作品である関川太京の「陣中スケッチ」では、寝についた戦友の側に居る作者は、「（略）月三更思ひはいつしか故国に飛んで懐しき家庭に遊ぶ一日、思はず寝言に漏らす嬉々とせる姿、いといぢらしきものなり」と語られている。俳句も数多く詠まれているが、しかし花鳥諷詠を旨とする「ホトトギス」流の句作姿勢では、戦場の句作は不似合いである。したがって、無理に詠まれているものが多いが、その中でも戦場での日常生活やその中での属目を詠んだものには悪くないものもある。たとえば前田朝之進の「戦陣」の中から、「椰子林にするどく犬の遠吠えよ」、「熱海に落ちんとする大日かな」、「水牛の舗道に入りて遊びおり」などである。川柳では、小林定治の「川柳日誌」には「失明の夫とは知らぬ初便り」というのがある。なお、太田三郎の『ジャワ縦横』の末尾に付された百数十の俳句も、人々の暮らしや古美術を詠んだものであり、鑑賞できるものとなっている。

このように、実感から生まれ出た作品も僅かにあるが、残念ながら『南十字星文藝集』所収の大多数の作品は今日読むに堪えないものである。そして、日本人がジャワ人を見下していたように、フィリピンの日本兵もフィリピン人をやはり見下していて、相川亘の詩「南国の凱歌」には「眠れる民」という言葉があったり、また尾池戈吉の詩「椰子」ではルソン島の島民に対して「永い惰眠から覚めよ」と言うのである。そして、この文集中の多くの作品は、フィリピンの人たちをそのようにしたのはアメリカの物質文明だ、というように「大東亜共栄圏」イデオロギーそのままの判断が下されているのである。

こうして見てくると、『南十字星文藝集』は当時の公式イデオロギーの枠組みにすっぽりと入る文藝集だったことがわかる。また、『ジャワ縦横』と比較すると、ジャワとフィリピンとでは住民の対日本軍意識の差異も、『南十字星文藝集』から見えてくるものになっている。もちろんこの文藝集からは、スカルノたちの動きやゲリラの活動など、当時のフィリピンをめぐる複雑な状況などはわかるはずはないが、一般の軍人らの少なくとも表面上の意識が現れ出ている資料として歴史的な価値はあると言えよう。

II　戦前から戦後へ

永瀬清子をめぐる詩想のつながり
——高良とみ・高良留美子・タゴール

一

永瀬清子について大部の著書を二冊出している井久保伊登子は、『女性史の中の永瀬清子〔戦後編〕』(ドメス出版、二〇〇九〈平成二一〉・一)で『黄薔薇』九号(一九五三〈昭和二八〉・一二)に掲載された詩「原爆の図の作者へ」に言及して、「この詩を書いて自分の詩論から解放された清子は、心ちぎられることどもを素材に、社会派的な詩へ踏み出した、と思われる」と述べている。そのことと関連して、井久保氏は同書で、「『黄薔薇』を創刊したあと(一九五二〈昭和二七〉年八月——引用者)、社会活動へと方向転換した清子は、社会性のない詩集を上梓する気になれなくなった、と思われる」とも述べている。たしかに、たとえば一九六一(昭和三六)年四月に刊行された詩集『アジアについて』などを読むと、永瀬清子の詩には社会の問題が前面に出て来ていることがわかる。それ以前とりわけ戦前の詩においては、そのような題材が前面に出てきて語られるということは、無かったと言える。

もっとも、井久保氏はそれ以前の永瀬清子には社会的な関心が無かったと言っているわけではない。井久保氏は素材の転換について述べているだけで、永瀬清子の根本的な姿勢というものに転換があったと語っているわけでもない。しかし、そうであっても、このように語られると、永瀬清子の詩と永瀬清子の姿勢に大きな変化があったように受け止められるかも知れない。なるほど、素材やテーマに転換があったと言えようが、永瀬清子の姿勢というもの、もっと言えば詩に対する姿勢というものには、転換はなかったのではないかと思われる。永瀬清子は詩人としての出発以来、一貫した姿勢を持った詩人ではなかったかと考えられるのである。では、出発のときはどういう詩人だったのかを見るために、最初の詩集『グレンデルの母親』（一九三〇〈昭和五〉・一二）から、その表題に採られていて、彼女の代表作の一つでもある詩「グレンデルの母親は」を読んでみよう。

グレンデルの母親は
青い沼の果の
その古代の洞窟の奥に
（或は又電柱の翳のさす
冥い都会の底に）
銅色の髪でもつて
子供たちをしつかりと抱いてゐる
古怪なるその瞳で
蜘蛛のやうに入口を凝視してゐる

逞しいその母性で
兜のやうに護つてゐる

子供たちはやがて
北方の大怪となるだらう
(或は幾多の人々の涙を
無言でしつかりと飲みほす者となるだらう)
(略)

この後、その「北方の大怪」は「孤りでサブライムの方へ歩んでゆくだらう」と語られ、「そして母親の腕の中以外では/悲鳴の咆哮をもらさぬだらう!」とされ、その次の最終連で、「グレンデルの母親は/今洞窟の奥にひそんでゐる」と語られている。この詩の題材は、英国の古い英雄物語詩「ベーオウルフ」という伝説作品から採られているもので、その伝説ではベーオウルフが怪物グレンデルを退治し、そのときグレンデルは片腕をもぎ取られて死ぬが、母はその仇討ちに出かけて腕を取り返す話となっている。普通には勝者の英雄が讃えられるが、永瀬清子は敗者のグレンデルとその母親の方に眼を向けて、この詩を書いたのである。後のエッセイ集『光っている窓』(編集工房ノア、一九八四〈昭和五九〉・六)の中で永瀬清子は、この詩に触れて、「(略)私もそのような母親でありたいとの思いがあり、又しいたげられる者の立場を知る詩人でありたいと願った」と述べている。

また、永瀬清子独特の文集で短章集と名付けられている『流れる髪　短章集2』(思潮社、一九七七〈昭和五二〉・二〉では、歌舞伎の「綱館《つなやかた》」に言及しながら詩「グレンデルの母親は」について述べている。「綱館」はやはり腕を切られた鬼がそれを取り返しに来る話なのだが、永瀬清子はそれをテレビで見ながら、自分がいつしか鬼の側に立っていることを思ったと語っている。そして、それを見ているときにはこの話と「ベーオウルフ」（『流れる髪』では「ビヨウルフ」と表記されている）との一致には気づかなかったが、「あとになってその劇の印象について考えていた時、自分の中の流れに気づき、やがて、「腕なき鬼」こそ自分の詩の源流であると気づいた」と語っている。

社会的に排除されたり、虐げられている側の人、それはまた勝者ではなく敗者の側の人でもあるが、自分の眼はそちらの人の方にこそ向けられており、自分の詩の原点にあるのはその眼差しなのだと言っているわけである。たしかに、その後の永瀬清子の詩の展開を見ていくと、その自覚は間違っていないと言えよう。ここで注意したいのは、この『グレンデルの母親』が刊行された当時の文学界は、プロレタリア文学の全盛期であったが、永瀬清子はその影響を受けて、社会的な敗者に眼を向けるようになったのではない、ということである。プロレタリア文学が持っていた政治思想とは無縁なところで、詩人としての出発の時よりすでに、永瀬清子は「しいたげられる者の立場を知る詩人」であったと言える。したがって、そこには政治思想や社会思想を思わせるものはなかったが、永瀬清子が社会的な事柄や問題に対してけっして鈍感ではなく、むしろ逆に敏感であったことを知ることができる。つまり、彼女は〈社会派〉的なものを当初より持っていた詩人だったと言えるのではないだろうか。最初に述べたように、後年の詩において素材上の転換はあったにせよ、詩人としての姿勢は一貫していたと言える。

また、この詩から見えてくることは、社会的な弱者や敗者の味方になり、それらの人たちを庇《かば》い癒すのが、母なる存在であるということ、あるいは母性的存在であるという考え方である。このことも永瀬清子の詩にある一つの特質ではないかと思われる。さらに言うと、この詩から窺われるのが、彼女の詩想のスケールの大きさである。英国の英雄物語からヒントを得て、このような壮大さのある世界を構築したのである。

他方で永瀬清子は、自分を取り巻く具体的な状況や人々に対して、細やかな配慮や気遣いを持っていた詩人だった。詩人の中には自分の詩才を過信して、周囲の思惑などを果断に振り切って我が道を行くというタイプの人が結構いて、石川啄木や中原中也などがその典型であるが、永瀬清子にはそういう独善性というものが無かったと思われる。女性詩人だったからだということもあったであろうが、永瀬清子の詩を読んでいて私たち凡俗の人間も共感できるのは、彼女にはそういう世俗的なとも言える顧慮や気遣いがあったからではないかと考えられる。たとえば、この詩集には「母」という詩があるが、その詩で永瀬清子は、「母つて云ふものは不思議な強迫感にも似た、かなしいもので／私の意識の底ではいつも痛みを伴つてゐる。」と言い、そして「つらい、なつかしい夢みたいなもので／眼がさめてもいつまでも神経が覚えてゐる。／どこへも自由に行くことも出来はしない。／一寸動くとすぐこはれて、とげのやうにささる気がする。」と語っているのである。そして、「実に痛い。どうすることも出来ない。」と。

「私」は母を振り捨てて自分の道を行くということは、しないのである。むしろ反対に、母のことを考えるから「どこへも自由に行くことも出来はしない」と思うのである。むろん、その状況に満足しているのではないから、「とげのやうにささる気がする」ので、だから「母」は「つらい、なつかしい夢みたいなもの」でもあるわけである。その葛藤を言わば宇宙的なスケールで語った詩が「星座の娘」である。

二

「星座の娘」の背景には永瀬清子の結婚問題があったようで、これについては白根直子が「永瀬清子の詩「星座の娘」論――第一詩集『グレンデルの母』へ至る過程」（「清心語文」第一二号、二〇一〇〈平成二二〉・九）で述べているように、「「親の愛情」に縛られている状態についての複雑な悩みを詩「星座の娘」に託した」と思われる。なお、白根氏のこの論文には、雑誌初出ではこの詩は「希願」という題名であったのが、詩集に収録されるときに「星座の娘」とされ、また詩の中の「神話の娘」という言葉は、初出では「神話の娘」と「星座の娘」との二つに書き分けられていたことなどの問題について説得的な論が展開されている。

さて、「星座の娘」では、次のように語られている。

身近くせまつて来る人々の愛が
夜更けには
私の肉身の部分部分を作つてゐる
魂がそれらの中に流れめぐり
私は
巨いなる天空の神話の娘が
星の鋲でとめられてゐるみたいな束縛を感じる

（略）

ああ多くの病める恩愛から
寒い自我を割きとつて
錘のやうに
唯一の重力を信じて下へ！　下へ！

「身近くせまつて来る人々の愛」は「恩愛」ではあるが、それは「天空の神話の娘」にとっては「病める恩愛」として感じられるのである。それは「束縛」だからなのだが、「天空の神話の娘」は星々の「束縛」から身を引き離して、「錘のやうに」「下へ」行こうと言うわけである。つまり、そうありたいという希望が語られているのである。ここでも、詩の舞台のスケールは宇宙的であるが、しかし永瀬清子が当時感じていたであろう思いがこの詩に託されていたと言える。

また、詩「故郷の感」は、親の側から語られた部分と子の側から語られた部分との二つに分かれている詩であるが、親は「なぜ親たちを淋しくするのだ、なぜだ、なぜだ」と子に言い、子は「はるかに遠くなる父母の顔のさびしさ／ひな鳥の割つて出た卵の殻のやうにうつろにさびしい――／けれども私たちは盲ひたる愛をすりぬけてゆく」と語られている。詩「星座の娘」で「病める恩愛」と言われたものは、この詩では「盲ひたる愛」と言われている。もっとも、詩人は「父母の顔のさびしさ」はしっかりと見て感じているので、単純にその愛を断ち切ることを良しとしているわけではない。この辺りの葛藤が、永瀬清子の詩の魅力でもあるであろう。

おそらく普通に生きていれば、このような葛藤を経験しなくても済むであろうが、葛藤を経験せざるを得ないのは、自分が何かを強く求めているからである。その状態が永瀬清子には「欠乏」として意識されていた。詩「黒犬と私」では、「犬が私の心の欠乏を嗅ぎつけると思ふ」と語られ、「私は日も夜もひもじいが／でも私の欠乏は正しい」と言う。「でも私の欠乏は正しい」というのは、まさに高らかに語られているると言えるのだが、しかしそうは言いつつも、「私はかぎられた時間に住み／私は肉身をかなしい逃れられぬ生来の柵と思ひ／また熱ある時にはいつもきまつた夢に驚く」と語られている。因みに、「欠乏」について永瀬清子は『彩りの雲　短章集4』（思潮社、一九八四〈昭和五九〉・四）の中の「欠乏」で、「「欠乏」を持っている人は物事の本質を早く見ぬく。」と述べている。たしかにそうであろう。だからこそ、「私の欠乏は正しい」と断言できたわけである。

『諸国の天女』（一九四〇〈昭和一五〉・八）に収められている詩「飢餓の感情」の中で、「私を導く飢餓の感情／それは私を洗つてくれる／それは私を樹々のやうにざわめかす」と語られているが、この「飢餓」は「欠乏」と同じと考えていいであろう。そして、それは「私」を「ざわめか」すのである。「飢餓」や「欠乏」は女性であることから来るものだったと考えられる。とくに、この詩が発表された当時では、たとえば或る女性が幸せな結婚生活をしていると外側から思われていたとしても、実はその彼女には「欠乏」と「飢餓」の思いが多かったということも考えられるであろう。もっとも、永瀬清子も親の勧めによってまずまず幸せな結婚をしたと言えようが、しかし果たして真にそうだったのかという問題があると思われる。詩「諸国の天女」で次のように語られているからである。

諸国の天女は漁夫や猟人を夫として
　いつも忘れ得ず想つてゐる
底なき天を翔けた日を。

（略）

きづなは地にあこがれは空に
うつくしい樹木にみちた岸辺や谷間で
いつか年月のまにまに
冬過ぎ春来て諸国の天女も老いる。

「天女」たちは「底なき天を翔けた日を」「いつも忘れ得ず想つてゐる」のであるが、夫婦関係などの「地」の「きづな」に縛られて生活していくうちに「諸国の天女も老いる」のだ、と言うのである。この詩は、悪く言えば愚痴っぽい詩だと言えるが、「諸国の」、すなわちあちらこちらの「天女」たちの嘆きが語られている詩なのである。しかし、永瀬清子はその愚痴っぽい状態に留まっていたのではない。自らの生きる地盤を、女であることに、とりわけその母性的なところに見出していったと考えられる。それを語った詩が「大いなる樹木」である。これは戦後の一九四七（昭和二二）年四月に刊行された、彼女の第三詩集『大いなる樹木』に収められている詩である。以下の引用である。

（略）

我は大いなる樹木とならん
われを見る人おのずから
安息《やすらぎ》の念《おもい》おぼゆるまで。

されどわがしげき枝と葉の

おくれ毛のごとく微風にも応えん
（略）
嵐の日
更に我は大いならん勁からん
根は大地をふみてゆるぎなからん
（略）

この詩には、岡山県の熊山で農業の仕事をし始めた永瀬清子の体験も投影されていると考えられるが、嵐にも負けない「勁」く大きな樹でありながら、人々を安らがせ、また小さなこと、すなわち「微風」にも応えようとする、そういう樹になろうというのであるから、やはりこれは母なる存在、母性的なあり方と言うことができよう。そういうあり方が自分の生きる道だと確信したという詩とも言える。「大いなる樹木」という言葉であるが、『蝶のめいてい　短章集Ⅰ』（思潮社、一九七七〈昭和五二〉・二）の中の「文語体」で、これは「大きな木」と違っていて、「「大いなる樹木」とわざと云うのは私の抽象性をあらわしたいからだ」と永瀬清子は述べている。ここで言われている「抽象性」というのは、「普遍性」ということでもあるだろう。つまり、永瀬清子個人のみに関わるのではなく、広く女性一般に通じるものとしての「大いなる樹木」のイメージを打ち出そうとしたと思われる。この「大いなる樹木」についても、先にも言及した白根直子が、とくに永瀬清子が宮沢賢治の詩と出会い、その影響をいかに受けたかという問題に関しての説得的な論考「永瀬清子の〈樹木〉をめぐる詩想——詩「梢」と宮沢賢治——」（「清心語文」第六号、二〇〇四〈平成一六〉・八）を展開している。宮沢賢治との関係というのは、永瀬清子を論じるときには重要な問題であるが、本稿では割愛する。

一九三〇（昭和五）年から一九四〇（昭和一五）年までに発表され、思潮社の『永瀬清子詩集』（一九七九〈昭和五四〉・六）では「第三章　枠外詩集」として収められている詩には女性のあり方を述べているものが割と目に付く。たとえば詩「女性は文学に死せず」では、「女にとつては抽象が実生活を破壊しない。／女ほど完全を愛するものはない。生活を愛するものはない。／そしてそれを破壊するものを敏感に、そして本能的に憎悪する。」と語られている。あるいは詩「デカダンス」では、「女性としてかなしいくらゐふしぎな責任／それは絶望してはならないことだ。／それは天地の底から母親ごころがゆるさないのだ。」と。これらの詩を読むと、女性としての、また母性的存在としての自信が、永瀬清子の中で深まったということがわかる。もっとも、家庭を持つ女性詩人としての悩みもあり、詩「ほしいもの」では、「小さな絨毯がほしい。どんな場合にも私が悠々と拡げて坐れるやうな。／机がほしい。」と語られ、「三昧に入りたいと云ふやうな願ひは大きな贅沢なのか。」と語られている。家族を持ち、生活に追われる女性詩人としての悩みと願いである。永瀬清子にもそういう苦労があったということがわかり、永瀬清子を身近に感じることができる詩である。

さて、こうして幾つかの詩を見てくると、詩人永瀬清子には社会的な弱者や敗者に眼を向ける姿勢があり、そしてその眼差しは母性的なものであり、当初より永瀬清子には社会の問題に敏感なところがあったと考えられること、また彼女には激しく求めるものがあったこと、それを「正しい」「欠乏」として意識していたものの、しかし周囲の人たちのことを思い、決して独走したりはしなかったこと、やがて自分の中にある樹木のような女性性、あるいは母性というものに、自分が拠って立つ足場を自覚的に見出すに至ったということがわかってくる。

そして、こういう資質あるいは姿勢というものは、おそらくインドの詩聖タゴールを言わばすんなりと受容することに繋がったと思われる。エッセイ集『光っている窓』の中の「本当はどうなのだろう」で、タゴールの詩集『ギータンジャリ』を繰り返し読んでいてその影響が長く続いたということを語っている。後で触れる、詩人で文芸評論家の高良留美子は、タゴールの詩を愛し、その影響を受けた日本の詩人として、まず永瀬清子を挙げたいということを述べている（「詩聖タゴールと高良とみ」、二〇一二年四月の日本女子大学での講演）。次に、そのタゴールと、そして彼と関係の深かった高良とみについて見ていきたい。

三

高良とみは、一九六一（昭和三六）年に書かれた「ラビンドラナート・タゴールと日本」（白川加世子訳、〈『高良とみの生と著作　第7巻』ドメス出版、二〇〇二〈平成一四〉・四〉所収）でタゴールとの出会いについて、「若いときに非常に影響力のある人物に出会うことは、その人の人生全体にしばしば革命的変化を引き起す。私は幸運なことにそれを経験した――鮮明に記憶している――。私は一八歳で女子大の最終学年に在籍していた」と述べ、そして「彼の思想に並々ならぬ影響を受けた私は、自分の人生を異なる民族の同胞間の平和のために捧げようと決意した」と述べている。高良とみは、まずはこの決意通りの人生を歩んだ人と言える。もっとも、戦時中には大東亜共栄圏思想にふらついて「大政翼賛会」に参加して積極的な活動をしたこともあったのだが、それについては娘の高良留美子によれば、「あれはわたしの生涯の最大の汚点だったと思っている」と高良とみは語ったそうである（高良留美子「「妻として母として」――内側から見た高良とみ」〈『非戦《アヒンサー》を生きる　高良とみ自伝』ドメス出版、一九八三〈昭和五八〉・三〉所収）。

実は戦時下の永瀬清子も、高良とみほどではなかったにしても、たとえば「紀元二千六百年ノ賦」という副題目のある詩「イマダ像《カタチ》ヲナサズシテ」という、あの戦時下（日本は昭和六（一九三一）年の満州事変から昭和二〇（一九四五）年の敗戦まで一五年間戦争をずっとしていた）の風潮に寄り添う詩を書いている。永瀬清子が偉いのは、それを隠そうとせず戦後の詩集にも入れていることである。しかしその詩は、本心ではない、いかにも言葉を合わせただけの詩である。井久保伊登子が『女性史の中の永瀬清子　［戦前・戦中編］』（ドメス出版、二〇〇七〈平成一九〉・一）で述べているように、やがて戦中の発表詩は、「（略）日本の自然美の讃歌に戦いの哀しみをこめた美文調の詩が多くなる」のである。永瀬清子は『焔に薪を　短章集3』（思潮社、一九八〇〈昭和五五〉・一二）の「特別の事情」と題された文章で、「（略）偉い詩人まで「本心とは別」のことを云ってしまった」と述べている。これは永瀬清子自身の反省の思いも込められていた言葉と言える。

つまり、そういう戦時下のあり方において、高良とみと永瀬清子は相通じるところがあったということで、またそのことに対しての深甚な反省意識もあったことにおいても同じで、さらに戦時下の自分を戦後に隠さなかった点でも共通するものがあったと言える。

それはともかく、「ラビンドラナート・タゴールと日本」で高良とみは、日本滞在の最後の講義でタゴールが日本人に向けて、「（略）ヨーロッパの物質的支配と競合しすぎてはいけないし、狭くて強いナショナリズムに陥ってはならない、特に軍備至上主義には抵抗すべきだとの警告を発した」と述べている。タゴールの語る反ナショナリズム、反軍国主義の思想と物質万能主義批判に共感したわけである。さらに、女性の置かれた位置についてのタゴールの話を軽井沢で聞いている。「平和のために生きる」（談）の中で高良とみはタゴールがこう語ったと述べている、「民族の文化の中で、もっとも尊いものは洗練された情操で、あなたがた婦人の使命は、国民の情操を清め高め、理想に向って導くことであります」、と。それを受けて高良とみもこの談話の末尾で、「平和を守るのは、女性です。女性が強く、賢くなること。」と語っている。

　高良とみは若いときには文学関係の本をほとんど読まなかったようで、娘の高良留美子からは「だからお母さんはデリカシーに欠けるところがあるのよ」（『非戦《アヒンサー》を生きる　高良とみ自伝』）と言われたそうだが、タゴールの詩の翻訳を幾つかしていて、また自身も詩を書いている。たとえば一九五六（昭和三一）年に詩「白骨の叫び」という詩があり、この「叫び」とは「白骨」となった出陣学徒の声のことであるが、「この小さな地球を原水爆で汚すなよごすな／この狭いアジアの大地を　粉々に砕くな／いとけない幼児らを中国人に託した母親らの／死をかけた悲しみを忘れてなるものか／だからこの地球遊星の上で再び争うな」と語られている。あるいは、一九六二（昭和三七）年の詩「グル・デヴ　タゴールの思いで——あとがきにかえて」では、「あなたが　日本への警告を　繰り返し　話すと／軍国主義の　人達は　亡国の詩人がと　あざわらいました。／あなたの国と　同じ運命にあった朝鮮や　圧迫されていた中国の　古い文化と／その民族の　来るべき　未来を　あなたは予言されました。／同じ文化の脈の　流れを　忘れたのか／日本は　ついに　戦争に　突入しました。」と語られ、しかし「あなたの願いを　うけついで　わたくしも／ソ連に　中国に　アフリカに旅して　歩きました。／平和の願いを　ふかく　胸に　抱きしめて。」と語られている。

さて、高良とみと永瀬清子は、一九五五〈昭和三〇〉年にインドのニューデリーで開かれたアジア諸国民会議にともに出席した。大会が終わってからこの市に知人の多い高良とみはあちらこちらを訪問したようで、その都度永瀬清子を誘ったそうである。この後もともに中国へも入国している。この二人の縁は、やはりタゴールの詩が仲介していたと言えるが、それとともに後でわかったことだが、永瀬清子のエッセイ集『すぎ去ればすべてなつかしい日々』〈福武書店、一九九〇〈平成二〉・六〉によれば、「〈略〉大正時代母がはじめて講演をききに行った時の講師がたしか和田とみ女史だったのであり、それは高良女史の婚前のお名前にほかならず、この不思議なめぐり合わせに私は驚くばかりであった」ということである。しかし、やはりそのことよりも二人がすぐに気が合ったのは、やはり「すべて詩聖の思いについての理解からであった」と言えよう。この「詩聖」とは言うまでもなくタゴールのことである。次に、タゴールの思想とくに女性論について簡単に見てみたい。

四

タゴールは『詩と人生』〈高良とみ他訳、アポロン社、一九六七〈昭和四二〉・五〉の中の評論「女性について」で、歴史の現在の段階においては文明はほとんどすべて男性のものであって、女性は日陰に追いやられているとして、「それで文明は均衡を失い、戦争から戦争へと飛び動いている」と述べている。評論「女性と家庭」では、「今の場合のその間違いは、男性との関係における女性の自由の欠如にあるのであり、〈略〉それも女性の地位が不安定である悩みからくるのである」とも述べている。もちろんタゴールは、そうであってはならないと考えているわけで、評論「女性について」で「女性が失われた社会的均衡を取り戻すためには、女性の重要さがすべて人間の世界の創造に加わらなければならない」と述べる。とくに女性にあるとタゴールが考える「受動的な性質」は、「生を癒し培い充実させるに必要なあの大なる深い静けさを与えた」とし、また「（略）神は日常のありふれた事を愛するために女性を送った」、と同評論で語っている。

同じく「女性について」で、言わば男性原理至上主義が今日の文明を作ってきたのだが、「それは国家主義に——即ち経済とその結果来る軍国主義に、基盤があった」として、「次の世代の文明は経済的、政治的競争と利用に基づくものではなく、世界全体が社会的共同に基礎をおき、能率という経済的理想の上ではなく互恵的な魂の理想の上にうちたてられるようになることをわれわれは望んでいる」と述べている。これは、新自由主義を語った経済学者、それを押し進めた経済人や政治家たちに聞かせてやりたい言葉であるが、タゴールは続けて「その時には女性は真の位置を見出すであろう」とも語っている。おそらくそうであろうと思われるのは、次のように語っていることである。引用が続くが、「（略）女性が女の仲間達に関心を覚えるのは、その女性の仲間達が生きている創造物であるからであり、人であるからであって、その人たちが仕えているある特定の目的のためでもなく、（略）彼女が賞讃する能力のためでもない」、と。

男性同士の仲においては、たしかに相手の能力の魅力が大きくものを言ったり、或る目的のために打算的に功利的に付き合うということがありがちかも知れない。それは男性自体がそういう資質を持っているからではなく、多くの男性が経済社会などの競争社会に生きているから、必然的にそういう価値観や姿勢を持ってしまうわけである。しかし、そういうふうにして人類は今日までやってきて、多くの災厄を自らにもたらして来たのである。タゴールのこれらの言葉は、二一世紀の今日においても十分に有効であり、そのまま通じるとさえ言える。タゴールは「女性について」で次のように述べている。「具体的に人格的であり、人間的な何かが存在するところには女性の世界がある。家庭的な世界はすべての一人一人が個人として価値を見出す世界である。それ故彼の価値は市場価値ではなく、愛の価値である」。

たしかに私たちは、とりわけ母親は家庭でたとえば子どもたちを市場価値によって大切にしているのではない。一人一人を掛け替えのない存在として大切にしているのである。タゴールは、女性のあり方、とくにこの場合はその母性的なあり方に、市場価値優先の近代以降の世界を乗り越える可能性を見ようとしていて、その意味で女性の存在価値の大きさ、重要性を語っているのである。やはり評論「女性について」でこう述べている、「女性の責任がかつてないほど大きくなり、彼女の仕事の分野が家庭的な生活領域を遙かに超えた時代が到来した」、と。

おそらく、高良とみは以上のような内容を、とりわけ女性の使命について、タゴールから直接その肉声によって聞いたものと思われる。先にも見た「ラビンドラナート・タゴールと日本」で高良とみは、軽井沢での体験について、「（略）彼の〝瞑想的生活〟を見、彼の女性の使命への期待を知った女性教師と女生徒たちは、ただただ彼に魅了された。日本の女性たちはそれまでの人生の中でそのように大切に扱われたことはなかったし、家庭でも社会においても、弱い性に対して伝統的な差別が広く行なわれていたからだ」と語っている。また、その女性の使命のことは、『ギーターンジャリー』――「歌の捧げ物」という意味のようだが――を読んだ永瀬清子にもしっかりと受け止められていたと言えるだろう。とくに戦後に農耕生活を営んだ永瀬清子の場合は、タゴールの言わばエコロジカルな思想にも通じ合うところがあったと思われる。

タゴール研究家でもある我妻和男は『人類の知的遺産　タゴール』（講談社、一九八一〈昭和五六〉・七）で、タゴールが農村と農民生活に直に触れたことによって、「（略）彼の望んだ文明の半身として、この一般農民の生活が存在するようになる」と述べている。また、我妻氏はタゴールには「生命神」という考え方があって、「生命神」は人間と自然の両方の創造に関わっていて、「生命神の現代的意義は、人間尊重のヒューマニズムであり、自然を人間と同等の血縁的レベルで尊重する自然尊重である。その点で自然と人間とは生命共同体であるという思想である」（同）と述べている。もちろん、永瀬清子には戦前より宮沢賢治からの影響にも見られるように、エコロジカルな感じ方、考え方をする詩人であったが、このようなタゴールの思想は永瀬清子には違和感なく受け容れられたと思われる。

次に、高良とみや永瀬清子ならば共感したであろうと考えられる、タゴールの『ギータンジャリー』の一節をやはり我妻和男の訳で見てみよう。タゴールはこう語っている。「来たれ　アーリア人よ　来たれ非アーリア人よ／ヒンドゥー教徒よ　イスラム教徒よ！／来たれ　来たれ今は英国人よ！／来たれ　来たれキリスト教徒よ！／来たれ　バラモンよ！　心を清くして／すべての人の手を取れ／来たれ　虐げられた人よ！　／すべての侮辱のかせは　とりはずされよ！」、と。人種の違いや宗教の違いを超えて手を取り合い、とりわけ虐げられ侮辱された人の解放を願う言葉である。また、「すべての中で　最も低いものたち、／貧しい中の貧しいものたちがいるところで、／誰よりも後に　誰よりも下に／一切を失ったものたちの只中に／あなたがいらっしゃる。」とも語っている。「あなた」は神のことだと考えられるが、このようにタゴールは、貧しい人たちや最下層の人たちにこそ、手を差し伸べようとするのである。

高良とみは『黄薔薇』第二十九号（一九五七〈昭和三二〉・五）にタゴールの詩「天翔る白鳥」の翻訳を

載せているが、この詩は「（略）第一次大戦の勃発の前夜にその悲劇を予感するように書かれた」と高良とみは「註」で述べている。「ついに、すべてを破滅させるものが来た。」という言葉から始まるこの詩は、その中でも「この黒い夜に私の船人は荒海をこえて行つた」と、その「船人」に期待を寄せる思いが語られている。

このようにタゴールの思想を見てくると、高良とみと永瀬清子がともにタゴールに本当に心の底から共感していたということがわかる。それは、詩の具体的な方法とか、詩の持つ雰囲気とかいったレベルでの影響ではなく、その精神の姿勢において共鳴するものが永瀬清子にはあったということ、また高良とみの場合には、若いときにその思想と人間性においてタゴールから本質的なところでの影響を受けたということが言える。つまりタゴールを介在して、彼女たちは根本的なところで繋がりがあったということである。

この繋がりは、高良とみの次女であり、詩人で文芸評論も数多く書いている高良留美子に受け継がれていると言える。永瀬清子が高良留美子のことを知ったのは、やはり母親の高良とみを通じてだろうと思われる。一九五七（昭和三二）年三月一〇日の日付のある、高良とみ宛の永瀬清子の手紙の中に、「それからお嬢様がもしお心おすゝみでしたらどうか同人になって下さいませ。お願い申あげます」とある。その後、永瀬清子と高良留美子は手紙のやりとりをしたと思われる。

『女性史の中の永瀬清子［戦後篇］』によると、永瀬清子はその年の九月に世界ペン大会出席のために上京して、九月九日に高良留美子と会ったようである。おそらく初めての対面だったと思われる。それから高良留美子は『黄薔薇』に詩を掲載し出して、高良留美子の最初の詩集『生徒と鳥』（一九五八〈昭和三三〉年刊）に収められている一八編の詩の内八編が『黄薔薇』に掲載されたものである。この中で永瀬清子が書簡（一九五八年三月五日）の中で、「前時代のものとして「風」などは非常にすきです」と述べている「風」を、次に引用したい。

夜の家並みをぬって風が吹く
枯枝を鳴らし
街かどで渦巻きながら。

石壁の前で、風はとつぜん立ちどまる
壁にしみだした黒いしみ、
そこに一人の少女が立っている。

石壁のなかに消えた少女、
その油気のない髪の毛のなかを吹きぬけながら
その背の高さで、風もまた少しずつ死んでいく。

そして風の死に絶えたあと、夜の街かどで
一つの名前の断片と、一つの音から
別のものがたりの発端がはじまる。

個人の私的な思いが託されているのではなく、一つの情景から、それも自然が――この場合は「風」である——登場する情景から、人間の営みや歴史というようなものが浮きあがってくるような詩である。「大いなる樹木」や「星座の娘」の詩人である永瀬清子が、「非常にすきです」と語っていることは、なるほど了解できるであろう。

永瀬清子や高良とみがタゴールから受け継いだとも言える主張については、高良留美子は主に評論において語っている。たとえば、「見えてくる女の水平線——父権的文明から未来の文明へ」(『高良留美子自選評論集6』〈御茶の水書房、一九九三(平成五)・一一〉所収)で、「女性の姿は、女性たち自身にとってばかりでなく、人類とその文明にとって長いあいだ見失われていたのではないか」として、「女性の問題と地球の問題、いいかえれば性差別と地球破壊・自然破壊の問題は、いまや男性優位の父権的な文化、文明として、女性たち自身によってとらえられはじめているのである」と語られ、そして「近代以降の女性解放思想は、自然的不平等と社会的不平等をきりはなすことを主張してきたが、それだけではもはや不十分なのであって、自然と社会の古い、父権的なきずなを断ち切るとともに、新しい結びつきをつくり出していかなければならない。(略)もちろんそれは女性たちだけの仕事ではない」、と述べられている。

『高良留美子自選評論集2』(御茶の水書房、一九九二〈平成四〉・一一)の「女性の言葉について」では、「第三世界の人たちが、植民地主義の重圧をはねのけて自分たちの文化の価値を再認識しようとする試みは、さまざまな形で行われているが、それがなんらかの形で女性の問題と関わりをもっているのは、興味ぶかい」と述べている。そしてタゴールについては主に『高良留美子自選評論集4』(御茶の水書房、一九九三・三)で語られているが、『高良留美子自選評論集1』(御茶の水書房、一九九二・一〇)の「タゴールの詩と思想」で高良留美子は、先に見た、戦前にタゴールが日本に来て日本のナショナリズムと軍国主義化について警告を発していたことに触れた後、「タゴールの頭脳と魂を一貫して占めていた思考と苦悩の内容を、おぼろげながら感じとることができた」と述べ、続けて「それは日本の部落差別とも深い関連をもつことが最近明らかにされてきた、インドのカースト制度の問題であり、人間と人間とを徹底した蔑視《べっし》や生理的嫌悪《けんお》によってへだてる人間の心の問題であった」と語っている。

このように見てくると、高良留美子の社会的な姿勢というものが、永瀬清子や高良とみと繋がりを強く持ち、その繋がりにはタゴールの存在が介在していたことがわかる。因みに、永瀬清子には詩集『アジアについて』〈黄薔薇社、一九六一〈昭和三六〉・四〉に収められた詩に「不可触賤民」がある。これはカースト制度の下で賤視され差別されている人々のことについて語った詩である。「黙って運命に従うことが／お前の最高の叡智であるのか」と問いかけ、「お前のために釈迦は説かなかったか／そしてガンジーは死ななかったか」と語っているのだが、もちろん永瀬清子はその差別に憤っているのである。そして、彼ら被差別民がその差別に従順なことを悔しがっている詩でもある。

さて、以上のように見てくると、永瀬清子と高良とみ、そして高良留美子には一本の太い繋がりがあったということを、そしてその繋がりの背後にはタゴールが存在していたということを、確認できたのではないかと思われる。本稿ではあまり詳しく見ることはできなかった、戦後の永瀬清子の活躍は、戦前以上に素晴らしいものがあった。しかしそれは戦前のあり方と変わっていたわけではない。永瀬清子は、女性であることのしがらみと重圧を受けながらも、そのしがらみなどを断ち切って周囲を騒がせながら詩人として活躍したのではなく、娘であること主婦であることを受け容れつつも、すなわち周囲に十分な配慮をしながらも、なおかつ女性のあり得べきあり方の問題について、詩において表現してきた詩人で、やはり瞠目すべき詩人である。

永瀬清子にとって戦後以降の時代というのは、自分が老いていくことの問題とやがて直面していく時代でもあった。詩「第三の眼」(詩集『海は陸へと』〈思潮社、一九七二〈昭和四七〉・九〉では、「老とはきっと／心をゆりさますふしぎな第三の眼が／額の上にきざまれることだ」と語っている。作家の宇野千代もそういうことを言っている。すなわち、年を取ると色々なことが見えてくる、しかも客観的に見えてくる、と。また『焰に薪を　短章集3』の「老い㈠」で、「老いたのは確かであるが「老人」になったと思いたくない。／私として老いたのであり、「老人」になったのとはちがう」と毅然と語っている。毅然としているのは詩についてもそうであって、『焰に薪を短章集3』の「本当の意味㈠」では「見えていてもはっきりしなかったことを、その本当の意味をくっきりとさせるのが詩である」として、同「本当の意味㈣」で「はっきりさせることを、すべての保守や伝統はきらう」と述べている。そして同「鮮明化する値打」において、「貧の立場、飢えの立場、老の立場を忘れたくない。それは鮮明に物を見る眼鏡だからだ」、と。こういう言葉を読むと、永瀬清子が詩人としてと言う以前に、人間として尊敬できる人だったということがわかる。

不条理をめぐる論争から

――シェストフ論争と『異邦人』論争

一

昭和九（一九三四）年一月にレオ・シェストフの『悲劇の哲学』が河上徹太郎と阿部六郎によって翻訳されると、この書は文学界に衝撃を与えることになり、すぐにこの書についての論争が起こった。『悲劇の哲学』は、実証主義に信を失い、またカント的な道徳律にも付き随うことができなくなった人間に、さらには一切の理想主義的な言説や思想というものを信じることができなくなった人間に、果たして生の可能性は残されているのだろうか、という問題を突きつけた書であった。もっとも、シェストフの思想自体については、この論争に加わった戸坂潤が「シェストフ的現象に就いて」（一九三五〈昭和一〇〉・二）で述べているように、それは「（略）一国のジャーナリズムを挙げて問題にするに足る程重大性のあるものとは到底思はれない」[1]ものであったと言える。問題は、戸坂潤の同論文の言葉を用いれば、「シェストフ的現象」や「シェストフ的不安」と言われる事態であった。

その事態について、やはり論争に加わった阿部六郎は「シェストフの思想」（一九三四・二）で、「確実だと思つてゐた地盤が崩壊する」ことであり、それまで「真実だと思つてゐたものが（略）、疑はしい仮定の上に立つてゐたものである事に気づく」ことだと述べている。後の翻訳本である『悲劇の哲学』(2)の「解説」で訳者の近田友一は、シェストフ自身が「地盤喪失」という言葉でこの書の根本概念を説明していたと述べている。もちろん、「崩壊」にしろ「喪失」にしろ、同じ事態を指しているのである。つまり、自分たちが立っている地盤が確固としたものではなく、地盤は無根拠なものの上に成り立っていて、そのことに気づいてしまった人間の体験のことを、「地盤喪失」という言葉は言い表しているのである。もちろん、そのことを認識した人間は、現実世界や人生が実は無根拠なものでしかないことをも感得する。戦後、実存主義の流行とともに一般化した言葉で言えば、これは世界と人生が不条理であることの認識であった。ただ、戦前昭和では不条理という言葉ではなく、その代わりに「不安」という言葉が用いられていた。

三木清は、『悲劇の哲学』が翻訳される以前にすでに「不安の思想とその超克」（一九三三〈昭和八〉・六）を書いていて、満州事変後の影響によって知識人の間に醸し出されつつある「精神的雰囲気」が「不安」であると述べていた。その「不安」とは、理想主義の運動であったマルクス主義革命運動はこの時期ほぼ潰えていて、且つ満州事変が始まって先行きの不透明さが感じられていた当時に、知識人を包み込んだ「精神的雰囲気」のことであると言うのである。三木清によれば、「合理的であつた一切のもの、思想或ひは人格の骨組は砕けてしまつたやうに見え」て、「外的世界の破産に内的世界の破産が附け加は」り、そのため「人格の不動性と統一性とは把持されな」いようになってしまい、「要するに、不安の哲学も不安の文学も、ヤスペルスの語を転用すると「限界状況」におかれた人間の表現である」というような事態に、知識人たちは見舞われていた。

三木清のこの判断は正確であったと言えるが、こういう状況だったからこそ、戸坂潤に言わせれば「重大性のあるものとは到底思はれない」シェストフ思想が、知識人の間で一挙に流行し、シェストフ思想をめぐって論争が起きたわけである。ただ、この論争は議論が闘わされたという形の論争とは言いがたいもので、『悲劇の哲学』から受けた衝撃や感想を文学者や思想家がそれぞれに思うところを語ったというものであった。もっとも、シェストフ否定論を語った戸坂潤や板垣直子の論に対して、他方ではシェストフ思想に全面的な賛意を持つというわけではないものの、それなりに共感するところがあるという論があり、それら両者が一つの対立軸を作ってはいた。

前者では、板垣直子が「シェストフ否定論」（一九三五・一）で、「（略）彼の文献を日常性の哲学としてみても、極めて貧困であることが知られる」と述べている。しかし、シェストフ思想がその「日常性」の底にある深淵に、すなわち非「日常性」の方に眼を向けるべきであるという思想であったことを考えれば、板垣直子の論は的外れであったと言える。戸坂潤は、シェストフの思想それ自体よりも「シェストフ的現象」に注意するべきであると述べていて、その判断は間違っていなかったが、しかし戸坂潤の論はシェストフ思想に対しては唯物論の立場からの公式的な批判に終っているのである。戸坂潤自身はシェストフを正負の両面からしっかりと受け止めてはいなかったと言える。

後者では、パスカル研究から出発した三木清が、シェストフもその中に位置づけられる実存哲学の系譜によく通じていたこともあって、「シェストフ的不安について」（一九三四・九）でシェストフの思想をハイデガーやキェルケゴールなどの思想と関連づけながら手際よく解説している。三木清によれば、「我々がしつかりと立つてゐると思つてゐた地盤が突然裂け、深淵が開くのを感ずるとき、この不安の明るい夜のうちにおいて日常は無いと思つてゐたものが唯一の現実として我々に顕はになる」ので、「シェストフの悲劇の哲学は人間をその日常性から彼の本来の存在可能性たる地下室の人間へ連れて帰らうとする」のである。三木清は「地下室の人間」のことを「異郷人」と呼んでいるが、この「異郷人」という言葉はアルベール・カミュの小説『異邦人』を連想させる言葉であり、その意味内容も通じるものであった。「異郷人」とは不条理に目覚めた人間のことなのである。もっとも、三木清は人が「地下室」にそのまま居ることを認めているのではなく、「地下室」を通過した人間が「新しい倫理を確立すること」の必要性を提言していたのである。

同じく後者の一人である小林秀雄の「レオ・シェストフの「悲劇の哲学」」（一九三四・六）は、やや興奮した筆致で、「何故に作家のリアリズムは社会の進歩なるものを冷笑してはいけないのか。作家のリアリズムとは社会の進歩に対する作家の復讐ではないのか」と、シェストフ思想に寄り添う形で語っていた。その少し後の評論「「地下室の手記」と「永遠の夫」」（一九三五・一二、一九三六〈昭和一一〉・二）では、シェストフがドストエフスキイの「作家の日記」から自説に都合のいいように引用していることを指摘しているなど、読後すぐの興奮からはやや冷めた論述になっているが、しかしそのようなシェストフの「粉飾」が気にならない限り、「彼の説くところは的確にひゞく」とも述べていて、シェストフ思想への共感には変るところは無かったことがわかる。先走って言えば、小林秀雄のその後の歩みは、シェストフ的不安の問題をどう超えるかについての模索であったとも言える。

前者と後者との中間に、と言うよりも中間ではあるものの後者寄りに位置していたのが、青野季吉の「「悲劇の哲学」に関するノート」（一九三四・九）であった。青野季吉はこう語っている、「どんなに社会が改造されやうと、しよせん悲劇は追放されない。しかしだからと云つて、社会改造が放棄されていいと云ふ論理は出て来ないのである」、と。おそらくこれは正論であろう。さらに言えば、「社会改造」の問題に限定するのではなく、不条理の認識を持つ人間がこの社会でどう生きていけばいいのか、というふうに問題を拡げて考えてみるならば、青野季吉のこの発言には戦後の『異邦人』論争に繋がってくるものがあるであろう。

二

さて、論争には藤原定や河上徹太郎も関わり、またシェストフに関しては亀井勝一郎も「日本浪曼派」に「生けるユダ（シェストフ論）」（一九三五・四、五）という力の籠った論を展開して、シェストフが日本の文学に齎した毒、すなわち不条理の認識が、当時の日本の文学者にとっていかに衝撃的だったかが理解できる。興味深いのは、論争文の中でも言及されている正宗白鳥や、さらには広津和郎も、この時期にやはりシェストフに論及していることである。正宗白鳥は「シェストフ『悲劇の哲学』」（一九三四・一）で、「これは甚だ難解であるが、私自身が昔から漠然考へてゐたやうなことが、この本にも漠然写されてゐるやうに思はれて、読み捨てるに忍びなかつた」(3)と共感をもって語っている。正宗白鳥はこのすぐ後にも、「『悲劇の哲学』解説」（一九三四・四）を書いていて、そこではドストエフスキイの『地下室の手記』についてのシェストフの論については、「我々の方では、そんなことくらゐ聞かされたつて驚きはしない」と、正宗白鳥自身がその文学的出発の初期より抱懐している「懐疑主義」や「厭世主義」に引きつけた理解を示している。

広津和郎も「虚無からの創造」（一九三四・一〇）で、「このシェストフの流行を、現代日本の社会不安と関連させて、説明していた批評家もあったようだった」(4)ということを述べてから、次のように語っている。

（略）ベッドに這入り、眠りにつく間、此人生のwhat的不安の探究と、今日の日本の青年のhow的不安とは少し違やしないのかというような事を、ぼんやりと考えていた。もっとも、how的探究が弾圧下に行きづまり、二進《ち》も三進《ち》もいかなくなったので、再びwhat的探究が、今の青年に切実になって来たのかも知れない、とも云えない事はない。

ここには、後の『異邦人』論争で鍵概念となる「what」と「how」の言葉がすでに出てきていて興味深いが、それとともに『異邦人』論争における広津和郎の姿勢は、この戦前の時期において既に定まっていたことを知ることができる。広津和郎にとっての問題は、もはや虚無や不条理の認識やその認識からくる心理的衝撃などにいつまでも拘っていることではなく、そういう認識を持つ人間が現実社会でどのように身を処していけばいいのかという事柄の方にあったわけである。あるいは、不条理や虚無は自明な事柄であり、今さらそのことをとやかく言っても始まらないのであって、それよりも大切なのは今後の人生をどのように具体的に展開していくべきかということの方なのだ、と広津和郎は考えていたと言えよう。では、不条理の認識を抱えた人間は、どう生きていけばいいのだろうか。

その問題とも関わるのが、広津和郎の有名な「散文精神」論だったのではないだろうか。よく知られているように、「散文精神について」は昭和一一年一〇月に『人民文庫』主催で行われた講演会での広津和郎の講演であるが、当日の実際の講演記録よりも「講演メモ」の方がより明快であり、広津和郎の真意が十分に語られていると考えられる。そのメモでは「散文精神」についてこう語られている。「それはどんな事があってもめげずに、忍耐強く、執念深く、みだりに悲観もせず、楽観もせず、生き通して行く精神――それが散文精神だと思います」。あるいは、「じっと我慢して冷静に、見なければならないものは決して見のがさずに、そして見なければならないものに慴えたり、戦慄したり、眼を蔽うたりしないで、何処までもそれを見つめながら、堪《こら》え堪えて生きて行こうという精神であります」、と。

もちろん、この「散文精神」論は、日本浪曼派の語る「ロマンティシズム」に対抗していこうとするモチーフが主となっている講演であった。それはまた、ファッショ政治にどう対処すべきかというモチーフとも繋がっていた。しかし、そういうことだけではなく、ここには人生や社会に対しての広津和郎の姿勢も語られていたと言えよう。「散文精神」論を不条理や虚無に関わらせて言うならば、不条理や虚無だからと言って、「ロマンティシズム」などによってこの現実を飛翔した気になったり、逆に「絶望して悲鳴を上げるペシミズム」に陥ったりしてもいけない、ということである。先走って言うなら、「ペシミズム」の果てに『異邦人』のムルソーのような殺人や、あるいは自暴自棄の行動に移っても、もちろんいけないわけである。講演録では散文精神とは「結論を急がぬ探求精神」であるというふうにも語られている。広津和郎はそのようにして不条理な人生に対処していこうとしていた、と言えようか。

それでは、論争に加わった文学者たちはどのようにして「シェストフ的不安」あるいは不条理なるものに対処しようとしたであろうか。三木清については先に触れたように、「新しい倫理を確立すること」を語っていたのだが、それはまた「「行為する人間」の新しいタイプが創造されること」であり、「必然性と可能性との総合としての「現実性」に達すること」であるとされている。三木清らしい抽象的な提言であるが、不条理の認識を持ちながら現実世界に出て行き、さらにその現実認識と不条理の認識とを「総合」するべく努めなければならないということである。ともかくも、不条理の認識に留まっていてはならないという立場である。他方、小林秀雄の場合は、端的に言うならば伝統や歴史というものに拠り所を見出そうとしたと言えるであろう。

シェストフをめぐって論争が起きた昭和一〇（一九三五）年前後というのは、とくに思想界においては多くの歴史論が語られた時期でもあった。橋川文三の「昭和十年代の思想」(5)によれば、それは満州事変以降の内外の危機感が歴史意識の発生を促したためであって、満州事変から日中戦争前後にかけての時期が、近代日本において歴史意識が生まれた最初の時期であった。たしかにこの時期、歴史に関する哲学的著作が多く出版されている。それについて、昭和八（一九三三）年一月号の「理想」の「一九三二年日本哲学界の回顧」は、五・一五事件などの政治社会情勢の危機に触れた後、「歴史研究の機運は歴史そのものの転換期に見られる必然的現象である。この機運を反映するかのごとく、一九三二年の日本哲学界は歴史の哲学解明を企てる幾つかの優秀な論策を得た」と述べている。その「論策」として、高坂正顕や高山岩男などの、いわゆる哲学の京都学派の哲学者たちの著作が多く挙げられているが、昭和一〇年前後とはまさに歴史哲学あるいは歴史論が興隆した時期でもあったのである。その場合の歴史哲学とは、強固な歴史論を持ったマルクス主義に対抗しようとするもので、それらの歴史論が依拠したのは、進歩史観あるいは発展史観を批判する、ランケを始祖とするドイツ歴史主義の歴史論であった。

この時期には小林秀雄も、それまでの彼の批評には無かった、歴史を対象とする批評を書き出すのである。たとえば、昭和一〇（一九三五）年八月に発表された「私小説論」（第四章）では、伝統の問題が比較的大きな比重をもって論じられていたり、また後に単行本『ドストエフスキイの生活』に「序」として収録されたエッセイ「歴史について」の一部が発表されたのは、昭和一三（一九三八）年一〇月号の「文学界」であった。小林秀雄はとくに太平洋戦争が始まった辺りから、古典論の世界に入っていくのだが、このような歴史や伝統への小林秀雄の傾斜を先のシェストフ的不安の問題と絡めて言うならば、先にも述べたように、無根拠で不条理な生を支えてくれるものとして、伝統や歴史が求められて行ったというふうに言えるだろう。

もっとも、小林秀雄は、「「紋章」と「風雨強かるべし」とを読む」[6]（一九三四・一〇）では、シェストフについて「彼は悲劇主義者でもなければ、不安の宣伝家でもない。たゞ当時の社会不安のなかに大胆に身を横たへた一人の男なのだ」と述べていて、小林秀雄自身も昭和一〇年代初めの社会時評などで、しばらくの間は「身を横たへ」ることを試みようとしたと言えなくはないだろう。しかし前述したように、小林秀雄は「社会不安」の問題からは背を向けて、やがて伝統や歴史の世界に赴いたのである。付け加えて言うならば、小林秀雄の歴史論も、その発想の根は哲学の京都学派と同じくドイツ歴史主義だったのであって、とくに独創的なものではなかった。因みに、戦後においてもそのことに関して小林秀雄は変ることはなかったのである。

ところで、不条理や虚無などの言葉を用いることはなかったが、やはりその種の問題に眼を向けていた文学者として坂口安吾を挙げることができるのではないかと考えられる。たとえば、昭和一六（一九四一）年八月に発表されたエッセイ「文学のふるさと」にそれを見ることができる。このエッセイで坂口安吾は、シャルル・ペローの童話「赤頭巾」は可愛い少女がお婆さんに化けた狼に食べられる話であり、「まったく、ただ、それだけの話であります」(7)と述べた後、やはり「救いようがなく」、読者が「突き放され」るような話を二つ紹介して、この三つの物語には「絶対の孤独――生存それ自体が孕んでいる絶対の孤独、そのようなもの」があるのではないかと語っている。そして、「それならば、生存の孤独とか、我々のふるさとというものは、このようにむごたらしく、救いのないものでありましょうか。私は、いかにも、そのように、むごたらしく、救いのないものだと思います」として、「私は文学のふるさと、或いは人間のふるさとを、ここに見ます。文学はここから始まる――私は、そうも思います」と述べている。

「ふるさと」という言葉には普通は懐かしく穏和な語感があるのだが、坂口安吾がここで語っている「ふるさと」はそれとは反対のものである。救いがなく、「絶対の孤独」を思わせるものが「文学のふるさと」だというのである。それは、やはり人生が不条理であることを語っていると言っていいだろう。坂口安吾はこうも語っている、「だが、このふるさとの意識・自覚のないところに文学があろうとは思われない」、と。つまり、文学は不条理の「意識・自覚」を根底に持っているところから始まると言っているわけである。後に見るように、坂口安吾の戦後における「堕落論」は、不条理な「ふるさと」についての認識に基いていたと言える。

三

不条理の問題に関しては、敗戦後の間もない時期において実存主義思想の流行とともに再度、論争が起こる。

昭和二六(一九五一)年にアルベール・カミュの『異邦人』の邦訳が出て、その後すぐに広津和郎と中村光夫との間で『異邦人』をめぐって論争が起きた。この論争について臼井吉見は、「中村光夫は、作者の意図を推量し、釈明すること綿密であるが、一言もその出来ばえにふれていない」(8)のに対して、広津和郎の『異邦人』批判は「結局は作者の意図と表現のくいちがいに帰するように思われる」と述べている。

たしかに、広津和郎の批判の重要な部分には『異邦人』の小説としての説得力の無さというものが問題にされていた。たとえば、主人公のムルソーは知り合いのレエモンのために手紙を「レエモンを満足させるために努力」(9)して書き、そしてそのことがムルソーの殺人事件に繋がるのであるが、その代筆を引き受けたことについてムルソーは「彼を満足させない理由は僕にはなかったから。」と思う箇所がある。もしも代筆をしなければ事件は起こらなかったわけで、そうなるとこの小説自体が成り立たなくなる。断ることもできた代筆をなぜ引き受けたのか。引き受けたのは物語の展開上の都合のためではないかという問題が考えられなくはない。そのことについて広津和郎は、評論「再び「異邦人」について」(一九五一〈昭和二六〉・八)で、「それだから態とかくの如く作った構想上の無理か。いづれにしてもこの辺はひどく薄っぺらである」(10)と述べている。他にも広津和郎は、『異邦人』の中の「無理」を指摘し、また主人公のムルソーの人物造形を問題にしている。読者を十分には納得させない作りである、と。

サルトルも「『異邦人』解説」で、「(略) 不条理の理論に親しい読者にとっても、『異邦人』の主人公ムルソーは曖昧だ」、「(略) 不条理の眼に対してさえ、人物は固有の曖昧さを保っている」(11)と述べていて、その人物造形の問題を指摘している。こう見てくると、なるほど臼井吉見の指摘することに頷けるところがあるが、しかし論争の主軸を「作者の意図と表現のくいちがいに帰する」ことはできないと思われる。論争の主軸は、『異邦人』から不条理それ自体の問題を受け取った中村光夫と、不条理それ自体の問題よりも不条理に目覚めた人間はその後を如何に生くべきか、という問題の方に眼を向けていた広津和郎との「くいちがい」にあったと言うべきである。そのことは「再び「異邦人」について」で広津和郎も述べている。すなわち、「（略）ムルソーの考へてゐる事が、WHAT IS LIFE に止まつて、HOW TO LIVE といふ思念が一つも彼の頭に入つて来ないからである」として、次のように語っている。

此処まで来て、私が前に東京新聞に書いた「カミュの『異邦人』」といふ文章の中で述べた疑問は、このWHAT IS LIFE を取り扱つた小説に、HOW TO LIVE の立場から放つた矢であつた事が解る。その意味ではそれは確かに見当違ひであつた。

さらに続けて広津和郎は、「併しそれだから私が間違つてゐたといふ事を告白しようといふのではない」とも述べている。すでにシェストフ論争のところで見たように、広津和郎はシェストフ思想に関しても、「WHAT」と「HOW」との観点から発言していた。シェストフ思想が問題になるのは、「how 的探究が弾圧下に行きづま」ったために「再び what 的探究が、今の青年に切実になって来たのかも知れない」、と。『異邦人』は広津和郎にとって「WHAT」の問題に関しても説得的な小説になっているとは言い難かったわけだが、それよりも「WHAT」の問題から出ようとしないムルソーに苛立っていたのである。〈不条理なのはもう解ったから、それよりもどう生きていくべきかについて考えてみたらどうか〉というわけである。

それに対して、中村光夫はそのように語る広津和郎には不条理の問題が本当に実感できているのだろうか、と問うたのである。その実感が大切であって、ムルソーの言動を通してそれが感じられるではないか、と。だから、「カミュの「異邦人」について――広津和郎氏に答ふ」（一九五一・一二）で、作者のカミュについてもこう語っているのである。「しかし彼にとつて「不条理」が倫理であり、美学であり、哲学であることは、同時にこれがなまなましい感情であることと矛盾しないので、かへつて「価値ある体系はその著者から引離されない。」といふ彼にとつて、感情に裏付けられない思想は無意味な筈です」、と。〈この不条理の感情がどうして解らないのか、その感情こそが重要なのに〉というわけである。だから広津和郎に対して、「「不条理」をたんに観念としてしか理解しない氏」という批判の言葉が出てくるのである。

　しかしながら、「再び「異邦人」について」で広津和郎が不条理について、「世の中といふものの非合理性、（略）それと明晰を求める人間の心の底の烈しい欲求との対立、そこにカミュに取つては不条理の観念が生まれて来るのである」と語っているのは、「観念として」の「理解」であったにしても、正確な理解であった。カミュは『シーシュポスの神話』でこう述べている。「（略）人間的な呼びかけと世界の不当な沈黙とが対置される、そこから不条理が生れるのだ」、と。また広津和郎も、中村光夫の言う「不条理の感情」を「理解」していなかったとは考えられないのである。

　このように見てくると、やはり両者の対立は、広津和郎が述べているように、「WHAT IS LIFE」と「HOW TO LIVE」とのどちらに、当面の問題を見ようとしたかの違いにあったと言えよう。ただ、もしも広津和郎がカミュの『ペスト』を読んでいたならば、『異邦人』についての判断も微妙に違っていたであろう。広津和郎は「カミュの「異邦人」」の末尾で「私は「ペスト」を読まうと思つてゐる」と述べていたが、その後の「再び「異邦人」について」においても『ペスト』についての言及は無かった。アデル・キングが述べているように、「『異邦人』が戦時中の道徳的白紙状態《タブラ・ラーサ》を表現しているとすれば、『ペスト』は新しい道徳意識の創造に向かう手段としての反抗を擁護している」[12]のである。さらに言うならば、この時代にもしもカミュの『不条理と反抗』が邦訳されていたならば、広津和郎の『異邦人』観は全く違うものになったかも知れない。同書所収の「ドイツ人の友への手紙」でカミュはこう述べている、「私」は「（略）人間は永遠の不正に対して闘うために正義を肯定すべきであり、不幸な世界に対して抗議するために幸福を創造すべきであると思ったのだ」、あるいは「この世界には最高の意味がないということを、私は信じつづける。しかしこの世界のうちにあるなにかが意味を持っていることを知っている。それは人間である。（略）この世界には、すくなくとも人間という真理がある」、と。

また、カミュは『シーシュポスの神話』で、「理性はむなしい」として「理性を超えたかなたになにものかが存在する」かのように思いたがるシェストフなどの実存哲学者を批判して、「（略）ぼくは理性を否定はしない、理性の相対的な力を認めているのだから。」と述べている。そして、あの神話のシーシュポスについて触れながら、「ひとはいつも、繰返し繰返し、自分の重荷を見いだす。しかしシーシュポスは、神々を否定し、岩を持ち上げるより高次の忠実さをひとに教える。かれもまた、すべてよし、と判断しているのだ」と語っている。シーシュポスは「理性を超えた」絶対的なものに縋りつこうとせず、あるいは絶望もせず、人生の「重荷」を引き受けて、不条理を見つめながら、「岩を持ち上げ」る人生を懸命に生きているのである。谷亀悟郎と篠原義近は、『シーシュポスの神話』についてこう述べている。「人生には意味がない。だが生きねばならない。幸福にすべきだ、感ずべきだという主張には、論理的な脈絡はなにもない。だが人間をとらえる説得力がある。それが『シーシュポスの神話』の魅力なのだ」(13)、と。

『ペスト』や『シーシュポスの神話』、さらには『不条理と反抗』などを見てくると、広津和郎はカミュを批判する必要は無かったと言えるかも知れない。むしろ、カミュのそれらの著作には広津和郎と共通する、人生への姿勢さえ窺われるからである。すでに見た、広津和郎の「散文精神」論は、『シーシュポスの神話』の主張に通じるとさえ言えよう。不条理から逃れようとして絶対的なものに頼ろうとしたり、不条理に負けてペシミズムに落ち沈んだり、自暴自棄になったりするのではなく、不条理から眼を逸らすことなく、それを見つめながらもそれに耐えて生きて行こうとすることにおいては、「散文精神」論と「シーシュポス」の姿勢とは共通しているのである。そして、おそらくそれが不条理に対峙して生きていくことであろう。

さて、日本だけで三百万人を超える死者を出し、アジアの地域で二千万人とも言われる犠牲者を出した十五年戦争後の日本人は、まさに不条理としか言いようのない体験をしたわけだが、戦後の文学にはその不条理の問題が扱われているのである。

四

昭和二一（一九四六）年九月に発表された梅崎春生の「桜島」は、敗戦まぎわに桜島基地に配属された主人公の通信下士官が「死ぬ時だけでも美しく死のう」(14)と思っていたのだが、死は決して美しくはないことを改めて思い知る話であると一応言える。この小説には、歪《いびつ》な組織であったと言える日本の軍隊を象徴しているかのような、歪《ゆが》んだ人格の兵曹長などが登場したりして、そこに日本の軍隊に対する作者の批判意識を見ることができるのだが、その軍隊の問題とは直接には関わりのないエピソードもあって、むしろそれらのエピソードの方が読後に印象深く残る小説なのである。

たとえば、主人公が桜島基地に転任する前に立ち寄ったうらぶれた妓楼で、主人公は片「耳の無」い妓と一夜を共にするエピソードである。この妓は梅崎春生によると架空の人物のようだが（「わが兵歴」一九六三〈昭和三八〉・八)、梅崎春生が妓をあえて片耳の無い妓としたのは、うらぶれた妓楼の娼婦になっている彼女の薄幸な運命の不条理性を際立たせるためだったと考えられる。片耳の無いことと彼女の薄幸な境遇とは何らかの関係があるように想像されよう。というよりも、読者がそういうふうに読むように作者は仕向けているのである。さらには、「わたしは不幸よ。不幸だわ」と泣く妓の不条理な人生は、「合点」のいかない死を覚悟しなければならない主人公の人生と重なるものとして、作者は描いているわけである。

不条理は、普通の日常の生活ではその底に深く潜在していて、それが露出することはあまり無いだろう。少なくともそれに気づかないことの方が多いと考えられる。しかし、ヤスパースの言葉で言う限界状況においては、それが露呈されるのである。そのとき、私たちは世界や人生の不条理性にまざまざと気づかされるのである。戦争の体験はそうした限界状況の体験でもあったわけである。しかしながら、不条理であることをしっかりと見つめつつも、なお生きていこうとする姿勢こそが大切であるというのが、「シーシュポス」であった。小説「桜島」も、主人公は物語の終わりの方では「美しく死」ぬという問題から抜け出て、生の方向へと進み出そうだという予感で終っている。

生の方向へと進み出なければならないということを、やや挑発的な題目と文章で語ったのが坂口安吾の「堕落論」(一九四六〈昭和二一〉・四)及び「続堕落論」(一九四六・一二)であった。先に見たように、坂口安吾は「文学のふるさと」で、その「ふるさと」とは「絶対の孤独」であり、「むごたらしく、救いのないもの」だと述べていた。そして「文学はここから始まる」、と。つまり、不条理であることをまず自明として、そこから歩んで行けということを坂口安吾は語っていたのである。堕落についての論も実は同じことを述べたのであるが、「文学のふるさと」は、不条理の問題に敏感であろうと考えられる、文学に関わる人間を対象にして語られていた。しかし不条理の問題は、戦後においては戦争を体験した人々すべてに理解される問題となっていたのである。

したがって、坂口安吾のメッセージも文学者に限定されたものではなく、一般の人々にも向けられた内容のものであった。坂口安吾はこう語っている。「人間は生き、人間は堕ちる。そのこと以外の中に人間を救う便利な近道はない」、「堕ちる道を堕ちきることによって、自分自身を発見し、救わなければならない」(「堕落論」)、あるいは「(略)堕落のもつ性格の一つには孤独という偉大なる人間の実相が厳として存している。(略)ただ自らに頼る以外に術のない宿命を帯びている」(「続堕落論」)、と。「文学のふるさと」において在るのは「絶対の孤独」であったが、「堕落」の底で突き当たるのも「孤独」なのである。「孤独」という言い方がされているが、これは不条理という言葉に置き換えてもいいだろう。その認識から出発して生きていけ、と坂口安吾は言っているわけである。だから、これは生の肯定のメッセージなのである。

不条理であることを踏まえつつ、なお生の肯定を語ろうとした小説が、昭和二三(一九四八)年六月に発表された椎名麟三「永遠なる序章」だったと考えられる。これは、極貧の家に生まれ、戦争で足を負傷して片足に義足をつけた、私鉄の検車係の砂川安太が主人公の物語である。安太は肺結核と心臓病で余命三ヶ月だと医者から宣告されたのだが、その帰途に「強い戦慄」(15)あるいは「酔うような強い歓喜」を覚えるのである。安太はこの「強い歓喜」をその後しばしば体験するのだが、それは「生きる力の源泉であるかのように」感じられるものであった。それとともに安太は人々への「連帯」をも意識する。そして、こう語られている、「明日は単なる虚無であるかも知れないではないか。しかし、と安太は微笑する。自分は生きている。そして生きているということは、既にもう明日なのだ」、あるいは「虚無にひかれるのが、人間が人間である唯一の理由であるかも知れない。しかし、と彼は微笑する。自分も彼等も生きているのだ」、と。

安太は結局、彼の属する組合のデモの最中に心臓の発作で死ぬのであるが、安太は人間に取って最大の不条理と言える死を目前にしても生を肯定する姿勢を持ちつつ生き切ったのである。安太のこの姿勢からは、不条理と対峙しながら如何に生きていくべきかという問題に対して有益な示唆を得ることができよう。とくに社会的な危機の時代に不条理の問題が浮上する。広津和郎や坂口安吾など、幾人かの昭和の文学者たちは不条理に飲み込まれまいとしてきたのであり、私たちは彼らから学ぶところがあるだろう。あるいは、不条理の認識と緊張関係を持ったまま、その生涯を生きた正宗白鳥のあり方も一つの参考になるかも知れない。因みに、椎名麟三は「「異邦人」について」（一九五二〈昭和二七〉・二）で『異邦人』論争に触れて、広津和郎の方を支持する発言をしている。それは、「永遠なる序章」の作者としては当然であった。

もちろん、すべての不条理が人間存在の本源的なものでは決してなく、不条理が意識されるのは、ルカーチが言うように「（略）帝国主義の危機を反映している物神化された個人意識の一状態なのである」(16)という側面もあるだろう。あるいはＬ・コフラーが述べているように、後期資本主義社会の「疎外の形態」をあたかも「永遠の運命なるものに仕立てあげる」(17)ものが、不条理概念だという面も無くはないだろう。しかし、不条理のすべてを階級社会の問題に還元することも間違っているだろう。先に、シェストフ論争で『悲劇の哲学』に関して青野李吉が、「どんなに社会が改造されやうと、しよせん悲劇は追放できない。しかしだからと云つて、社会改造が放棄されていいと云ふ論理は出て来ないのである」と述べていたのを見たが、この青野李吉の言葉を噛み締める必要がある。

構造主義やポスト構造主義が流行していた頃には、不条理という言葉は死語となっていた。今また、この言葉が重たい実感のある言葉として復活してきたとするならば、三・一一大震災以後の日本社会が危機の時代に入りつつあるということかも知れない。そうならば、危機を複数回潜って来た昭和文学をその観点から学び直さなければならないだろう。

［注］

（1）シェストフ論争の中の文章からの引用は、すべて平野謙編集代表『現代日本文学論争史』下（未來社、一九五六〈昭和三一〉・七）による。
（2）シェストフ『悲劇の哲学』（近田友一訳、現代思潮社、一九六八〈昭和四三〉・三）。
（3）正宗白鳥の文章からの引用は、すべて『正宗白鳥全集』第二十二巻（福武書店、一九八五〈昭和六〇〉・四）による。
（4）『異邦人』論争以外での広津和郎の文章からの引用は、すべて『広津和郎全集』第九巻（中央公論社、一九八九〈昭和六四〉・二）による。
（5）『近代日本思想史講座』第一巻（筑摩書房、一九五九・七）所収。
（6）『小林秀雄全集』第三巻（新潮社、一九六八〈昭和四三〉・三）所収。
（7）坂口安吾の文章からの引用は、すべて『坂口安吾評論全集1』文学思想篇Ⅰ（冬樹社、一九七二〈昭和四七〉・二）による。
（8）臼井吉見『近代文学論争』下（筑摩叢書、一九七五〈昭和五〇〉・一一）。

(9) カミュの文章からの引用は、『異邦人』は佐藤朔・高畠正明編集『カミュ全集2』(新潮社、一九七二・一〇)、『シーシュポスの神話』は清水徹訳の新潮文庫版(一九六九・七)、「ドイツ人の友への手紙」は佐藤朔・白井浩司訳『不条理と反抗』(人文書院、一九七二・二)所収のものによる。

(10) 『異邦人』論争からの引用は、すべて臼井吉見監修『戦後文学論争』下(番町書房、一九七二・一〇)による。

(11) サルトル「『異邦人』解説」窪田啓作訳(『シチュアシオン1』〈人文書院、一九六五〈昭和四〇〉・一二〉所収)。

(12) アデル・キング『カミュ論—人と作品—』(大久保敏彦訳、清水弘文堂、一九七三〈昭和四八〉・八)。

(13) 谷亀悟郎・篠原義近『幸福と死と不条理と』(虎見書房、一九七一〈昭和四六〉・一一)。

(14) 『梅崎春生全集』第一巻(沖積舎、一九七四〈昭和四九〉・五)。

(15) 「永遠なる序章」の文章からの引用は、『椎名麟三全集1』(冬樹社、一九七〇〈昭和四五〉・六)所収のものによる。

(16) G・ルカーチ『実存主義かマルクス主義か』(城塚登・生松敬三訳、岩波現代叢書、一九六三〈昭和三八〉・七)。

(17) L・コフラー『抽象芸術と不条理文学　美学ノート』(石井扶桑雄訳、法政大学出版局、一九八〇〈昭和五五〉・八)。

三好十郎『恐怖の季節』論

――「ヘド」は正しく吐かれている

一

『恐怖の季節　現代日本文学への考察』（作品社、一九五〇・三、以下『恐怖の季節』）は、三好十郎が一九四九（昭和二四）年二月から七月まで「群像」に連載した評論「ヘド的に」を中心にしてまとめられた評論集である（以下、とくに断らない限り、三好十郎の文章からの引用は同書による）。「ヘド的に」は、同書に収録された「恐ろしい陥没――批評と批評家について――」によれば「いくらか評判になった」ようだが、同エッセイで三好十郎は、「ヘド的に」にはとくに「格別にすぐれた事」や「独創的な事」が語られていたのではないと述べている。だから、「あの程度のことが多少でも問題になつた」ことについて、三好十郎は「不思議になり、なさけ無くなり、不快になつた」とも言う。そしてそのことに関して、自分は「常識論のアタリマエのこと」を述べたに過ぎないのに、それがそうとは受け止められなかったというのは、汽車の「一箱」の中で自分一人以外はほとんど全部が「闇のカツギ屋」だったときの恐怖を思い起こさせ、それは「この人たちと自分との間には正常な意味で言葉が通じないと言う実感から来る恐怖」であり、しかもそれは「ただの単純な恐怖とはくらべものにならぬほど恐ろしいもの」だと語っている。『恐怖の季節』という主題目の「恐怖」という言葉はここから来たものであり、それは副題目にある当時の「現代日本文学」と自分とでは「言葉が通じない」のではないかという「恐怖」であった。むろん「ヘド」はその「現代日本文学」に吐かれたものであった。もっとも、「ヘド」は「（略）自身に対しては吐きかけまいとするのではない」ので、「ヘタをすると、一番の悪臭を放つやつを」自分に向かって吐く危険性もあるということも、三好十郎は述べている（評論「大インテリ作家」）。つまり、ここでの他者批判には自己批判も含まれているということである。それはともかくも、三好十郎自身は「あの程度」と述べているが、当時の文学界の権威などに対してまさに忌憚のない言葉をぶつけている『恐怖の季節』の文章は、なかなか痛快である。ただ、今日から振り返って見れば、それらの批判には的を少々外しているものもある。しかしその多くは肯綮に中っている鋭い批評であったと言える。まずはその正否を見ながら、この書物の内容について簡単に概観してみよう。

「大インテリ作家」の中で三好十郎は、「志賀の小説は一級品だ」としながらも、志賀の「感想文」からは「町会役員的正義観」しか感じられないとして、「ところで、志賀が、終戦後、間の無いころ、たしか新聞紙上で、特攻隊くずれの青年がゴロツキになったりドロボウになったりしている事を、たいへんはげしい言葉でフンガイしたことがある」として、三好十郎は次のように批判している。戦争を含めての十年二十年を、「（略）ホントにナマミで生きて来た人間が、どこを押せば、その十年二十年（自分自身をも含めて）の所産である特攻隊くずれを、あのように手ばなしに一方的に非難できるのか？　自分が特攻隊員だつたと思つてみろ。また、自分のムスコが特攻隊員だつたと思つてみろ」、と。

三好十郎の言う、新聞紙上での志賀直哉の発言とは、一九四五（昭和二〇）年一二月一六日付の「朝日新聞」の「声」欄に掲載された「特攻隊再教育」のことだと考えられる。たしかに志賀は「フンガイ」しているとは言えなくはないが、しかしそれは「特攻隊くずれの青年」に対してではない。志賀が憤っているのは、「特攻隊の如き変態的な教育」を青年たちに施しておいて、戦後になってそのことについて「何ら善後措置をとらない」政府に対してなのである。また、志賀自身はその青年たちを「特攻隊くずれ」と呼んではいないのであって、志賀は国民が「平気でさういふ言葉を口にし、また口にしないではゐられぬやうな事にはなりたくない」と語っているのである。両者の文章を冷静に読んでみると、三好十郎の方に誤解あるいは記憶違いがあったと言え、その批判は少々言いがかりじみていた。ただ、この批判については後で再度問題にしたい。

さて、同じく「大インテリ作家」で批判されているのが広津和郎である。これは、広津の書く「ヒューマン・ドキュメント」が「ことごとく一流のもの」なのに、どうして小説となると「気のはいらない」ものを書くのかという批判であった。さらに武者小路実篤については、彼の書いたものには「（略）真実は在るが論理は無い。美は在るが構築は無い。純粋は在るが進化は無い」と批判している。これらの批判は当たっていたと言える。

三好十郎の「ヘド」は評論「小説製造業者諸氏」では、戦後に小説を量産した田村泰次郎、船橋聖一、井上友一郎、丹羽文雄などにも吐きかけられている。三好十郎は、彼らが小説を量産できるのは、自我の追求と確立ということを等閑《なおざり》にしているからではないか、ということを述べている。それに対して、「金がほしいから書く」と言ったバルザックも、「たのしむために書く」と言ったスタンダールも、それらの言葉の裡に、「(略)どれだけの自我の追求と確立の煉獄が畳みこまれていると思うのか」と語る。しかし、「小説製造業者諸氏」はその「煉獄」を通過することなく、小説を単に多量に「製造」しているだけである。「あの戦争を、なにかの形でか自己の内部で処理する仕事は、実は作家の自我の確立の仕事の中で一番大きな課題なのである」が、彼らは「(略)自我を「眠らして」やり過ごそうとしているのだ」と批判する。そして、その結果彼らの小説に「ムヤミやたらに豊富に有るものは「世相」と「肉体」と「ストオリイ」である」ということになる。

「小説製造業者」に対するこのような批判は、「ヘド的に」の数ヶ月後に書かれた、中村光夫の『風俗小説論』(一九五〇〈昭和二五〉・二～五)の主張に通じるものがあるだろう。中村光夫がこの評論で述べたことは、純文学理念としての私小説が解体した後に出て来た小説が、作家の自我追求は置き去りにされたまま、作家の眼が社会の表層的な風俗を追うだけの風俗小説になってしまっている、という批判であった。この中村光夫の論との共通性からもわかるように、三好十郎の文学観は西欧近代文学を理念型とする、言わば正統派の文学観であったと言えようか。三好十郎は作家の仕事について、それは「(略)自己の土台の上に社会的な連帯性を産み出すことであろう」と、まさに西欧の近代文学理念を述べているのである。だからそれは日本の狭い純文学理念を大きく越え出る文学観でもあったわけで、そのことはいわゆる大衆文学の評価にも関わってくる。評論「ジャ《ママ》ナリストへの手紙」の中で、長谷川伸や吉井勇、久生十蘭などの小説について触れながら、三好は「(略)文壇常識の色眼鏡や伝説などにとらわれないで見れば、これらの作家たちが、或る種の「純文芸」作家たちよりもズットすぐれた作家であることを認めないわけには行かないのです」と語る。大衆文学作家に対する、このような三好十郎の高い評価は、後の純文学論争の問題を先取りしていたと言えるかも知れない。

評論「「日本製」ニヒリズム」では、主に梅崎春生や椎名麟三、野間宏などの戦後派作家を取り上げながら、三好十郎は彼らに「強い親近感」を持っているものの、彼らが「戦争から受けたキズ」に対して、「或るものは、もう治つたらし」く、「或るものは、キズの上に「進歩的政治思想」のバンソウコウを張りつけて」いるなど、「大体において一様に」キズの「「治療」の必要は無いかのようである」ことを批判する。つまり、「戦後派の諸君」の「キズ」はそんなに簡単に治るようなものだったのか、もしそうだったとしたら、「ニヒルは彼等のカカトにくつついていた」と思われ、したがってその「ニヒル」もいかにもお手軽なものだったのではないか、という批判なのである。三好十郎によれば、その中途半端な「ニヒル」ということで思い起こされるのが、正宗白鳥に代表される「「日本製」似而非ニヒリズム」であった。これは本来のニヒリズムが持っている破壊精神、あるいは「革命的精神」のようなものではなく、「否定はするが、自らを危うくするような所までは否定しない」ニヒリズムだ、と三好十郎は述べる。

戦後派作家に対する、このような批判は、戦後派作家は自らの戦争体験に固執するべきであるという点において当たっていたが、その批判を正宗白鳥の「「日本製」ニヒリズム」と結びつけて説明しているところは、少々的外れであったと言わざるを得ない。ただ、正宗白鳥のニヒリズムを「日本製」だとしているところは正鵠を得ているだろう。すでに三好十郎は「パセティックなもの――文芸時評――」(一九三五〈昭和一〇〉・八)で正宗白鳥について、「此の作家は、彼が好んで告白するほど、生きる事も、小説を書く事も実はいやがつては居ないのではあるまいか?」と述べていて、よく言われていた正宗白鳥のニヒリズムが、本物かどうかは怪しいということを語っている。だからそのニヒリズムはあくまで「「日本製」

ニヒリズム」だというわけである。たしかに白鳥のニヒリズムは、神という絶対者を否定し、地上の権威や権力にも歯向かうようなニーチェ流のニヒリズムとは大いに異なっていた。その意味で「日本製」という言葉は間違っていないだろう。

すでに拙論「正宗白鳥——絶対志向と懐疑精神」で見たように、実は正宗白鳥自身もそのことはよく認識していた。ただ、そのニヒリズムが中途半端に見えるのは、白鳥が一方では絶対的なものを志向する精神を生涯にわたって堅持していたからであった。つまり、白鳥は絶対的なものを認識においては否定しながらも、実は心の奥底ではそれを求めていたわけで、そのことがまた、生の無価値を言いながらも実人生では生に執着する白鳥のあり方としても表れていたのである。それが三好十郎には、白鳥は人生も小説も「実はいやがつて居ないのではあるまいか」というふうに見えたのであろう。だから、この白鳥批判は白鳥の核心には届いていなかった。三好十郎は、白鳥のニヒリズムの裏側にある、絶対を欣求《ごんぐ》する理想主義精神にまで眼を向けるべきだった。

『恐怖の季節』には他にも、宮本百合子を痛烈に批判した「ブルジョア気質の左翼作家」や、新劇の現状への批判と若い世代への期待を語った「落伍者の辯」、さらには先に見た広津和郎批判を敷衍した「ぼろ市の散歩者（一）」、また中野重治がマルクス主義理論家として達している「理論的高さ」に比べて、彼の小説が「断片」ばかり書いていることに対しての批判を語った「ぼろ市の散歩者（二）」などの評論があり、当時勢いがあった文学者に対しても、自ら考えるところを直言していて、小気味の良い文章となっている。しかも、それらはかなりの程度において、痛いところを突いていたと思われる。

たとえば、中野重治の小説が「断片」ばかりだというのはたしかにその通りである。中野重治は後に「むらぎも」（一九五四〈昭和二九〉・一～七）や「梨の花」（一九五七〈昭和三二〉・一～一九五八〈昭和三三〉・一）などの長編小説を書くのだが、それらもつまるところ「断片」の集積という趣があるのだ。このことは、中野重治には構成力に欠けるところがあったのではないかという問題と繋がり、となると中野重治は一般には理論家としても考えられていて、そして三好十郎もそう考えているのだが、実は中野重治は本質的な意味では理論家とは言えないのではないか、という問題にも繋がっていくだろう。構成力は論理によって支えられるものだからである。つまり言葉の正確な意味において、中野重治は理論家と言えないのである。残念ながら、三好十郎の筆はその問題にまでは進んでいない。

しかし、宮本百合子批判、とりわけその小説の『伸子』批判は鋭く、読む価値のあるものとなっている。三好十郎が言うように、宮本百合子の自伝的な小説『伸子』は、夫の佃一郎は批判されて当然であるかのような作りに、逆に言えば、「（略）後半に至って伸子をジャスティファイするための用意が第一ページ目からしてあるのだ」というような作りになっているのである。三好十郎から見れば、「この種の用意周到さ」が宮本百合子には抜きがたく「ブルジョア気質」をよく表していることになる。三好十郎が宮本百合子のような良家のお嬢さん育ちを「きらい」であることは、エッセイ「わが青春」（一九五七・一二）などからも窺われるが、その好悪はともかくも、「ブルジョア気質の左翼作家」はたしかに小説『伸子』の弱点をよく突いた評論になっている。

ただ、ここで『伸子』に関して贅言すれば、伸子の恋愛のあり方自体に「ブルジョア」的な俗物性がある、と私には思われるのである。伸子は、十五歳も年上で枯れた感じのする中年学者の佃一郎に恋をしたのであるが、そのことはそれまでの彼女におそらく言い寄ったであろう、ブルジョア育ちの青年男性たちとは違うタイプの、何かがあると思わせるような男性を好みにしていたということである。要するにこれは、普通の男と違った、少々風変わりの男でなければ駄目だということであって、その好み自体が反俗的なものを好むという、実は裏返った俗物的な気質なのではないかと考えられるが、どうだろうか。

以上、端折った概観になったが、次に『恐怖の季節』の中心テーマと言える問題を見ていこう。それは、マルクス主義や転向、戦争の問題である。

二

評論「或る対話」の中で三好十郎は、「私は現在も三年前も五年前も二十年前もほとんど変りません」、「(略)私は自分を大体において信用しています」と述べた後、「しかし、その私も、もう少し厳密にしらべて見ると、五六年前＝戦争中＝かなりイカガワシイ事をしました」と語っている。『恐怖の季節』では戦争下のことについてはそれ以上のことは語られていないが、戦争下の三好十郎の劇作や発言を読むと、その「イカガワシイ事」について大凡の見当がつく。それは戦争協力のことである。戦後の戯曲『廃墟』(一九四七・五)で大学教授と思われる柴田欣一郎はこう語る、「……指導者達の、とんでもなくまちがった考えのために、悪い戦争が始まってしまった事は知っていた、(略)――が、とにかく、始まってしまった戦争に負けたくなかった事は事実だ。そういう自分の気持が、ところで、私の講義の内容をだな(略)無意識のうちに戦争協力の方へ持って行った」、と。柴田のこの述懐はほぼ三好十郎自身の述懐と重なると言えよう。後に評論集『日本および日本人　抵抗のよりどころは何か』(一九五三〈昭和二八〉・四)に収められた評論「抵抗のよりどころ」(一九五二〈昭和二七〉・一一)で、三好十郎は次のように語っている。

戦前も戦争中も私の思想は戦争に賛成せず、私の理性は日本の敗北を見とおしていたのに、自分の目の前で無数の同胞が殺されていくのを見ているうちに、私の目はくらみ、負けてはたまらぬと思い、敵をにくいと思い、そして気がついたときには、片隅のところでではあるが、日本戦力の増強のためのボタンの一つを握ってたっていたのです。／これは私の恥です。私が私自身にくわえた恥です。

日中戦争下の戯曲『浮標《ブイ》』（一九四〇〈昭和一五〉・六、七）で主役の久我五郎は、日本の兵隊たちについて、彼らは「動物でもあれば、神々でもある。日本の神々が戦つてゐるんだ。戦争をすると言ふ事は、最も強烈に生きるといふ事だよ」と語り、戯曲『三日間』〈脱稿は一九四一〈昭和一六〉・五〉ではやはり主役の及川哲が、「……ありがたかつた。日本に生れたことが、しんからありがたかつた」と言い、「そいから《ママ》、聖戦と言う事が言えるようになった」と語っている。もちろん、三好十郎がそう語らせているのであって、この時期の彼の戯曲からはやはり戦争協力的な姿勢が見えてくるのである。『三日間』ついては西村博子が『実存への旅立ち　三好十郎のドラマトゥルギー』〈而立書房、一九八九〈平成元〉・一〇〉で述べているように、この『三日間』において「十郎の「転向」は完成する」と言っていいだろう。戦争に対する三好十郎のこのような姿勢は、彼の転向と裏腹の関係にあったわけだが、ここで注意しなければならないのは、三好十郎の転向が他の多くの転向者のそれとは異なった様相を示していることである。

一般的には、鶴見俊輔が「転向の共同研究について」〈思想の科学研究会編『共同研究　転向』上〈平凡社、一九五九〈昭和三四〉・一〉所収〉で定義づけているように、転向とは「権力によって強制されたためにおこる思想の変化」のことだと言っていいだろう。戦前昭和の場合、その典型的な「強制」は獄中における拷問であったわけだが、三好十郎の転向にはそういう「強制」はなかった。彼は徐々に転向していったのである。三好十郎はその点において、また彼の中にある庶民性（あるいは非指導者性）という点においても、拙論「里村欣三―弱者への眼差し」で見たような里村欣三と共通するところがあると言える。徐々に転向していったことにおいては林房雄も同じで、林房雄も「強制」からではなく転向していった人間であるが、しかし林房雄の場合には指導者意識が強くて、たとえば満州事変について「狭くは日本の自衛、広くは亜細亜の解放」（『勤王の心』創元社、一九四三〈昭和一八〉・四）であったというふうなことを、つまりは大東亜イデオロギーを高所から声高に語り始めるのである。しかし里村欣三や三好十郎は、そのような指導者意識芬々《ふんぷん》たる大言壮語はしなかった。

そのことは、マルクス主義との関わり方においても、里村欣三と三好十郎とが共通していたことを示しているだろう。両者はともに、マルクス主義の理論体系に震撼されて、その主義に近づいていったのではなかった。それとは逆に、震撼されて近づいていった戦前昭和のインテリ左翼青年には、丸山眞男の言う〈理論信仰〉があったわけだが、里村欣三にも三好十郎にもそういうものは無かった。三好十郎が左翼運動に近づいて行ったのは、田中單之が『三好十郎論』（菁柿堂、二〇〇三〈平成一五〉・一二版）で述べているように、「おそらくマルキシズムとは無関係の階級感情階級本能とでも名づけらるべきもの」（傍点・原文）からであったのであり、だからこそ「（略）プロ陣営内にあっても、〝一兵卒〟の立場から執拗な幹部批判などを繰り返してきた」のである。三好十郎は、庶民や一般兵士たちの立場に密着して、戦争下を生きていったと言え、だから彼の転向も庶民や一般兵士の後を追っていった結果の、里村欣三と同じような、言わばなし崩し的なものであった。

そのような姿勢は三好十郎においては、庶民の中に理想的な人物を求めることにもなり、それが一九四四（昭和一九）年三月に発表された戯曲『おりき』の「おりき」婆さんの姿に結晶化されたと言える。また、三好十郎の没後に発見されたもので、一九三九（昭和一四）年末か一九四〇年初めに書かれたと推定されている戯曲「好日」は、三好十郎その人が主人公であるのだが、その劇中の三好はこう語っている。「あわを食って、時代の調子に自分を合せようとすることなぞ、どうしても出来ん……」、あるいは「（略）俺にゃ、自分の量見をひん曲げて、タイコモチの真似は出来ん！　きわ物の時局便乗物は書けん！」、と。しやはり、彼は易々と大東亜イデオロギーを語ったり、時局に便乗するような劇作家ではなかったのだ。しかし、そういう彼も続けて、「そんな事をして、自分をいつわり、今の時代に時めき、それに依って、此の、此の時代を軽しめ、日本を嘲弄する気にはなれんのだ！」、というふうに語る。時代に迎合して「今の時代に時め」こうとしないのは、抵抗の姿勢からというよりも、そういうことが「此の時代を軽しめ」ることになるからだ、と言うのである。

おそらく、このように思った戦中下の自分に対して、戦後の三好十郎は〈間違ってしまった！〉という反省を持ったのであるが、しかし〈疚しさ〉を感じることはなかったと考えられる。だから、「時局便乗」的な浮薄な知識人に対して、たとえば詩劇『殺意（ストリップショウ）』（一九五〇・七）で強烈な批判をすることができたのである。これは戦前、戦中、戦後を経過した時代の中で、転向してさらに再転向した知識人に対しての糾弾の劇と言ってよい。山田徹男という社会学者がその人物であるが、彼はプライベートな面においても人格陋劣な人物として描かれている。もしも、三好十郎が「時局便乗」的な転向者であったならば、たとえ自己批判を含んだものであったとしても、ここまでの批判は語れなかったであろう。彼に〈疚しさ〉が無かったからこそ、このような批判ができたと言えるし、さらには『恐怖の季節』でも手厳しい知識人批判を展開できたわけである。

このように見てくると、三好十郎の転向や戦争下のあり方の特異性はやはり評価できるのではないだろうか。次に、先にもその関わり方について触れたが、彼にとってのマルクス主義とは何だったのか、という問題について見ていきたい。

三

『恐怖の季節』でその問題を考える上で興味深いのは、「或る対話」と題された対話形式の評論である。これは「或る共産主義者」と「私」との対話になっている文章で、「私」が三好十郎であることは言うまでもない。「或る共産主義者」は、「私」の文章を読んだり「私」と話をしていると、「私」が「共産主義にたいへん近い」のに、どうして「共産党」に入らないのかと問う。「或る対話」はなぜ入党しないのかをめぐっての「私」の弁明が主となっているのであるが、まず「私」は共産主義の理論について、間違った点もあるが「善い所の方が多」いと思うという理解を示したうえで、たとえ話をする。「百グラムのビフテキに〇・一グラムのクソが附いていても、あなたはそのビフテキが食えますか?」と問い、自分は食えない人間であり、それは自分が芸術家もしくは芸術家でありたい人間だからだ、と語る。「と言うのは、芸術家の仕事は、その〇・一グラムのクソを問題にする所からはじまるものですから。」と言うのである。

もちろん、マルクス主義を含めて完全に正しい社会理論というものはないだろう。その際、わずかでもその欠点が目に入ったならば、その理論の大筋においての正当性は認めたとしても、その理論を信奉することはできないと「私」は言うのである。そして、芸術家とはそういう者だ、と。たしかに政治家的な資質を持った人間ならば、小さなことや小数《こすう》の側には目を瞑《つぶ》って大数もしく多数の側を重視して物事を進めていくだろう。だが、その時に無視された小さなことや小数の側にこそ眼を向けるのが芸術家であると言える。だから、芸術は政治を批判することができるわけで、三好十郎はそう考えていたのである。

この三好十郎のたとえ話の材料を変えてみるならば、福田恆存のエッセイ「一匹と九十九匹と――ひとつの反時代的考察――」（一九四七〈昭和二二〉・二）のテーマに通じるところがある。福田恆存は、新約聖書のルカ伝第一五章にある話に言及して、もし百匹の羊の中で一匹の羊がいなくなったら、その一匹をこそ救うのが文学であると語った。汚い「クソ」と哀れな羊とでは喩えられているもののイメージが随分と違うが、しかし両者のたとえ話の基底にある原理は同じであったと言ってよい。文学、芸術は小数のものにこそ眼をむけるのだということである。三好十郎と福田恆存とでは、その政治的立場は対極にあったと言えるが、左翼思想の勢いが強かった、政治と文学をめぐる戦後当時の状況においては、両者はほぼ同様の姿勢を持っていたわけである。

しかしながら、ここで注意したいのは、だからと言って三好十郎はマルクス主義や左翼思想を否定しなかったということである。三好十郎はまた、左翼に対して自分は反感を抱くことはないということも語っていて、「むしろ好感を持つ必然性や必要や利益の方が多いのではないかと自分では思つています」（「或る対話」）と述べている。そして、「マルクシズムが、他の社会思想にくらべていくらかよけいに科学「的」であるとは思いますが、科学ではありません。それは一箇の観念体系です」（同）、と。マルクス主義に対して、このように適度に距離を取りつつ、しかもそのマルクス主義理論は大筋において妥当であるとして、評価すべきところや有効性は認めよう、という姿勢を持ち続けたのである。このような文学者は、稀だったのではないだろうか。

三好十郎は、たしかに「〇・一グラムのクソ」が眼に入ったためにマルクス主義者であり続けることはなかったのだが、その「〇・一グラムのクソ」のために残りの九九・九グラムを否定するようなことはしなかった。たとえば、マルクスの唯物史観をドイツ歴史主義の理論に拠って批判した小林秀雄は、マルクス思想の中心である社会的弱者救済の思想の方には一切眼を向けることをせず、その反唯物史観が結局はそのままマルクス思想全体の否定になる、というふうに短絡させたのである。保守派の文芸批評家には小林秀雄のような短絡の例が多く、先に見た福田恆存もそういう一人である。それに対して、三好十郎の眼は広やかであり、その姿勢は柔軟であって、まさに信頼するに足るものだったと言える。なお、『恐怖の季節』の「恐ろしい陥没」では、小林秀雄の批評にも論及されていて、小林秀雄の批評が対象を浮かび上がらせるものではなく、結局「小林自身の人間（略）が浮びあがつて来るきりです」と述べられているが、この判断はまさにその通りである。

さて、『恐怖の季節』にはその他、演劇の現状について語った評論「落伍者の辯」なども収められているが、やはりこの書の基底にある大きなテーマは、戦争とマルクス主義ひいては転向をどう考えるかという問題であった。先にも述べたように、三好十郎は自らに問いかけてみて、それらの問題との関わりにおいて間違いはあったものの〈疚しさ〉を覚えることはなかったと思われる。劇作家として自分は自らの信念と良心に従って生きてきたのだ、という自負が三好十郎にはあったであろう。その一つとしてあるのが、社会的弱者の側に立つという信念である。これは彼の戯曲第一作である「首を切るのは誰だ」（一九二七〈昭和二〉・五）や戯曲「疵だらけのお秋」（一九二八〈昭和三〉・八〜一一）から一貫して変わらぬ姿勢である。

転向後も戦争協力的な所を含む戯曲を書いたときも、それは変わらなかった。だから、文壇の権威などに対しても「ヘド」が吐けたのである。

先に私は、彼の志賀直哉批判が少々言いがかりじみていると述べたが、それは志賀の当該の文章「特攻隊再教育」に対してであって、三好十郎の怒りは志賀直哉が戦争や戦後の混乱も傍観者の立場に立っていたことに対しての憤りであったと考えるべきであろう。志賀直哉には戦後社会の一断面を鮮やかに切り取った、彼の戦後第一作である短編「灰色の月」（一九四六〈昭和二一〉・一）があり、山手線の電車の中で死ぬ一歩手前のような少年工を見かける話が語られている。そこで作者はむろん少年工に十分同情的ではあるが、しかしその同情は所詮傍観者の立場からのものではないか、という印象は否定できないだろう。ひょっとすると三好十郎の怒りは、この「灰色の月」の読後感が「特攻隊再教育」に重なったためかも知れない。間違いはあったにせよ、戦争下の状況に真摯に向き合って生きてきた三好十郎からすれば、それと距離を置いた傍観者的な位置で過ごしてきたと思われた志賀直哉は批判されるべき文学者であったわけだ。

しかし、そういう三好十郎も、一貫して戦争に非協力で非戦の立場を貫いた青年がいたことには驚愕したようで、その青年をモデルにした戯曲が『その人を知らず』（一九四八〈昭和二三〉・六）である。『恐怖の季節』では触れていないが、彼には「「その人を知らず」について」（一九五二・九）で、「時によって私はこの青年を心から愛した。又時によって歯を鳴らすように憎んだ」と語っている。「日記より」（一九四〇・一〇・一八）ではその青年のことを「狂信者」とも呼んでいる。その青年は神という絶対者に拠ったからこそ非戦の姿勢を貫けたのであり、おそらく三好十郎にはその信仰は現世のことを顧慮しないような「狂信」にも見えたのであろう。しかしそうではあっても、その青年のあり方は、戦争協力へと赴いてしまった三好十郎にやはり鋭い批判の矢を投げつけるものであった。

その青年に対して三好十郎はアンビヴァレンスな心情を持っていたわけだが、もしも戦争下のあり得べきあり方を反省し学ぶとしたら、三好十郎は広津和郎にそれを見るべきだったのではないだろうか。三好十郎は、広津和郎が小説においてはそのエッセイなどと違って「(略)神の如く「下界を見おろして」書いている」(「ぼろ市の散歩者(一)」)ことを批判しているのだが、そのことよりも戦争下の広津和郎のあり方を論じた方が生産的であったのではないかと思われる。広津和郎の抵抗のあり方は、粘り強く柔軟で見事であったのだから。

さて、こうして見てくると、三好十郎の吐いた「ヘド」の多くはその対象の痛いところを突いたものであったと言える。『恐怖の季節』は今なお読まれる価値のある本である。もしも、彼がもう少し長生きしていたら、さらに真っ当な「ヘド」を吐いたに違いない。三好まり著の『泣かぬ鬼父三好十郎』(東京白川書院、一九八一〈昭和五六〉・六)の表紙のカバー裏には、三好十郎が現代に生きていたら、「おそらく、吉本隆明をほどよくたしなめ、小林秀雄を封じ、宮本顕治を衝き、清水幾太郎などを落雷のように見事に引き裂いてしまったろう」という言葉があるが、同感である。その早世が惜しまれる。

［付記］三好十郎の文章からの引用は、『恐怖の季節』および『日本および日本人』以外のものは、すべて『三好十郎の仕事』全四巻(学藝書林、一九六八〈昭和四三〉・九)によった。

二一世紀から見る井伏鱒二

一

井伏鱒二の文学を二一世紀の今日において、どのように考え、どう評価するべきかという問題について考えてみたい。と言っても、そのことは、井伏文学を二〇世紀という過去の時代の文学として、文学史上にどう位置付けるべきかというような問題ではなくて、この二一世紀の現代においても井伏鱒二の文学をまさにアクチュアルな文学として、すなわち現在においても意味のある文学ではないかという観点から、井伏文学を考えてみたいということである。

井伏鱒二は晩年になっても、七十代の終わりから八十代の初めにかけての頃、すなわち一九七七(昭和五二)年九月から一九八〇(昭和五五)年一月までに「徴用中のこと」という題目で長編のエッセイを連載している。徴用された期間は、一九四一(昭和一六)年一月から同年の一一月までの約一年間の期間であったが、晩年になってからも徴用についての長い書き物をしたわけだから、この徴用が井伏鱒二にとって大きな体験だったことがわかる。徴用というのは、戦争の宣伝活動のために、具体的には戦地での対敵宣伝や現地民への宣撫活動、国内向けの報道などをするために、軍部によって文学者やジャーナリストたちが召集されて働かされたことである。これは、ナチス・ドイツの国防軍宣伝中隊（P・K隊）に倣って造られたものだった。だから、この徴用体験とは戦争体験でもあったということであって、「山椒魚―童話―」（一九二九〈昭和四〉・五）などの初期の文学はともかくとしても、やはり井伏文学の全体を考える場合には、戦争の問題は最も重要な問題であったと言える。

黒古一夫は、『井伏鱒二と戦争　『花の街』から『黒い雨』まで』（彩流社、二〇一四〈平成二六〉・七）で、「（略）井伏ほどに自らの「徴用」体験やアジア太平洋戦争にこだわり続けた作家はいなかったのではないか、と言ってもいいほど戦争体験にこだわり続けた」と述べている。たしかにそうである。言うまでもないが、戦争の問題は井伏鱒二の代表作中の代表作である『黒い雨』（一九六五〈昭和四〇〉・一～一九六六〈昭和四一〉・一〇）のテーマと重なってくる。そして二一世紀の今日においては、戦争の問題はそのまま核戦争の問題に直結する度合いが益々増してきていて、それは緊要な問題だと言えよう。

ところで、戦争は二〇世紀に入って総力戦の時代に入った。総力戦とは国民の全体が戦争体制にまさに総動員されて行われる戦争であって、それは対戦国同士が互いに相手国の体制を破壊するまで続けようとされる戦争である。しかし、一九世紀以前の戦争ではそうではなかった。たとえば、二〇世紀初頭に行われた日露戦争は、内実は一九世紀的な戦争であった。互いの体制破壊を目論むのではなく、適当な頃合いで講和を結んで終わりという戦争であって、たしかに日露戦争は戦費や犠牲者がその前の日清戦争に比べて箆棒《べらぼう》な値を示していたが、それは総力戦ではなかったのである。だがその後は、世界においては総力戦の時代に突入する。したがって、第二次世界大戦は総力戦の戦争であったが、そのことを理解せず、一九世紀的な戦争観にしがみつき、少しでも失地を挽回して有利なところで講和を結ぼうとして、降伏のチャンスを逃して戦争を長引かせて、遂には広島と長崎の原爆投下を招く事態にしてしまったのが、当時の戦争指導者であった、昭和天皇裕仁および東条英機などの御前会議のメンバーたちだったのである。

それはともかく、本当に残念なことだが、私たち人類は二一世紀になっても未だ二〇世紀のあの総力戦の問題を引きずっているのである。戦争の危機、総力戦の危機は遠ざかってはいない。そういう今日二一世紀の世界、社会を見たとき、井伏鱒二の文学はアクチュアルな問題を提示していると言えるのではないだろうか。

二

さて、前置きが長くなったが、次に戦時下の井伏文学を見ていきたい。井伏鱒二に限らないが、戦前昭和の時代に執筆活動した作家たちは、ほとんどその活動期間というのは戦争期と重なっている。日本は一九三一（昭和六）年に起こった満州事変から一九四五（昭和二〇）年八月の敗戦までの一五年の間、ずっと戦争をしていて、初めの一一年間は中国との戦争、つまりは中国の国民党および共産党との戦争だったが、一九四一（昭和一六）年の一二月からは米英蘭などとの全面戦争にも入ることになる。これらの戦争を総称して一五年戦争と言ったり、アジア太平洋戦争と言ったりする。このように長い間戦争していたのであるが、多くの国民が戦争をごく身近に感じるようになったのは、やはり米英などとの戦争が始まってからであった。井伏文学についてもそうであって、満州事変勃発の昭和六年二月には「丹下氏邸」を、昭和一〇（一九三五）年一二月には「オロシヤ船」を発表し、日中戦争が起こる昭和一二（一九三七）年の四月には『集金旅行』を刊行、昭和一三（一九三八）年二月には『風来漂民奇譚　ジョン萬次郎漂流記』で直木賞を受賞、ノモンハン事件の起こった昭和一四（一九三九）年の二月には『駐在日誌　多甚古村』を刊行するなどしているが、それらの文学活動には直接に大きく戦争の影を見ることはできない。

しかし、米英との戦争が始まり、そして徴用されてシンガポールに行ってからは、当然のことだが、井伏鱒二の文学活動は戦争の影響を受けざるを得なかった。そうではあるが、井伏が当時の文学者たちの中にあって、ほとんど例外的にと言っていいほど、軍部に迎合的なことは語っていないし、また声高でイデオロギッシュな発言もしていない。このことは注目すべきことである。

たとえば、「花の町」（原題「花の街」、一九四二〈昭和一七〉・八〜一〇）である。「花の町」は井伏がシンガポールに徴用作家として派遣されたときの体験に基づいて書かれた小説で、すでに東郷克美は「戦争下の井伏鱒二―流離と抵抗―」（一九七三〈昭和四八〉・三、『日本文学研究資料叢書　井伏鱒二・深沢七郎』〈有精堂、一九七七〈昭和五二〉・一二〉所収）で、「かくて「花の町」は戦地で執筆されたにもかかわらず、井伏鱒二の戦争に対するみごとな不在証明になりえている」と述べて、井伏が軍部やその戦争政策に迎合していなかったことをこの小説から読み取れると指摘している。また、前田貞昭は論文「井伏鱒二の戦時下抵抗のかたち―「花の町」を軸にして―」（磯貝英夫編『井伏鱒二研究』渓水社、一九八四〈昭和五九〉・七〉においてさらに踏み込んで、小説の中で語られている、当時の日本軍が行っていた、シンガポールでの日本語普及策に論及しながら、「このように井伏は、日本軍に協力的な現地民を時局便乗タイプとして否定的に描く一方で、日本の支配を喜べない善良な人々を暖く描くことにその筆を費しているのである」と述べて、井伏には「不在証明」とともに、それ以上の「抵抗」があったことを語っている。

私はこの両氏の指摘に同感するが、さらに付け加えるならば、当時「昭南」と呼ばれていたシンガポールの現地人に対して蔑視や偏見というものを、「花の町」の主人公すなわち井伏鱒二は持っていなかったということに注意したい。井伏鱒二などの徴用作家たちがシンガポールに行った頃は、第二次近衛内閣の外務大臣であった松岡洋右が一九四〇（昭和一五）年の夏に唱えだしたのが初めだとされている「大東亜共栄圏」という言葉、そしてそのイデオロギー（虚偽の意識）が喧しいくらいに叫ばれていた。その「大東亜共栄圏」イデオロギーというのは、実はご都合主義的なところから出てきたものであり、それ以前の陸軍は元々いわゆる〈北進〉論の立場にあって、〈南進〉には関心が無かったのである。しかし、アジア大陸部への侵略戦争を、すなわち〈北進〉戦争を遂行するためには資源を確保する必要があって、資源確保のためにはとくにインドネシアを中心とした東南アジアへの進出すなわち〈南進〉が要請されるようになり、その要請に見合ったイデオロギー（虚偽の意識）として「大東亜共栄圏」が語られるようになったわけである。「大東亜共栄圏」論は、後で附けた、戦争政策に都合のいい理屈であった。

しかし多くの徴用文学者たちは、その「大東亜共栄圏」イデオロギーに踊らされたのである。たとえば、シンガポールよりもいわゆる民度が低いとされていたジャワなどに行った文学者たちは、その「大東亜共栄圏」イデオロギーに踊らされながら、注意すべきは現地の人々を見る眼が偏見に満ちたものであり、それは文明人が野蛮人を見下すような眼であったということである。たとえばその一人の阿部知二は『火の鳥』（創元社、一九四四〈昭和一九〉）で、「高所におのれを置いて批判することとは自から異る途をとらねばなるまい」と言いながらも、他方では「ジャワの田野の人間らに、柔和であるが時としてはがゆい鈍さの表情をみたりするのは遺憾だが事実である」と語っている。あるいは、やはりジャワに行った浅野晃は、

『ジャワ戡定余話』(白水社、一九四四)で、自分や日本兵は「ジャワ人といふものを自分より数段下の劣等なるものといふ風に実際に感じてゐない」と述べながらも、他方で「「原住民はまことに可愛いものだ。育て方さへ誤らなければ立派なものになる」とはわが今村軍司令官がよく言はれてゐたところであるが、実際われわれは、みんなさう思ひ、さう信じてゐるのである」、というふうに語っている。

すでに拙論「里村欣三論――弱者への眼差し」でも論及したことだが、これらの言葉から窺われるのは、やはり民族蔑視だと言えよう。では、なぜ彼らがその地の人々を見下していたのかというと、文化が劣っているという理由からであった。では、劣っているというその価値基準は何かというと、実は欧米文化によって近代化が成し遂げられているか否かという物差しによってであった。しかし他方ではすでにそのとき、日本やアジアは欧米とは違うのだという言説が日本では語られていて、徴用文学者たちもそういうことを言っていたのである。にもかかわらず、ジャワの人たちを見下すときには彼らが批判していたはずの欧米の価値基準で見下していたわけである。要するに文化の近代化が遅れている連中だ、と。これはダブルスタンダード(二重基準)と言えよう。

それらに対して、井伏鱒二にはそのように現地民を見下すような眼は無かった。「花の町」でマライ人や華僑の人たちを描く井伏鱒二の筆は、それまでの井伏が描いてきた日本の庶民を描くときと変わりなかったのである。そのことはやはりシンガポールでの体験に基づいて書かれた、ほぼ同時期の「マレー人の姿」(一九四二〈昭和一七〉・六)や「沼南日記」(一九四二・九)「沼南風物」(一九四二・九)、さらには「紺色の反物」(一九四三〈昭和一八〉・五)や「南航大概記」(一九四三・一二)などにも言えることである。そのことについて、先ほども言及した東郷克美は同論文で、「マライ人や中国人の風姿を描く作家の態度はかつて「朽助のゐる谷間」の谷本朽助や「丹下氏邸」の丹下亮太郎氏や男衆を描いたときとまったく変らない」と述べている。

井伏鱒二が偏見や蔑視から逃れたところで、シンガポールの現地の人たちを見て彼らと接していたというのは、やはり特筆すべきことである。因みに、そのように現地の人たちに接した文学者としては他に、井伏と同じく徴用作家であった里村欣三がいた。井伏鱒二は「里村君の絵」（一九四五〈昭和二〇〉・三）というエッセイを書いていて、そういう里村欣三という作家の風姿を浮かびあがらせている。やはり拙論「里村欣三論——弱者への眼差し」で見たように、里村欣三は「北ボルネオ紀行」という副題目のある『河の《オラン》民《スンガイ》』（一九四三・一二）でボルネオの「河の民」のことを書いているが、そこにはボルネオの「河の民」が文明人の日本人よりも劣った未開の人間だとする眼差しは無かった。ボルネオの人たちを見る、里村欣三のその眼差しには、プロレタリア文学者時代の「東京暗黒街探訪記」（一九三一〈昭和六〉・一二）における貧者を見る眼差しと共通するものがあったと思われる。同様に井伏鱒二においても、決して裕福ではない日本の庶民を見る眼と変わらない、その眼でシンガポールの現地民を見ていたのである。

このように、他民族や他人種の人たちに対して偏見や蔑視などが無いということが、二一世紀に生きる私たちにまず求められることではないかと思われる。

さて、軍国主義の時代に井伏鱒二のあり方には迎合が無かったことを、先に指摘したが、それとともに井伏はしぶとい抵抗もしている。もちろん、「花の町」という小説にもそのことを見ることができるが、他にもたとえばこういう言い方でそれを語っている。次に引くのは、「旅館・兵舎」（一九四三・二）の末尾の文章である。

扨て、戦地にはいつてからの私は、僚友に対して遠慮するやうに心がけ、この気持で終始することにした。戦地においては各自の性格がはつきりと現はれる。無理にも功をあせるやうなことにもなる。私は自分の無力の程度を自分で査定して、人に対して可能の限り遠慮した。しかし遠慮することは、怠けることにも共通するおそれがあるため、一つの無形の方策をもつて遠慮することにした。それは誠意といふ無形の方策である。しかし結局において私は怠けたやうなことになつた。以上のような仕儀である（傍点・引用者）

このように、「遠慮する」という言い方で、軍部が強要してくる仕事に対して積極的には関わらないぞという意志を、井伏鱒二は示しているのである。自分は「無力」であり、そういう人間は「功をあせ」ってはいけないので、とにかく「遠慮する」のだというのである。やはり、これは抵抗の言葉であったと言えよう。自分は〈怠ける〉ということを宣言しているわけだから。自分を卑下する言葉にうまく包んで、それを言っているのである。

この時期の井伏鱒二が書いたものには、他にも抵抗の意志をはっきりと感じさせるものがある。もっとも、それらは何かに包まれて語られている。だから、それはあからさまではないが、しかし戦争は厭だとはっきり意思表示していると判断されるのである。たとえば、『小波世界お伽噺月報』（一九四四・三）に寄稿された「情感の故郷」という文章である。そこで井伏は、自分の脳裏をかすめ、自分の意識にのぼって来る詩情は、子どものときに読んだ巌谷小波のお伽噺の「詩情と聯関を持つてゐるやうである」と述べた後、こう語っている。「それは恰度、このごろ私が路傍の防空壕に落ちるごとに、その瞬間これは夢であればいいと思ひ、同時に谷川の光景を思ひ出すのと同じ作用によるものであらうと考へる。私は子供のとき橋の上から谷川に落ち、瞬間これは夢ならいいと考へたのである」、と。やはりこれは、厭戦の思いを語っている文章と言えよう。

また、「鐘供養の日」（一九四三）などに書かれている、梵鐘の供出に関わる話である。備後の竜禅寺で長年地域の人々に慣れ親しまれた梵鐘を「軍事機材の資」として供出しなければならなくなり、最後に梵鐘を鳴らしたのだが、梵鐘を通常とは違ったやり方で降ろしていたために、「ゴオン、ンンンン……」と鳴るべきところが「単にコツンといふ音がした」のである。住職が十仏名に因んで十回鐘をついたが、十回とも「コツンコツン」という音がしたとされ、「しかし、みんなは寧ろ感動の色を顔に浮かべてゐた。なかには、コツンといふ音のするたびに嗚咽の声をもらす人もあつた」と語られている。人々の「嗚咽の声」を書くことで、軍部が酷いことをしていることに抗議し、しかし「コツン」という音にはユーモラスな響きがあって、この文章を読む人は泣き笑いをしているような気持ちにもなるだろう。その滑稽さが悲劇を和らげているとも言える。その悲喜劇のような雰囲気に包みながらも、やはり井伏は梵鐘の供出に抗議しているわけである。

こうして見てくると、井伏鱒二らしい少々惚けた筆致ながら、そこには戦時下の軍国主義体制に対して、また当時の日本主義や「大東亜共栄圏」イデオロギーなどに対して巻き込まれることなく、逆にそれらに批判的な姿勢を堅持していた井伏鱒二を確認することができる。このことは、なかなか容易なことではなかったと思われる。

それでは、次に戦後の井伏鱒二について見ていきたい。

三

井伏鱒二の戦後の作品で見てみたいのは、やはり戦争の問題を扱っているものである。戦後に結構あった悲劇として、夫の戦死公報が届けられていたので残された妻は他の男性と結婚したのだが、その死んだはずの夫が生きて帰って来たということがあったようである。そのときの妻も先夫も、言いようのない思いだったであろうし、再婚の男性もそうであろう。「復員者の噂」（一九四八〈昭和二三〉・六）にはそういう復員者に纏わる話が語られている。再婚の「この夫婦は円満に暮らして行けさうであつた。ところが、戦死した筈の宙さんが帰つて来た」のである。そのことを知った再婚相手の九郎さんは、そのまま隣村の生家に帰り、そして「宙さんは大変に無口な人間になつてゐた」とされている。

戦争に関わっての夫婦をめぐる悲劇的な話としては、「病人の枕もと」（一九四六〈昭和二一〉・一）がある。これは夫が戦地へ行ってから、その妻が他の男にひどい目にあわされ、結局妻は縊死を遂げる。そして「一説」にはそのことが戦地の夫に知れて、「（略）亭主の行動は狂気沙汰になつて来て無暗に戦死してしまつた」ということが語られている。また兵役から帰ってきた諭吉という男性は、自分の戦友たちはほとんど戦没したが、曹長であった自分は生きて帰ったために、「恥かしくつて私は誰にも顔向けができません」という言葉のある、遺書ではないもののそれに類するような手紙を、母親に書き残した後に縊死を企てたのである。しかし諭吉は一命を取り留める。その未遂事故の治療のために伏せている諭吉に、母親は次のように語りかける。

「お前は永年のあひだになあ、人の命の相場を安く値ぶみしておいて、それで兵隊の自分の位のあがることばかり、気にかけてをつたからぢやらう。わがまま根性と同じことぢや。どうも、わたしやさうとしか思はれんが、な。」

諭吉の母親は、こういう言わば軍国立身出世型の青年にあった問題を見抜いていたわけである。しかしその問題を見抜いていないばかりか、息子をそういう軍国立身出世型に育てることに何の疑いも持っていなかったのが、後で見る「遙拝隊長」（一九五〇〈昭和二五〉・二）の主人公岡崎悠一の母親であった。

さて、戦後数年の間での井伏鱒二による主な仕事の一つは、あの戦争がもたらした悲劇に目を向ける小説を書いていることとともに、「夏まつり」（一九四六〈昭和二一〉・一二）のように読みようによっては痛快な小説も書いている。これは町の青年たちが御輿を担ぐ相談という表向きの説明で公会堂に集まったのであるが、実は日ごろ不当な相場を働いていた「俄か分限者のうち」に押しかけていき、「戸障子を毀す」ほど暴れ回る相談をするためであった。この「夏まつり」は戦後の言わばアナーキーな情景を描いた小説である。また、やはり戦前の問題と繋がるものとして、登場人物の一人に井伏鱒二の思いを語らせている「貸間あり」（一九四八〈昭和二三〉・一～五）では、「熊田さん」という人物がこう語っている。「（略）僕は、桜の花それ自体は、きれいだと思ひます。しかし、よく一般に云ひますね。花は何とか、とか、あしたに匂ふ何とかだとか、――ぞつとする――あの言葉には、妙な概念がつきまとふ。それが不愉快です。（略）全くあれは不愉快だ。あの概念が、三年間も僕を徴用して、マレーくんだりまで連れてつたのだね。いまいましくつて、仕様がない」、と。

以上のような悲劇や戦中社会に対する憎悪、それらの集大成的な小説が、「遙拝隊長」（一九五〇〈昭和二五〉・二）であったと言えよう。これは、元陸軍中尉の岡崎悠一が軍隊での事故で脳を患って送還され、帰ってきた当初は村人は誰も怪しまなかったのだが、しかし戦争が終わっても岡崎悠一は、相変わらずの軍隊調で村人たちを捉まえては東方遙拝を強要したり、「愚図々々いふと、ぶつた斬るぞを。」と村人に言ったりしたので、ようやく村人たちは悠一の気が狂っていることに気がつき、戦争中にある事故で頭を強打したことで悠一は狂ったらしいことも知る、という話である。

かつて成績優秀な学童であり、そのために陸軍幼年学校に入学し、少尉そして中尉に昇進した悠一であったが、彼は軍国主義の権化のような青年になり、そしてそのことが祟ったために事故にあったと言える。その事故とは、トラックの上で岡屋上等兵が多数の敵の爆撃跡を見ながら「なんちゆう贅沢なことぢや。（略）惜しげなく、爆弾を落しとる」と言ったのを受けて、友村上等兵が「贅沢なものぢやのう、戦争ちうものは。」と言ったのを岡崎隊長が耳に留め、「ばか野郎。」と友村上等兵を殴りつけたのだったが、そのときトラックが動いたためにバランスを失った友村と岡崎はともに川に転落してしまう。友村は行方不明となり死亡したらしく、また岡崎はコンクリートに頭を打ちつけたのである。岡崎悠一の頭がおかしくなったのは、それ以降であった。

小説「遙拝隊長」については、大体において納得のいく論がこれまでも多く述べられているので、ここでは二、三の事柄についてのみ論及したい。まず、この岡崎悠一にはモデルとなる人物があるということである。「いやな思ひ出」（一九五〇・四）で井伏鱒二は、マレー行きの輸送船での輸送指揮官についてこう語っている。「輸送指揮官はラジオで朗報のあるたびに、班員を甲板に集合させて東方を遙拝させ、何かにつけて「愚図々々いふと、ぶつた斬るぞ」と呶鳴つてゐた」と述べているが、この人物像が岡崎悠一の造形に組み込まれたわけである。「半生記——私の履歴書——」（一九七〇〈昭和四五〉・一一〜一二）で、井伏は「後に、私はこの輸送指揮官の単純な一面を借りて「遙拝隊長」という作品を書いた」と述べている。また、「南航大概記」（一九四三・一二）の中で一人の兵隊が敵の爆弾落下の後に出来た「大きな窪み」を見て、「こりや、大きな池ぢやのう。ちつぽけな橋を毀すのに、五十キロの爆弾を雨あられと落しとる。まるきり、贅沢なことをするやつぢやのう。」と語っていたとされている。このエピソードも、「遙拝隊長」の友村上等兵の発言に活かされているのである。

このような実際にあったエピソードなどがうまく小説に盛り込まれているのだが、おそらく岡崎悠一の育ち方についてはフィクションではないかと考えられる。悠一の父は貧しさから若くして病死したのだが、その後母は言わば後家の頑張りで女手一つで悠一を育てあげる。悠一も母の期待に応えて小学校では優秀な学童になり、校長の推薦で陸軍幼年学校に入学することになる。そして二十二歳で少尉に任官しマレーに派遣され、そこで事故に遭ったのである。井伏鱒二が、岡崎悠一に体現されている軍国主義を憎んでいることは言うまでもないが、しかし岡崎悠一という人物にはむしろ同情していて、彼もそして母親も実は犠牲者であることを、井伏鱒二は言おうとしているのである。

連れ合いを亡くした女性が息子の立身出世を励みに頑張って生活をしてきたわけだが、この母親の生き方からは日本の近代社会における寡婦の辛い人生を感じ取ることができよう。母親が頑張っているとは言え決して裕福ではない家庭であり、そこから立身出世の道を歩もうとするならば軍人になることが近道であったので、悠一はその道を歩み始めるのである。そして軍国主義の権化のような存在になることがその道を歩いていく上で有利でもあったから、悠一はその道を邁進したわけである。そう考えると、母親も悠一も軍国主義の犠牲者であり、もっと大きくは近代日本社会、すなわち多くの有為の青年たちに立身出世を鼓舞し続けた近代日本社会の犠牲者であったと言うことができよう。井伏鱒二の眼はその問題にまで届いている。

また、悠一が哀れなのは、おそらく本来彼は柔らかく素朴な心の持ち主だったと思われることである。それは、輸送船の中で兵隊の素人演芸大会があるたびに、岡崎悠一が故郷の俚謡あるいは童謡の「往《い》んでやろ」という歌を唄ったことに現れている。岡崎悠一は、兵隊たちの演芸大会でいつも故里の童謡を歌うような青年だったのである。そういう彼を軍国主義の権化にして、その上に狂わせてしまったのは、まさに軍国主義とそれを生んだ近代日本国家だったと言えよう。繰り返して言うと、井伏鱒二の眼はそういう問題にまで届いているのである。次に戦争の問題を原爆の問題から扱った、現代日本文学において屈指の戦争文学と言える『黒い雨』を次に見ていきたい。

四

よく知られているように、『黒い雨』(一九六五〈昭和四〇〉・一～一九六六〈昭和四一〉・九)は主に重松静馬の日記とそれに加えて岩竹博の記録を元にして書かれた小説である。この小説についてはこれまでにも、最初は「姪の結婚」という題目で連載されていたものが、原爆のテーマ自体が大きくなって途中から『黒い雨』に改題されたことに関わって論じられたり、また盗作云々という言いがかりのような論も提出されることもあった。しかし盗作云々については、重松静馬の日記と岩竹博の記録が『重松日記』(筑摩書房、二〇〇一〈平成一三〉・五)として刊行されたことによって、『黒い雨』において井伏の創作はどのような箇所でなされ、それはどれくらいの分量だったのか、ということがはっきりとした。

井伏鱒二は、この小説が重松日記無しには出来なかったことを思ってか、「ふくやま文学館」による冊子『井伏鱒二没後十年記念　井伏文学の笑い』（二〇〇三〈平成一五〉・一〇）に収録されている、重松文宏の「「黒い雨」の成立過程——往復書簡を中心にして——」によると、「これを二人の共著にしたいと思うがどうか。」と重松静馬に申し入れたようである。しかし、重松静馬はその申し出を断わったのである。井伏が共著にしたいと申し出た気持も、『黒い雨』と『重松日記』を読み比べれば了解できるが、同時に重松静馬がその申し出を断ったということも、両者を読み比べてみると納得されると言える。たしかに『重松日記』が無ければ『黒い雨』は有り得なかったであろうが、しかし今の『黒い雨』はやはり井伏鱒二による創作によって初めて成立するものだと言えるのである。

たとえば『重松日記』の「火焔の日」の章では、被爆時に家が倒壊して「娘さん」が木材に脚を挟まれ抜けなくなり、火焔が迫ったとき、「（略）死を覚悟した娘さんが、逃げてくれ、逃げてくれと叫ぶのと、火焔で居られないので、最後の援助に娘の体を親子で力一ぱい引いた。痛いと叫ぶので、手放して、仕方なく逃げたのだそうだ」と述べられ、「二三十メートルも逃げた時、娘さんが左足から血を流し、ワンピースに火のついたまま追いついて来た」と語られて、「（略）焼死の刹那のもがきの力は如何に強いものかを、しみじみ語って居られた」とされている。実は、この辺りの叙述は少々厳密さを欠いていて、「しみじみ語って居られた」という、その主語は誰なのかが今ひとつ不明確である。その後、段落が変わって、「老母は一言も無かったそうだ」と続くのだが。

また、『重松日記』の「被爆の記」の章では同じ場面が、父と兄とが娘さんを引っ張っていると、「みんな焼け死んではいけない。逃げて〳〵と叫び乍ら、二人を両手で押しのけるので、煙の中を逃げたのだそうだ」と語られている。「火焔の章」とほぼ同じである。

ここの場面の設定は、『黒い雨』では人物が父と少年に変えられ、そして次のように何とも辛い場面として語られている。

父親は「しっかりせえ」と励ましながら、少年の足を挟んでいる木材を持ち上げようと丸太を梃子に使っていた。（略）火事は三方から迫っていた。父親は辺りを見まわして「もう駄目じゃ、勘弁してくれ。わしは逃げる。勘弁な」と云ったかと思うと、丸太を放り投げて逃げ出した。この後、少年は「魔法の環のように不思議に抜け出せた」ようで、「三滝町の伯母さんのうちへ駆けつけると父親がいた。（略）父親は何とも間の悪いような顔をした。少年はその場を逃げ出して、亡くなった母親の里へ行くために、現在、可部行のこの電車に乗っている」とされている。そして、「少年は喋り終ると眉をしかめて口をつぐんでしまった」と続けられている。

このように『黒い雨』の叙述の方が、より痛切で辛い場面になっている。少年を母の亡い子にしているところも、より悲劇性が増す効果があると言えよう。もっとも、この場面は井伏鱒二が『重松日記』をパン種にして膨らませたのではなく、多くの聞き取りに似たような話があり、その話と『重松日記』の場面とを繋いだと考えられる。もちろん、そうであったとしても、やはり井伏鱒二の創作の力が読者を原爆の悲劇の酷い一面に対面させていると言えよう。原爆は肉体的に酷いだけでなく、精神的にも酷い状況に人々を追いやることが、この挿話で語られていて、このように原話に加工が施されたことによって、読者にその辛さと悲しみがより一層伝わるものになっているのである。

同じ様に加工されることで、より痛切さが読み手に伝わる例が他にもある。『重松日記』では、被爆して一カ年が経った頃、重松静馬が「御苦労です」と、筋肉労働をしている近所の人に声をかけると、「ありがとう御座います。毎日こんなに、えらい事をせねばなりません。重松さんらは、結構な事です。腹へらしに仕事をせられれば済むのだから」と「幾度も云われた」という話として語られているところである。『黒い雨』ではこの挿話は、重松と庄吉さんが釣りをしているとき、話しかけてきた「池本屋の小母はん」との話として語られている。「池本屋の小母はん」はこう言う、「お二人とも、釣ですかいな。この忙しいのに、結構な御身分ですなあ」、と。その言葉に腹を立てた庄吉が、自分たちも働きたいのだが「原爆症患者」だから働けないのだと抗議すると、「池本屋の小母はん」は、「あら、そうな。それでもな、あんたの云いかたは、ピカドンにやられたのを、売りものにしておるようなものと違わんのやないか。」と語るのである。この場面は被爆者たちがどのような眼で見られることもあったかについて、イヤミの度が増した場面として語られている。

もっとも、『重松日記』そのままと言っていい話も、『黒い雨』にはあるのである。たとえば『黒い雨』では、先に立って歩いていた矢須子が「おじさん、おじさん」と後戻りして泣き出す。「近づいて見ると、三歳くらいの女の児が、死体のワンピースの胸を開いて乳房をいじっている。僕らが近寄るので、両の乳をしっかり握り、僕らの方を見て不安そうな顔つきをした」とされ、閑間重松は「どうしてやるすべもないではないか」と思う。この場面はほとんど『重松日記』で語られているエピソードそのままであって、重松静馬も「どうしてやる術もない」と語っている。また、『黒い雨』で閑間重松が「いわゆる正義の戦争より不正義の平和がいい」と述べているが、この言葉も『重松日記』にキケロの言葉として引用され、そして重松静馬は「この句にとびついて、力の限り抱きしめて、はなしたくない」と語っている。おそら

く、この記述に大いなる同感を持った井伏鱒二は自作にそのまま入れたと思われる
先にも述べたように、井伏鱒二は『重松日記』だけではなく、多くの被爆者からの聞き取りもしているので、それらを綜合しながら、読者に原爆の悲劇の真相がより直截に伝わるように言わば再話したと考えられる。それだけではなく、井伏鱒二は自身の考えるところ思うところも、『黒い雨』に盛り込んでいるのである。それは『重松日記』には無い記述が語られているところに見ることができる。たとえば、被爆死体に蛆虫が「どっさりたかっている」のを見て、閑間重松は少年の頃に雑誌か何かで見た、「――おお蛆虫よ、我が友よ……」という詩句などを思い出して、「いまいましい言葉である」と思う。これはボードレールの詩集『悪の華』の中の言葉だと思われるが、そのような頽廃や倒錯を嬉しがる悪魔主義的な文学に対して、はっきりと拒絶をしているわけである。井伏鱒二の文学観が語られている箇所と言えようか。
さらに『黒い雨』では、死体を火葬するためにトタン板で運んでいた、後棒の兵隊が「わしらは、国家のない国に生まれたかったのう。」と語る場面があるが、この言葉も『重松日記』には無く、これは井伏鱒二自身の実感から出た言葉であろう。「国家のない国」という言い方は不正確であるが、しかし言わんとしていることはわかるだろう。国家権力などを振り回して戦争するような国家でない国、近代以降出現した国民国家でないような国、むしろそれは国というようなものではなく、地域共同体くらいの意味だと思われる。
この辺りの言説も、井伏文学にある、二一世紀的において評価すべきところだと考えられる。井伏鱒二が反戦平和の姿勢を貫いた文学者であることは言うまでもないが、彼の中では反戦平和と反国家あるいは反国民国家とは対になっている考え方だと思われる。近代以降、戦争をしたのはほとんど全て国民国家で

あり、もちろん民族解放戦争というのもあったが、その民族解放の相手はやはり国民国家だったわけで、戦争の当事者には必ず国家すなわち国民国家の存在があったのである。だから井伏鱒二は小説の登場人物に、「国家のない国に生まれたかったのう」と語らせているわけである。

もっとも、井伏鱒二はその国家の問題を掘り下げることはしていないが、しかし井伏鱒二にとっては、反戦であることは反国家であることと同義だったと思われる。現代においては国民国家は言わば制度疲労していて、その未来は明るくない。だからこそ、保守的でときには反動的でさえある人々はそのことに危機感を持っていて、より一層愚劣で危険なナショナリズムを盛り上げようとしているとも言える。『黒い雨』が反戦平和の願いに基づく文学であることはよく知られているが、それが実は反国家の文学であることについては、論及されることは少ないのではないかと思われる。口当たりのいいヒューマニズムの考え方からだけで論じられているのではないだろうか。『黒い雨』は、反核であると同時にはっきりと反国家の文学だと言える。

因みに、二一世紀の世界の大きな課題の一つに、国民国家をいかに超えるかという問題がある。井伏鱒二は反戦平和の考え方から反国家、反国民国家の考えまで進み出たところがあるのはないかと思われる。もちろん、井伏鱒二に国民国家についての考えは無かったであろうが、しかし反国家ということは現代においては反国民国家ということなのである。

さて、二一世紀の今日においても評価されるべき井伏文学の特質および価値について、次にまとめてみたい。そのために、もう少し『黒い雨』について見ていきたい。

五

『黒い雨』はもちろん、それだけでなく井伏文学全体を評価するときによく言われるのが、井伏文学は庶民の眼で社会や時代を見詰めていたということである。たとえば松本鶴雄は『井伏鱒二論』（冬樹社、一九七八〈昭和五三〉・五）で『黒い雨』に言及しながら、「そしてそこに歴然としているのは、平凡な日本の庶民の側に立った〈日常〉を尺度にして、そこから照射される、ことごとくの〈異常〉なものへの容赦なき拒否の視線である」と語っている。たしかにそういう面を井伏文学は持っているが、しかし庶民を手放しで礼賛しているわけではない。井伏鱒二は庶民に批判的な視線も持っているのである。次に引用するのは、『黒い雨』にはあって『重松日記』には無い記述である。

僕は正宗白鳥という小説家の随筆を思い出した。たしか三国同盟が成立したころ読売新聞に出ていたが、ニュース映画でヒトラーの演説しているところを見ると、虎が吠えているとしか思えないと書いていた。（略）正宗さんという人は胸のすくようなことを書いてくれたと強い印象を受けた。その後、僕は軍需工場に入って増産ということに専念しているうちに、いつの間にかヒトラーが戦争に勝ってくれればいいと思うようになっていた。ところが広島が爆撃されてからは、手の平を返したように自分は矛盾だらけだったと思うようになった。

時代の風潮に右往左往したのは、閑間重松のような〈庶民〉だけではなく知識人もそうであったが、それはあの山椒魚が岩屋から覗き見た魚たちの群れのようだったと言えようか。井伏鱒二は、思い上がって浮ついた知識人に批判的だっただけでなく、〈庶民〉にも結果的には時代の流れに無批判に迎合してしまう傾向があることに眼を向けていたことが、引用の一節から見ることができる。それを〈庶民〉閑間重松の自己反省の弁として語らせているわけである。あるいは、一九四六年二月に発表された「契約書」という小説には、井伏鱒二と思われる作家の主人公に、前を歩いている三人の男たちの話が聞こえてくる場面があるが、こう語られている。「最近まで政壇演説のうまい人を見ると、即ち偉い政治家だと自分たちが思つてゐたことは、これは大きな大失敗であつたと話しあつてゐた」、と。これも〈庶民〉の反省の弁である。

もちろん、その〈庶民〉たちよりも数段に悪く問題なのは、「政壇演説のうまい人」のようなデマゴーグや、権威や権力を振りかざす人たちであって、それらの人に対しても井伏鱒二は批判の眼を向けている。戦争当時は〈マレーの虎〉と言われて、たぶん本人もいい気になっていたと思われる山下奉文将軍に、徴用時代にこっぴどく叱られたことを、あまりに屈辱的で腹に据えかねると思ったからであろう、井伏はエッセイ等で数回は語っている。それは、井伏がある作業をしていたために山下将軍が部屋に入ってきたことに気づかず敬礼をしなかったために、山下将軍に咎められて大声で叱られた話である。ちょっと注意を与えれば済むこと、あるいはその非礼は無視しても構わないようなことを、いい年をした大人の井伏鱒二に向かって、子どもを叱るように山下将軍は大声を挙げて叱りとばしたのである。井伏自身も叱られている自分は、ちょうど自分に叱られている息子のようだったと語っている。この体験は、極めて屈辱的な事柄として井伏の心に残ったのであろう。

因みに松本清張は、この山下将軍は豪放で剛胆な風を装っていたが、本当は小心者で自分の保身のことばかり考えているような情けない将軍であったと語っている。そうであろう。自分に敬礼しなかったことくらいに目くじらを立てるというのは、自分が無視されているのではないか、重んじられていないのではないか、ということが実は気になって仕方がないような人物だということで、まさに人物の小ささを感じさせるエピソードである。もっとも、これは山下将軍その人の個性の問題ということもあるが、むしろそういう人物を多く作って、しかも将軍にした日本軍、さらに言えば日本社会の問題でもあろう。

このように見てくると、井伏鱒二には権威や権力の立場に対する批判の精神がしっかりとあるが、だからと言って〈庶民〉を礼賛しているわけではなく、むしろ批判的な眼も持っていたということである。それでは、井伏鱒二のそれらの批判が出てくる立脚点というものは何かといえば、井伏鱒二に何か思想や大観念があるわけではなかった。井伏鱒二は、何か違和を感じるようなことがあれば、その都度それに対して異議申し立てをする、それも大声を挙げての批判ではなく、小さな声による違和感の表明である。多くの場合、その表明は笑いに包まれていたりもする。戦争というまさに政治がもたらす、人々にとって最大の不幸に対しての批判でも、井伏の違和感の表明は私たちの日常の生活感覚に基づくところから出てくるものである。

このようなその都度その都度の、小さな声による違和感の表明というのは、その当のものを根本的に否定して、何かそれに変わりうる別のものを用意することができない現代のような時代に最も求められるべき姿勢と言えよう。たとえば、資本主義をほぼ全否定してその代替として社会主義を持ってくるというのが、過去にあった批判の一つのあり方であったが、今日の二一世紀においてはもはやそのように、代替物を持ってくることで一挙に問題が解決できるかのように考えることはできない。と言って、問題をそのままにして黙認すべきではないであろう。では、どうするか。おそらくそれは、日常の生活感覚にとって違和感を覚える事柄に、やはり地道に粘り強く異議申し立てをしていくことではないかと思われる。その日常の生活感覚というのは、いわゆる〈庶民〉の眼に通じるものであろうが、〈庶民〉にも問題が無くはないと井伏が考えていることも、先に見た通りである。

小さな声による違和感の表明という発想が出てくるのは、おそらく社会も人間もそれほど変わり得ないという認識が井伏鱒二にあるからであろう。「炭坑地帯病院—その訪問記—」（一九二九〈昭和四〉・八）の中の老農夫が語っている、「社会の制度といふものは大地と同じく動かすべからざるものです」という言葉は、そのまま井伏の言葉だと思われる。そういうある種の諦観を持ちつつも、しかし小さな声による異議申し立てはしようというのが、戦前戦後を通じての井伏鱒二の姿勢だったのではないだろうか。大観念や大思想による社会変革というものにリアリティが無くなった今日において、そのように諦観を持ちつつも、しかしそこに言わば安住してしまうのではなく、やはり承服できないことには否と言う姿勢が大切であろう。ひょっとすると、それしか無いとも言えるかも知れない。井伏鱒二もそう考えていたと思われ、それが理想主義などに基づく大思想がほぼ効力を失効した現在、意味のある重要なことだと考えられる。さらに言うと、井伏鱒二の小説にはクライマックスが無いということが指摘されていることについてである。クライマックスが無いのは、人生においても社会においても大団円風の解決など無いのだという考え方から出たものであろう。そして、そういう考え方が今こそ有効だと思われる。もちろん、これは先ほどの、その都度その都度の異議申し立ての精神と繋がっている考え方である。

それだけでなく、女性たちが活躍する社会、あるいは女性同士の結びつきによる社会というものに、井伏鱒二は期待をかけるところがあったのではないかと思われる。それは「へんろう宿」（一九四〇・四）に見られる。この「へんろう宿」には、血縁や地縁によるのではなく、〈赤の他人〉同士の女性たち、それも上はかなり高齢から下は一〇歳くらいの五人の女性たちによる協同生活が語られている。彼女たちはみな捨て子だったのだが、捨て子同士で仲良く暮らしているのである。井伏鱒二は、未来は血縁や地縁に捕らわれない人間関係のあり方であってほしいと思うところがあったのではないだろうか。

あるいは井伏鱒二は、「現代日本小説大系　月報」(一九五〇・五)の「ヴィヨンの妻」で、「「ヴィヨンの妻」は、太宰治の作品のうちで最もすぐれたものの一つであると私は思つてゐる」と述べている。「ヴィヨンの妻」の妻は物語の最後で、「人非人でもいいぢやないの。私たちは生きてゐさへすればいいのよ」と言う。その夫と異なって実に強い女性である。そういう女性を主人公にした小説を高く評価していたというのは、やはり井伏鱒二には、未来は女性が活躍する時代だという思いがあったからではなかろうか。実は、その点において戦後の太宰治と重なるところがある。戦後の太宰も女性に期待をかけていたのである。

このように見てくると、他民族に対して偏見の無い眼、権威や権力に靡かない姿勢、〈庶民〉に対しては言わば両義的な姿勢、小さな声による違和感の表明、反国家的な姿勢、そして大団円的な発想の否定、さらに女性の活躍への期待や新しい人間関係に眼を向けようとしたところなど、井伏鱒二がその文学で語ったことは、まさに二一世紀の今日に重要な事柄ではないかと思われる。井伏鱒二は今日的な観点から、もっとアクチュアルに再評価されていい作家である。

〔付記〕本文中で引用した井伏鱒二の文章は、すべて筑摩書房版『井伏鱒二全集』全二八巻・別巻二(一九九六・一〜二〇〇〇・三)による。

「第三の新人」論

——核家族・母・そして受験

一

この論考では、「第三の新人」のグループについて考察したいのだが、しかし、それぞれに個性豊かな作家たちを一括りにして論じることができるのか、という疑問が当然出てくるだろう。「第三の新人」の一人である安岡章太郎も、『安岡章太郎集2』（岩波書店、一九八六〈昭和六一〉・七）の「後書」でこう述べている、「第三の新人に限らず、何人もの個性の違った作家をひとまとめに論ずることにはムリがある」、と。これは、服部達の評論「劣等生・小不具者・そして市民——第三の新人から第四の新人へ」（「文学界」、一九五五〈昭和三〇〉・九）に触れて語られたものだが、服部達のこの評論にその名を挙げられ、以後「第三の新人」のメンバーとして文学史的にも定着した、安岡章太郎や遠藤周作、吉行淳之介たちのそれぞれの文学を思い浮かべるとき、そこにある共通点よりも相違するところの方に眼が向き、たしかに彼らを「ひとまとめに論ずること」は難しいように思われる。

しかし、一家族の成員のごとく違っている点とともに互いにどこか似ている点があるものを、哲学者のウィトゲンシュタインが「家族的類似性」と呼んだように、「第三の新人」たちにも「家族的類似性」のようなものがあると言っていいのではないかと考えられる。「家族的類似性」とは、たとえば顔は家族内の成員同士では互いに違った点の方が眼に付くのだが、しかしその家族外の人間からすると、やはり当該家族の成員の顔は似て見えてくる、そういう類似性である。「第三の新人」にもそのような類似性があるだろう。「第三の新人」グループのメンバーであった安岡章太郎にとっては、その違いの方が目立ったのであろうが、グループ外の者からはむしろ類似性が眼に付くのである。おそらく服部達も、「第三の新人」にそういう類似性が見えたからこそ、先のような評論を書いたのであり、また「第三の新人」についての、江藤淳の評論『成熟と喪失―〝母〟の崩壊―』（河出書房新社、一九六七〈昭和四二〉・六）も、ほぼ同様の判断から書かれたものと言える。

さて、服部達と江藤淳のこれらの評論はよく知られているもので、「第三の新人」について論じられるとき必ず論及、引用されると言ってもよく、さらにはこの二つの評論によって、「第三の新人」の文学は理解されているところが今なおあるのではないかと考えられる。また、服部達にとっても先の評論と、やはり「第三の新人」を論じた評論「新世代の作家達」（「近代文学」、一九五四〈昭和二九〉・一）は彼の代表評論であるし、江藤淳にとっても『成熟と喪失―〝母〟の崩壊―』は彼の代表評論の一つで、世評も高いようなのである。いち早く「第三の新人」の文学の特質を明快に整理した服部達の評論は時宜に適ったものであったし、江藤淳の評論は言わば問題喚起的であったと言える。しかしながら、服部達の評論はともかくも、江藤淳の評論には首を傾げざるを得ないところが、論の根幹にある場合があると思われる。まず、それから見ていきたい。

たとえば、江藤淳は『成熟と喪失—〝母〟の崩壊—』で、庄野潤三の小説『夕べの雲』は「治者の文学」であると述べた。物語の主人公である大浦は、風よけのない丘の頂上に家を建てたのであるが、江藤淳によれば、それは大浦たち家族が周囲の大風にさらされているようなものであり、大浦はその家族を守るべく「不寝番」の役目を自覚しつつ果たしている「治者」なのである。たしかに江藤淳の言うように、『夕べの雲』の主題は、「ひげ根」を断たれて孤立し露出させられた者が直面している「恐怖」である」というふうに言えるところがある。少なくとも主題の一部分にはそういう面もあるだろう。大浦はその「恐怖」を感じながらも、何とか家族を支えていこうと懸命に頑張っていて、そしてその懸命さが小説から伝わってきたからこそ、「日本経済新聞」連載当時の多くの読者に、とりわけサラリーマンたちに感動を与えたのである。

しかし、江藤淳の言うように大浦は「治者」であろうか。「治者」という場合、そこには「治者」に治められる者がいるはずだが、大浦はいったい誰を治めていると言うのであろうか。家族であろうか。しかし、大浦と家族たちとの関係は、政治的な治者—被治者の関係ではないのである。むしろ大浦は子どもや妻たちの家族によって支えられ、その家族によって精神的に安定を得ていると言えるのである。江藤淳の言うように、家族を守る「父」の役目を果たそうとする者がすなわち「治者」であるということは言えないし、したがって『夕べの雲』は「治者の文学」であるとすることはできないだろう。

そもそも、「治者」という言葉遣い自体に疑義がある。「治者」という言葉について江藤淳は同書でこう述べている。「もしわれわれが「個人」というものになることを余儀なくされ、保護されている者の安息から切り離されておたがいを「他者」の前に露出しあう状態におかれたとすれば、われわれは生存をつづける最低の必要をみたすために「治者」にならざるを得ない」、と。あるいは、「近代の政治思想が実現すべき理想として来たのは、近代以前の「被治者」を一様に普遍的に「治者」にひきあげようとすることである」、と。しかし、なぜこれら二つの文の中で「治者」という言葉が遣われなければならないのか。この二つの文の中で、「治者」という言葉遣いは適切であろうか、首を傾げざるを得ない。たとえば、前者の引用における「治者」は、「自立者」もしくは「独立者」と言った方が適切であるし、後者では「主権者」と言うべきである。これらの文の中では、「統治する者」というニュアンスの強い「治者」という言葉を遣うべきではないだろう。

前述したように、『夕べの雲』は「治者」のニュアンスとは程遠い小説である。にもかかわらず、「治者」という言葉を乱用（濫用）しながら、『夕べの雲』を「治者の文学」として読もうとする江藤淳の読みは、「治者」なる存在を正当化しようとする、まさにイデオロギッシュな読みであり、もっと言うなら〈為《ため》にする〉読みである。この『成熟と喪失―〝母〟の崩壊―』については後でも論及することにして、次に『夕べの雲』を中心に、「第三の新人」の一人である庄野潤三の文学について見ていきたい。

庄野潤三は、九州帝大時代の日記をもとにした小説『前途』（一九六八〈昭和四三〉・八）を書いていて、その中で主人公の青年に、青春というのは遠いところにあるものではなく、地味で小さな、一つ一つは取り立てて言うこともないような、友人との交わりの日々の中にあるのだということを言わせている。これは青春だけではなく、人生全体についての庄野潤三の考え方であって、彼の文学の基調をなしている。そして、瑣末と言えば瑣末な生活の一齣《こま》一齣、その中での人との交わり、そこにこそ人生の意味があるのだとする考え方は、言わば大きな観念（あるいはJ＝F・リオタール風に言えば〈大きな物語〉）に憑かれないあり方を諾おうとしていると言えよう。『夕べの雲』もそのような考え方を基調にして語られている小説である。

たとえば『夕べの雲』には、家の中にムカデが出た話や子どもたちの学校でのエピソードなど、まさに生活上の小さな出来事が次々に語られている。この小説はそのような様々な断片の集積体であるという趣があるが、それは、生活の一齣一齣をこそ大切にしなければならない、人生の意味というものも実はそこにしか無いのだ、という考えから小説が作られているからである。もう一つは、その日常の生活も人生も時とともに流れて消えていくものである、という人生無常の思いも庄野潤三にはあって、だからこそ余計に日々のそれぞれの出来事が一層いとおしく大切に思われるところからも、小説が作られてもいるのである。

もちろん『夕べの雲』には、『プールサイド小景』（一九五四・一二）では先取り的に、そして『静物』（一九六〇〈昭和三五〉・六）では事後的に語られていると言える、日常を支えている家庭が崩壊するのではないかという危機の、その記憶が物語の奥底に流れているとも読めるのである。少なくとも『プールサイド小景』や『静物』を読んできた読者にはそう読めるであろう。だからそのような読者にとっては、家庭における日々の生活をいとおしむ大浦をめぐる叙述の言葉は、祈りのようにも聞こえてくるのではないかと思われる。

では、なぜ家族や家庭が痛切に大切なものとして意識されるのであろうか。『夕べの雲』の大浦家では、何か貰い物をしたときにはそれを一旦ピアノの上に置く習慣があり、それは仏壇に供え物をするような感覚であると語られている。これは、まだ宗教に対する感覚が残滓として存続しているものの、もはや宗教は生活や人生を律する原理のようなものではなくなっていることを示しているエピソードに見える。このことは、現代は人々が宗教やあるいは宗教のような大きな観念に頼ることもできなくなっている時代である、ということも語っていると言えよう。また、大浦家の人々のように孤立した都市移住者は、たとえばかつての村落社会にはあった、共同体による保護のようなものに、もはや頼ることはできないのである。では、人々は何を拠り所にするべきだろうか。庄野潤三の小説は、それは家族である、と語っているようだ。

ところで、『夕べの雲』に描かれている家族はいわゆる核家族であるが、核家族を生活形態の上からは他の親族から切り離され、父母を中心とする少人数家族とするならば、山田昌弘の『近代家族のゆくえ——家族と愛情のパラドックス——』（新曜社、一九九四〈平成六〉・五）などによれば、核家族はすでに戦前昭和においても家族全体の五割を超えていた。もっとも、戦前期以前においては共同体規制等がしばしば家族生活に介入することもあったのである。その共同体規制がほぼ無くなり、共同体から切れた核家族を基本とする、完全な形の近代家族が大衆化するのは、一九六〇年代以降のようである。ただ大都市圏の中間層では戦前昭和期においても、すでに多くの近代家族が誕生していた。ここで近代家族というのは、落合恵美子『近代家族とフェミニズム』（勁草書房、一九八九〈平成元〉・一二）の定義を借りると、「家内領域と公共領域の分離、家族相互の強い情緒的関係、子ども中心主義、核家族」などの特徴を持つ家族のことである。『夕べの雲』の大浦家はまさにその一例なのである。

この「子ども中心主義」に関しては、フィリップ・アリエスは『〈子供〉の誕生』（杉山光信・杉山恵美子訳、みすず書房、一九八〇〈昭和五五〉・一二）の中で、一六・七世紀のフランス社会を対象に近代家族の生成について論じながら、その家族においては「家族が子どもたちを中心に凝縮する」、「この家族意識はまた、子供期の意識としっかり結びついている」と述べている。「子供期の意識」という点については、たとえば大浦の意識は我が子を見ながら、「年もだんだん大きくなって来ると、厄介なことがふえて来るものだ」というふうな少々苦い思いとともに、自らの幼年時代や少年時代をやはり懐かしんでいるのであって、このように大浦の中では「子供期の意識」がしっかりと生きていると言えよう。

このように『夕べの雲』には、宗教のような大きな観念や物語に憑かれることなく、日常や家庭生活にこそ眼を向け、その家族は核家族であり、またその眼は決して社会や政治に向くことはない、というような主人公のあり方が描かれていた。政治や社会に眼が向かないというのは、ノンポリティカルな資質だということである。先ほど見た『前途』で言えば、戦争中の九州帝大時代に、主人公は十二月八日に久住山の雪を蹴って下山する途中、宮城を遙拝するのであるが、他方ではドイツ語の授業のたびに宮城遙拝させられるのを苦痛に感じたりもする。宮城遙拝に対してのこのような主人公の相異なった姿勢を見ると、主人公は軍国的なのか反（非）軍国的なのか理解に苦しむところであるが、これは日常の生活感覚に違和を感じない限り、天皇制ファシズムのような大きな観念に対しても、熱狂しないかわりに抵抗もしないというあり方であろう。これは、かつての吉本隆明の言葉で言うならば〈大衆の原像〉的なあり方ということになろうか。むろん、このような性行が他の「第三の新人」にも一様にあるとは言えない。しかし少なくとも、そのノンポリティカルな資質は彼らに共通しているのである。

二

庄野潤三の文学について指摘できた幾つかの特質は、安岡章太郎の文学を考える場合にも当てはまる。家族的類似性のように、両者には共通な本質のような特性は無いものの、相互に重なり合う部分的な類似があるのである。たとえば、大きな観念などには眼を向けず、ノンポリティカルであることや、主人公が核家族の中で生活していることなどである。むしろ、安岡章太郎の方がそれらの特質においてより典型的と言えようか。先に言及した評論「劣等生・小不具者・そして市民――第三の新人から第四の新人へ――」で服部達も、「よかれあしかれ「第三の新人」的な発想法を定着し、後に続く者のために道を拓いた者、いわば「第三の新人」の原型となった作家は、安岡章太郎だった」と述べている。たしかに、「第三の新人」の特質として服部達が同論文で述べている、「おのれが優等生でなく、おのれの自我が平凡であり卑小であることを求めること。しかも、大方の私小説作家のように、深刻ぶった、思いつめた顔つきをしないこと。」などの特質は、たとえば受験に失敗して三年間浪人生活をしたような安岡章太郎にそのまま当てはまるであろう。もちろん、彼の小説の主人公たちにも当てはまるのである。服部達は安岡章太郎のことを、「第三の新人」における、マックス・ウェーバー言うところのイデアル・ティプス（理念型）のような存在として捉えていたわけである。

もっとも、服部達は最初の「第三の新人」論である「新世代の作家達」について、後の評論「劣等生・小不具者・そして市民（略）」では、「この若気の至りの分析に、いまの私は必ずしも全く賛成ではない」と述べているが、しかしこれはその「分析」を全肯定しないにしても認めるところもあったという発言と捉えていいだろう。実際、「第三の新人」の文学の特徴としてそこで言われていた、「ビーダーマイヤー的様式の優勢」や「戦後派作家との対立」、「素朴実在的リアリティへの依存」、「政治的関心の欠如」などは、彼らの文学のほとんどに当てはまる。とくに、「戦後派作家との対立」の項目で「さまざまな特色」として語られた、「即物性・日常性・生活性・現状維持性・(略)私小説性・形式性・非倫理性・非論理性・反批評性・非政治性」などは、当時の安岡章太郎の文学にそのまま言えることである。彼は戦争に賛成はしていなかったのだが、その反戦というよりも非戦の姿勢も、政治的な意識からのものではなく日常的で生活的な感覚からであった。

たとえば、ナチスや日本の軍国主義に対しては『僕の昭和史Ⅰ』(講談社、一九八九〈平成元〉・七)で、ジャン・ルノアールの『大いなる幻影』という映画が上映不許可になったことから、安岡章太郎はナチスが嫌いになったと語っている。政治的な事柄もまさに日常生活レベルの感覚から判断されるのである。だから、軍国主義体制による締めつけの厳しさが増してくるようになってきたとき、その非戦の姿勢について『安岡章太郎集1』(岩波書店、一九八六・一)の「後書――習作のころ」で、「ただ、思想や言論だけでなく、個人の趣味嗜好までが政府や軍部の号令で強圧的に制約を加えられるようになると、私たちはせめて自分だけでも生きられる小世界を自分の手で作る他はなくなってくるのである」として、永井荷風の「世を拗ねたような反時代的な姿勢」が当時の自分たちの心情に合っていたことが語られている。

この「小世界」は、一般の市民生活ではともかく、軍隊生活ではそれを維持するのはほとんど不可能だと思われるが、安岡章太郎は何とか曲がりなりにも維持したらしいのである。それについて小説「家庭」(一九五四・四)では、「(略)監視の眼の行きとどかない所といったら僕らの皮膚の中、内蔵の諸器官だけではないか」とされ、また便所の中では「（略）しゃがみこむと僕はもう、自分と自分の胃袋と腸との他に何ものもない気軽さと安堵のなかに溺れるように入りこんでしまう。いつどんな場合にもそうであった」と語られている。つまり、「内蔵の諸器官」と便所とが、「小世界」の役割を果たしたのである。彼の実際の軍隊体験を元にして書かれた長編小説『遁走』（一九五七〈昭和三二〉・一二刊）には、その「胃袋と腸」にのみ許された自由を求めて異常食欲に見舞われる安木加介という陸軍二等兵の話が語られている。そして、やはり便所について、「三尺四方のかぎられた空間だが、ともかくもそれだけの空間を自分一人で使用できる場所は他にはない」と安木二等兵は思うのである。

この安木二等兵は、たとえば野間宏の『真空地帯』（一九五二〈昭和二七〉・二刊）に登場する曾田一等兵のように反軍思想を持っているわけでなく、また木谷一等兵のように上官に歯向かうようなことは決してしない。あくまで、自分の消化器官という内臓の自由に固執するだけである。そうではあるものの、『遁走』は兵営内における安木二等兵の日常の生活ぶりの描写を通して、日本の旧軍部がどういう組織であったかが、読者によく伝わるものになっている。山崎省一は『安岡章太郎論』（沖積舎、二〇〇四〈平成一六〉・一二）で『遁走』について、「ここにあるのは、軍隊という組織と秩序の中での奇妙な日常生活であり、どんな状況下でも日常性を持たざるを得ない人間の悲惨と滑稽である」と述べている。しかし、「どんな状況下でも日常性を持たざるを得ない」こと自体は、「悲惨と滑稽」というものではないだろう。そうではなく、『遁走』で描かれているのは、悲惨で滑稽な日常を持たざるを得ないことの辛さである。そして、そういう兵役の中においても、日常に固執することで軍隊から距離を取っていると言える安木二等兵のあり方は、声高には語られていないものの、結果的には反軍反戦に繋がっていくものがあると言えるだろう。

ところで、安岡章太郎が軍隊生活以前の青春時代を描いた小説に、「青葉しげれる」(一九五八〈昭和三三〉・一〇)や「一年後」(一九五九〈昭和三四〉・四)、「相も変らず」(一九五九・六)などの、「順太郎」ものと言うべき短編小説がある。「青葉しげれる」では、遊ぶということを知らず、少年時代にたまに母親に連れられて「ミツ豆でも食べに行くのを無上のよろこび」と思っていたような青年が、「母親から自由」になろうとして「あの町」(遊郭)に行く話である。「一年後」は複数年も受験浪人をしている順太郎の話であるが、順太郎は彼に「同情的」な母親のことをこう思っている。すなわち、「ただ、そんな母のエゴイスチックな愛情は不言不語のうちに彼女の体軀に滲み出るようにあらわれており、それが順太郎にはナマあたたかく、うっとうしいものに想われるのだった」、と。主人公にあるこの母親像は、やはり母親が登場する他の小説にも共通していて、母親は主人公の青年に「ナマあたたかく、うっとうしいもの」と意識されている。母親に対するこのような意識は、『海辺の光景』(一九五九・一二刊)まで続くのである。

その母親については、「一年後」の続編と言える「相も変らず」(一九五九・六)の中では、親戚の従兄が順太郎に、順太郎の母親は本心では順太郎が落第することを望んでいること、それは息子が大学生になれば「(略)イヤでも自分が婆アになったと想わなきゃならんからな」と語ったことに対して、順太郎はそうも言えるが、しかしこの頃ではもっと別の面もあることがわかったとして、こう語っている。「つまり息子が、できるだけ若者らしく、ザックバランな姉弟のような、あえていうなら恋人のような、態度でいてもらいたいと考えている。そのためには年齢が接近して見えるほうがのぞましいし、ウス汚れた「浪人」でいるよりは、キリッとした大学生であってほしいわけだ」、と。なるほどそうであっただろうが、それとともにやはり母親はいつまでも順太郎を手元に置いておきたかったようなのである。「質屋の女房」

（一九六〇・五）では、順太郎という名前は出てこないが、順太郎と重なる人物の「僕」は、「おふくろは僕に何もさせたがらず、また僕がいつまでたっても何も出来ないということが彼女を満足させていたのだ」と語っている。

これらの小説中の主人公はほぼ等身大で作者の安岡章太郎に重なると考えられるが、この母子関係はとりわけ母親にとっては実に濃い情緒の絡んだものであったと言える。たとえば『花祭』（一九六二〈昭和三七〉・九刊）は、成績不良のために国漢の教師の実家である寺に「〝入院〟」させられる「僕」の話で、休みになると「僕」は母親に連れられて自分の家に戻るのだが、そのときのことを「僕」はこう語っている。「一人息子を手もとにとりもどしたよろこびは、母親にとっては何ごとにもかえられないほどだということが、僕には不思議だったし、気味の悪いようなことでもあった」、と。

こうして見てくるとこの母親は、近代家族に見られる子供への情緒的な繋がりの、その通常のあり方以上のものを息子に求めていたようであり、それは感情の傾き加減では母子相姦にも発展しかねない要素も無くはなかったと言えるようなものであった。もっとも、息子の方には感情の過剰な傾きは無かったようなので、たしかに息子は母に依存していたものの、母親のその濃厚な感情を「気味の悪いようなこと」と思っていたのである。しかしそうではあるものの、順太郎たち母子にはフロイトが語ったエディプス・コンプレックスの要素もあって、順太郎一家にはまさに近代核家族の性格が色濃くあったわけである。

ただ、この母親はそれだけではなく、戦後において一般化する教育ママの先駆的な存在でもあった。生涯に亘って科挙試験に落第し続けた、怪奇小説の作者である蒲松齢の生涯と自らのことも語った『私説聊斎志異』（一九七五〈昭和五〇〉・一刊）で、安岡章太郎は次のように述べている。「私の場合、息子の学校のことをあれこれウルサく心配したのは父よりも母であった。母は、小学校のときから私の大学進学のことを考えて、評判の高い学校に越境入学させ、またその学校で私がズル休みすると、二箇月あまりも教室までついてきて、私と一緒に授業をきいたり、さらに中学校に入ってからは逆に私を教師の家にあずけたり、家庭教師も取りかえ引きかえ私が大学予科に入るまでに三十人以上もつけてくれた」、と。

相当な教育ママぶりであるが、このような母親に学校生活を監視され、また濃い情緒的な接し方をされた安岡章太郎が、受験に失敗し続けたというのは理解できる気がする。受験以前に母親との関係が言わば重すぎたのである。このような生活環境はとても息苦しいものであり、ようやく安岡章太郎が母親から解き放たれたのが、母の看病と死を題材にした『海辺の光景』（一九五九・一二刊）においてであった。ここで注意されるのは、繰り返し受験に失敗したことが、安岡章太郎にとっても大きな出来事であったということである。安岡章太郎は長編評論の『私説聊斎志異』を書く以前にも、エッセイ「聊斎志異」（一九六七・一）を書いていてその中で、「しかし私が過去から取り戻したいものは、（略）それはクダらないといえば、もっとクダらないことだ、つまり小学校から大学までの試験を一度も落第せずに、もう一ぺん受けなおしたいという……。」と語っている。

以上のようなことからは、母親の教育ママぶりの凄まじさもわかるが、それとともに安岡章太郎がいかに受験体制に翻弄され苦労させられたかということも見えてくる。言うまでもなく、受験競争における勝者は立身出世の階梯を昇っていく上で有利な地点に立つことができるから、親たちは我が子にまず受験競争に勝たせようとしたわけで、したがって受験競争というのは立身出世競争のその前段階競争なのであった。だから、受験競争の根底にあるのは近代日本全体を蔽っていた立身出世熱であったのだが、安岡章太郎はその前段階競争で躓いたわけである。もちろん彼は、その躓きを正面から受けとめ且つ居直ることによって文学者として後に成功することになるが、それにしても遠い過去のことになっていた受験の失敗を、作家として成功した中年になってからも「クダらないこと」と言いつつも、「もう一ぺん受けなおしたい」と語っていることを見ると、立身出世熱を根底に持つ受験体制における失敗が、安岡章太郎にとって言わば心傷体験となっていたと推察される。やはりその失敗は、安岡章太郎にとっても重い体験だったのだ。

この立身出世熱は、明治以降の多くの人々の人生を牽引する言わばエートスになっていた。拙論「森鷗外「舞姫」──作者の虚構と読者の虚構」でも述べたことだが、たとえば日本近代文学の出発点に位置するとされている、二葉亭四迷の「浮雲」（一八八七〈明治二〇〉・六～一八八九〈明治二二〉・八）や森鷗外の「舞姫」（一八九〇〈明治二三〉・一）にもそれを見ることができる。「浮雲」は立身出世しなければ恋が成就しない物語と言え、「舞姫」は恋を取るか立身出世を取るかという物語であるが、これらからも立身出世の問題がとくに高学歴の若者にとってほとんど強迫観念のようになっていたことがわかる。これは昭和期においてもそうであり、たとえば太宰治の小説「思ひ出」（一九三三〈昭和八〉・四～七）の主人公である少年は、「偉くならなければ」という思いに捉われていて、これは太宰治その人の思いでもあったと言える。太宰治には、芥川賞に関しての彼の働きかけにも見られるように、意外に強い立身出世欲があった。もっとも、これは太宰治一人に限ったことではない。伊藤整が評論「近代日本人の発想と諸形式」（一九五三〈昭和二八〉・二、三）で述べたように、反俗的ポーズを取っている文学者の中にも、立身出世意識が抜きがたくあった者がいたのである。

もちろん、立身出世熱の問題は文学者の世界だけではなく、広く近代日本の社会を蔽っていた。いかにその熱が近代の日本列島全体を蔽っていたかについては、社会学者の竹内洋が『〈日本の近代12〉学歴貴族の栄光と挫折』(中央公論新社、一九九一〈平成三〉・四)や『立身出世主義　近代日本のロマンと欲望』(NHKライブラリー、一九九七〈平成九〉・二)などで明らかにしている。順太郎ものや「悪い仲間」(一九五三・六)や「築地小田原町」(一九五三・一二)などの小説は、その立身出世熱の上にあった受験競争の問題を、落第生の側から描いていると言えようか。

こうして見てくると、安岡章太郎の文学というのは、服部達が述べた「第三の新人」の特徴、すなわち「日常性」「生活性」「私小説性」「反批評性」そして「政治的関心の欠如」をまさに体現していたが、狭い私生活を描きながらも他方では近代日本に見られる重要な問題、すなわち受験体制や立身出世欲、核家族における母子関係、そして軍隊生活の問題などを物語にうまく載せた文学であったということが言えそうである。また、安岡章太郎は社会思想や政治思想とは無縁であったが、社会や政治の問題に無関心ではなかったと考えられる。むしろ変な方向に進んでいる政治社会の時流には抗おうとするところもあった。彼は『僕の昭和史Ⅱ』(講談社、一九八四〈昭和五九〉・九)ではこう述べている。「戦争中、僕は精一杯、時流に逆らって生きてきたつもりだった。(略)単にぶらぶらと平和な時代の怠け学生と同じことをやってきたに過ぎなかったが、それでも何とか周囲の影響を受けずに、自分生来の生き方を押し通したというのが、僕の奇妙な自負になっていた」、と。

たしかにそうであったろうと思われる。安岡章太郎は彼なりに時流に抗していたのである。ただ、先に触れたように、安岡章太郎は政治思想や社会思想には全くと言っていいほど疎かった。たとえば『僕の昭和史Ⅱ』では、終戦直後の一時期に共産主義や社会主義というものが「(略)どんなものか、ひととおりのことが知りたくて、『ドイツ・イデオロギー』など、何冊か経済学の本を借りて読みかけたことがあったが、みんな面倒臭くて途中でやめてしまった」と語っている。因みに『ドイツ・イデオロギー』は「経済学の本」ではない。この辺りに安岡章太郎の政治思想や社会思想についての知識のほどが窺われるが、そうだからと言って、前述したように安岡章太郎は政治や社会の問題に鈍感だったのではなかった。そのことは、「朝日ジャーナル」誌上で差別問題について、野間宏と二人で毎回一人のゲストを呼んでの鼎談を連載し、後に野間宏・安岡章太郎編『差別・その根源を問う』上・下（朝日新聞社、一九七七〈昭和五二〉・七、一二）の本となった仕事を見てもわかるだろう。

「第三の新人」に共通する特質として、先にノンポリティカルということを言ったが、それぞれの成員においてはその温度差があることは当然である。おそらく、政治的社会的事柄に対して、安岡章太郎の姿勢に近いのは吉行淳之介である。

三

吉行淳之介はエッセイ「戦中少数派の発言」（一九五六〈昭和三一〉・四）で、一九四一（昭和一六）年一二月八日のことを書いている。吉行淳之介はまだ旧制中学生であった。その日の昼の休憩時間に事務室のスピーカーが真珠湾攻撃の報を知らせたとき、ほとんどの生徒たちは歓声を挙げてグラウンドに出たが、吉行淳之介は一人教室に残っていたようである。こう語られている。「そのときの孤独の気持と、同時に孤塁を守るといった自負の気持を、私はどうしても忘れることはできない。／戦後十年経っても、そのときの気持は私の心の底に堅い芯を残して、消えない」、と。あの時代に反戦もしくは非戦の姿勢を取って「孤塁を守る」のは、困難なことであったと思われる。吉行淳之介もノンポリティカルではあったが、当時の軍部のやり方に対して距離を取る姿勢を堅持していたのである。ここには、安岡章太郎が戦争中の「時流に逆らって生きたつもりだった」という、その姿勢に通じるものがあるだろう。「第三の新人」の文学者は意外に骨太い反骨精神を持っていたのである。

さて、吉行淳之介の文学でよく知られているのは、「驟雨」（一九五四・二）や「娼婦の部屋」（一九五八・一〇）などの娼婦ものや、妻子ある男性が女性と関係していく中で感じる悲しさと滑稽さを描いた『闇の中の祝祭』（一九六一〈昭和三六〉・一二）などであろう。それらは、他の「第三の新人」のように核家族内の人間関係や母親との関係などとは異なって、家庭や家族ではなくその外の世界を扱っているものである。その点において吉行淳之介は「第三の新人」の範疇からはみ出すところがある。ただ、安岡章太郎は「剣舞」（一九五三・七）や「家族団欒図」（一九六一・八）に見られるように、母親との関係から父親に対して主人公が少々エディプス・コンプレックス的なニュアンスのある立場にいたのではないか、と連想させる小説も書いていたが、吉行淳之介もそのようなことを匂わせる、核家族内の濃厚な人間関係の問題がテーマとなっている小説を書いているのである。

その小説が『砂の上の植物群』（一九六三〈昭和三八〉・一～一二）である。主人公の伊木一郎は定時制高校の教師であったが、教え子と関係があるという噂を立てられて学校を辞めざるを得なくなり、現在は化粧品のセールスマンをしている。物語は伊木がある姉妹と異常性愛を行う話を軸に展開するのだが、注意されるのは伊木の妻である江美子と伊木の亡父との間には関係があったのではないかと、伊木が疑惑を持ちながら嫉妬していることである。もしもそうならば、父と父の女とそして息子との三角関係という様相が出てきて、フロイトが語ったエディプス・コンプレックスの説にずばり当てはまるのではないものの、このように三角関係の中で息子が父の女をめぐって父に嫉妬するという構図は、やはりエディプス・コンプレックスの話の一バリエーションと言えよう。妻の江美子が伊木よりも四歳年上に設定されているのも、江美子に母親のイメージが少し掠められているからかも知れない。物語は終盤に至って、「これからのことは、すでに亡父とは無関係のことなのだ、と彼はおもったのだ」と語られ、伊木一郎はエディプス的な呪縛から解放されるのである。

この『砂の上の植物群』は、安岡章太郎では『海辺の光景』に相当する小説であろう。安岡章太郎が『海辺の光景』である種の脱皮をしたように、吉行淳之介も『砂の上の植物群』以後の小説には微妙な変化が出てくるのである。たとえば、それまでの吉行淳之介の小説に出てくる男性主人公には、女性に激しい嫉妬を感じる男が多かったが、以後の小説では嫉妬感情が無くなったわけではないものの、それは言わば心の中で所を得て穏やかなものになっていて、女性への感情も円やかにものになっているのである。やはり亡父との関係に鳧《けり》がついたことによって、小説の主人公たちだけでなく、作者の吉行淳之介も成長したと言えるのではないだろうか。同様に『海辺の光景』の物語も、主人公の浜口信太郎にはその後に成長が訪れるのではないかと予感される終わり方になっている。

母親との関係ということで言うならば、実際の母親との関係もさることながら、母親像の問題というものを言わば普遍レベルにまで高めていったのが遠藤周作であった。よく知られていると思われるが、「白い人」（一九五五〈昭和三〇〉・五、六）や「黄色い人」（一九五五・一一）、さらには『海と毒薬』（一九五八・四刊）などに見られるように、初期の遠藤周作は、汎神論的風土の日本において一神教のキリスト教は果たして真に根付くことができるのか、という問題意識を持って小説を書いていた。その文学の姿勢は、これまで見てきた「第三の新人」たちと随分と異なっていて、宗教思想上の大きなテーマに真正面から取り組もうとしたのである。その点で遠藤周作は「第三の新人」の中では異端であった。

もっとも、遠藤周作も落第を繰り返した人であり、また政治的な事柄に対しては距離を置いているところなどにおいて、「第三の新人」的ではあった。さらに、遠藤周作はユーモア小説や肩の力を抜いたエッセイなども数多く書いていて、こういうところはやはり多分に戯画的な感覚のあった「第三の新人」に共通しているが、その中でも遠藤周作はくだけた滑稽味という点では「第三の新人」の中では突出していると言えよう。ただ、そのような属性における共通点だけではなく、彼の本来のテーマ、すなわちキリスト教は日本の風土に真に根付くことができるかというテーマに関わっても、「第三の新人」の要素を持っていると考えられる。それは母親や母性との関わりにおいてである。

『沈黙』(一九六六〈昭和四一〉・三刊)は、すでに見た遠藤周作のテーマに対して答えを与えようとした小説であった。これは、鎖国で禁教下の日本に潜入した青年司祭ロドリゴが、迫害の末に捕えられて、遂に踏絵を踏むに至るまでが物語られた小説であるが、実はロドリゴは根本的には棄教してはいないとされている。たしかにロドリゴは、力と威厳に満ちた父なる神を信仰するキリスト教からは離反したのであるが、神はそのような強者のためにいるのではなく、弱く苦しむ者のためにこそ神はいるのだ、という新たな信仰を得たと語られているのである。このことについて遠藤周作研究家の山根道公は『遠藤周作　その人生と『沈黙』の真実』(朝文社、二〇〇五〈平成一七〉・三)で、カトリック教会公認の「主」とは異なっている、「(略)別の「私の主」とは、ロドリゴが踏絵の場面で出会った、弱ければ弱いままの自分を受け入れ共に苦しんでくれる母性的なキリストであったにちがいない」と述べ、さらにその「母性的なキリスト」像とも関わる、「愛とは決して棄てないこと」という「愛の定義」は、「(略) 少年周作の心に刻まれた母の不幸な姿に裏打ちされたものであったにちがいなかろう」と語っている。

このような遠藤周作のキリスト像に対して、江藤淳は『成熟と喪失―〝母〟の崩壊―』の中で、自らのテーマ「〝母〟の崩壊」という論の俎上に遠藤周作の文学がうまく乗らなかったためであろう、『沈黙』については「(略) 作者が最初から「父」の「沈黙」を既定の前提としているために、この小説の描写はほとんどことごとく常套的で、つねに一種のいかがわしさを感じさせる」と批判し、そして遠藤周作のことを「小説家というよりはイデオローグである」とまで述べている。しかしこの「イデオローグ」という言葉はそのまま江藤淳に返されるべきであろう。江藤淳の方がまさにイデオロギッシュな言説を語っているからである。「第三の新人」を論じる際に『成熟と喪失―〝母〟の崩壊―』が参照されることが多いが、むろん参照すること自体に問題はないとしても、「第三の新人」についての論はもはや『成熟と喪失―〝母〟の崩壊―』の軛《くびき》から解き放たれるべきであろう。

それはともかく、これまで見てきた「第三の新人」の文学で語られている家族は、いわゆる核家族であった。そしてその中で語られたのは、母親と息子の関係であったり、父と息子あるいは父とその家族の関係であったりしたが、妻という存在はむしろ影の薄いものであった。妻はあくまで母としての面においてのみ語られていたのだが、それでは妻としてはどうであろうか。もしも、妻が一人の女としての存在を家庭内で主張し始めたら、それをどう受けとめるべきであろうか。そのような問題を扱ったのが、小島信夫の『抱擁家族』(一九六五〈昭和四〇〉・九刊) であった。

主人公は中年の大学教師兼翻訳家の三輪俊介で、彼の妻の時子は家に出入りしているアメリカ青年と男女の仲になってしまうのであるが、夫の俊介はそれをどうすることもできない。やがて時子は乳ガンで死亡し、俊介は再婚相手を探すのだが、うまくいかず、また息子は家出をしてしまい、後には新築の家が残っているだけである、というところで物語は終わっている。妻の時子に頭の上がらない俊介のあり方を見ていると、俊介は時子に妻ではなく母を求めているのではないかと捉える向きもあろうが、しかしそうではなくて、この小説は核家族の家庭内で母としての役割だけに納まりきらない女性が、戦後社会において出てきたことを物語った小説として捉えるべきであろう。時子は、夫に付き従うタイプの妻ではないのである。自己主張を強く持ち、婚外恋愛もするような妻なのである。三輪家はそういう女性が妻であり母であるような家族なのであるが、三輪俊介はそれまでの日本社会に存在していた家庭あるいは家族関係というものを何とか守ろうとするのである。妻の死後もそうなのである。

このように見てくると、『抱擁家族』の問題は、まだ新しい家族像や家庭像が形成されていないにも拘わらず、核家族を含めて従来の家族関係の崩壊だけが進んでいる状況を先取り的に描いた小説と言え、これは「抱擁」家族と言うよりも「崩壊」家族と言うべきかも知れない。

さて、このように四人の作家に即して「第三の新人」の文学を見てくると、それらは現代でもそのまま通用しそうなアクチュアルな文学に思われてくるのではなかろうか。

ところで、村上春樹は『若い読者のための短編小説案内』（文藝春秋、一九九七〈平成九〉・一〇）で、それまでの段階で日本の小説の中でいちばん心を惹かれたのが「第三の新人」の文学であったとして、吉行淳之介や小島信夫、安岡章太郎などの短編小説についての自らの読みを示している。なるほど村上春樹が好むのは、第一次戦後派の文学ではなく「第三の新人」の文学であろう。黒古一夫は『村上春樹批判』(アーツアンドクラフツ、二〇一五〈平成二七〉・四)で手厳しく村上春樹を批判しているように、たしかにカタルーニャ国際賞の受賞記念講演での、「日本人は核に対する「ノー」を叫び続けるべきだった」という村上春樹の発言は、日本で反核運動を続けてきた人たちを冒瀆するものであった。そして、向こう受けを狙ったその発言の裏にある、彼の能天気でノン・ポリティカルな姿勢を実は露呈したものであった。そのことなどを考えると、村上春樹が「第三の新人」に共感する大きな理由の一つに、「第三の新人」たちがノンポリティカルだからだということがあるだろう。

もっとも、そうではあるのだが、「第三の新人」の文学が現代においても古びないところに、村上春樹が惹かれていると言える。「第三の新人」の文学が語った、核家族の中での人間関係や母親像の問題、さらに受験体制のことなど、日常生活の中に深く埋め込まれているとも言えるこれらの問題は、二一世紀の現在においても続いているのである。革命や戦争といった大きな事件の中の人生に焦点を当てたのが第一次戦後派の文学だったのに対して、「第三の新人」の文学は日常生活の中の人生に眼を向けたわけだが、このことはそれまでの眼につく大きな事件史を中心にした歴史叙述に対して、変化したとしても緩慢な変化しかない日常生活をこそ歴史叙述の対象にしたアナール学派の歴史学に、その性向が似通っているとも言えようか。

そう言えるならば、第一次戦後派の文学の方は大きな事件の歴史叙述に相当しているわけである。だが、そのような文学は政治社会の動きとともに急速に古びやすい。それに対して、歴史の表層ではなくその下の層に眼を向ける叙述は古びにくいわけである。「第三の新人」の文学にはそういうところがあって、それが彼らの文学の持ち味である「第三の新人」の文学は表層部分の政治社会の変動の波を潜り抜けて生き延びていくわけで、今後も繰り返し彼らの文学が省みられるのではないかと思われる。

なお、「第三の新人」に数えられる文学者には小沼丹や曾野綾子、三浦朱門たちがいるが、曾野綾子や三浦朱門はともかく、小沼丹については稿を改めて論じたい。

〔付記〕本稿は「第三の新人」の文学を論じているために、既出の拙論「庄野潤三の家族小説――一九六〇年代を中心に」(『脱＝文学研究――ポストモダニズム批評に抗して――』〈日本図書センター、一九九九・二〉所収)、および「吉行淳之介の文学―性愛のなかの精神」(『反骨と変革　日本近代文学と女性・老い・格差』〈御茶の水書房、二〇一二・八〉所収)の内容と一部重なるところがある。

筒井康隆

――「超虚構」の構想と実践

一　「超虚構」の構想

筒井康隆は、『着想の技術』〈新潮社、一九八三〈昭和五八〉・一〉に収められている、比較的長いエッセイ「虚構と現実」で、自らが提唱する「超虚構」の考え方をわかりやすく解説している。以下、このエッセイを見ていきたいが、エッセイの最終節「虚構」の冒頭でそれまでの論述を振り返りながら、「超虚構」の方法論について次のように端的にまとめている。すなわち、「今までのエッセイで書いてきたのは、超虚構性を持つ作品の方法論、つまり擬似現実としての虚構の中から現実には絶対にあり得ぬ虚構独自のものを抽出してきてそれのみを主張しようとするような虚構性を持つ作品の方法論であった」、と。ここで言われている、「現実には絶対にあり得ぬ虚構独自のもの」としては、たとえば「ひとりの主人公の身の上に、まったく別べつの、ふたつの大事件がふりかかるというもの」があるとされている。この例は『虚人たち』〈「海」、一九七九〈昭和五四〉・六〜一九八一〈昭和五六〉・一〉で実践されることになるが、それでは何故、虚構ではなくて、「超虚構」と言われなければならないのか。そこには、それまでの虚構小説に対する筒井康隆の反発があるのである。

筒井康隆によれば、たとえ作家が虚構性を重視した小説を書こうとしても、「現実からの圧迫」があり、「これは小説を書く際、われわれが馴れ親しんできた自然主義小説の伝統的手法に姿を変えて襲ってくる」のであり、そうなると「いかに虚構を重視しようとそこに表現されたものはすべて「現実に安住し、まったく疑いもせず常識に頼りきった」上での空想と見なされてしまうことになる」のである。このことを日本の近代文学思潮の流れという観点から見るならば、諸外国での文学思潮がシュール・リアリズムやアンチ・ロマンへ傾斜している時期でも、日本では「大多数読者の圧倒的支持を背景に依然として自然主義を守り続けてきている」ということである、と筒井康隆は考えていた。

このような発言は、「自然主義小説の伝統的手法」が主流であったと言える日本の近代文学に対して、マイナーな文学とされていたSFの、その旗手の一人であった筒井康隆の当然の反発から出たものであったと一応言える。普通に考えて、SFこそまさに「超虚構」の文学なのであるから、筒井康隆がそのように言うことは納得できるだろう。と言ってもここで筒井康隆は、文学におけるSFの地位向上を目指して「超虚構」の論を展開しているのではない。筒井康隆は、虚構の問題について、さらには虚構と現実との関係の問題について、本質的な議論を提出しようとしているのである。作家も評論家もさらには読者も、私小説のような例外を除いて、一般に文学は虚構世界を描いていると漠然と思ってはいるが、果たして彼らは虚構の問題をラディカル（根底的）に捉え返しているのだろうか、と筒井康隆は問うているのである。

そして、その問題を考えていくならば、三浦雅士が「筒井康隆とテレビという装置」（『国文学　解釈と教材の研究』第26巻11号、一九八一〈昭和五六〉・八）で述べているように、「現実と虚構などというが、その差はもともと曖昧なものにすぎない」のであって、「現実がなかば虚構であり、虚構もまたなかば現実である」のであり、「人間は生まの現実などというものに直面するのではない、つねに構築された現実に向き合っているのである」ということを認識せざるを得なくなるはずである。しかし、自然主義文学者はその認識を曖昧にしたまま、現実そのものを書いていると思っていて、しかもその実、彼らは小説内に虚構を言わば無自覚に密輸入していたのである。他方、自分は虚構世界を構築していると思っていたのが他の多くの作家であったと言えるが、しかしながら意外にも彼らの虚構世界は安易に現実に凭《もた》れかかっていた場合が多かったのである。

このように虚構と現実との関係は単純に処理できない問題があるのだが、文学から離れて考えてみても、現実と虚構とは画然と区分できるものではないだろう。筒井康隆は相倉久人との対談「悪への想像力」（『トーク8〈エイト〉』徳間書店、一九八〇〈昭和五五〉・六）の中で、大阪で実際に起った事件に触れながら、その「（略）事件を見ても、現実というものは、なんとまあ、まざまざと虚構を反映するものであろうかという気になりますね」と語っている。たとえば、虚構が現実を模倣しようとしても、現実の方もすでに虚構を模倣していることが多く、そうなると虚構は虚構を模倣した現実をさらに模倣することになり、両者は合わせ鏡のように模倣し合っているということになるだろう。そうであるならば、虚構は真に虚構性を主張することができるだろうか。別言すれば、虚構は現実と言わば手を切ることが可能だろうか。

筒井康隆の「超虚構」という観念、あるいは言葉が出て来たのは、そういう問題意識の中からであったと言えよう。もちろん、虚構の小説において現実と手を切ると言っても、完全に手を切ることはできないであろう。まず何よりも、現実を指示している言語を多く用いて虚構世界が構築される以上、その構築された虚構世界は何らかの形で現実との関係が生じてくるからだ。そうであるならば、現実と馴れ合わざるを得ないのが虚構世界であるということを十分に自覚し、その上で現実から離れて自立しようとする姿勢を維持し続けようとするべきではなかろうか。そのようにして構築された虚構世界とは、ヘーゲル弁証法的に言うならば、即自的段階を経てさらに対自段階をも経て、それら二段階を止揚統合した即自対自的な段階における虚構というふうに言えようか。そのようにして構築された虚構が筒井康隆の主張した「超虚構」であったと言うことができよう。つまり、現実と馴れ合わざるを得ないことを承知しつつ、あくまでも固執され堅持された虚構性ということである。

もっとも、そういう認識に辿り着くまでは、筒井康隆も虚構性については楽天的に考えていたようで、エッセイ「楽しき哉地獄」（『着想の技術』所収）では、以前においては「（略）いかに虚構性を強調しようと、まさにその「虚構性の強調」ゆえに、どうしようもなく現実に舞い戻ってしまうのだという発見はまだなかった」と語っている。それでは、「現実に舞い戻ってしまう」ことを見据えながら、なおかつ「超虚構」の小説世界を構築することは、いかにして可能だろうか。エッセイ「虚構と現実」では、「超虚構性の小説を書くにはそれにふさわしい手法、その宇宙を表現し得る別の言語宇宙を成立させなければならないのは確かなことなのだ。しかし勿論これは至難の業である」と語られている。次に、その「至難の業」の「手法」について少し具体的に見ていきたい。

二　「超虚構」の実践

筒井康隆は「作家インタビュー・筒井康隆氏に聞く　虚構への航跡」（『現点』6号、『現点』の会、一九八五〈昭和六〇〉・一二）の中で、「『虚人たち』『美藝公』『虚構と現実』の三つは、互いに関連して出てきている」と語っている。実際にそうであって、『虚人たち』と『美藝公』（『GORO』、一九八〇・一～一〇）は、「虚構と現実」で語られている「超虚構」の実践の小説なのである。

とくに『虚人たち』は「楽しき哉地獄」によれば、「考えをまとめる為に「虚構と現実」を書き、書く過程で「虚人たち」という長編の構想がまとまりはじめた」小説であるということだが、たしかに『虚人たち』は「虚構と現実」で語られている構想を忠実に実践している小説である。「現実には絶対に起り得ず、ただ虚構内でしか起り得ない」事件として、先にも触れた「ひとりの主人公の身の上に、まったく別べつの、ふたつの大事件がふりかかる」話が、『虚人たち』では主人公の木村の妻と娘とが別べつの犯人によって誘拐されるという事件が同時に起きる、という形で語られているのである。こういう事件が起きることによって、「少くとも虚構によってしか得られない虚構感を読者にあたえ、虚構によって虚構の自立性を主張することになろう」と、「虚構と現実」で述べられている。物語は誘拐された妻と娘とを探索する話として一応展開しているのだが、別べつの犯人による二人の同時誘拐事件という設定は、読者に虚構感もしくは非現実感を齎《もたら》すと言えるかも知れない。

また「虚構と現実」では、「虚構内存在であることを意識している作中人物を登場させた場合」には、それが読者に与える効果は「擬似現実的存在である作中人物が読者にあたえる効果とまったく違ったものでなければならぬ」とも語られているが、たとえば『虚人たち』の登場人物の次のような会話を読むと読者は奇妙な感覚を抱くであろう。息子は「現実のことはあまり言ってほしくないよ」、「おれたち自立してなきゃならないんだろ」と語り、それを受けて木村も、「今までのいきさつから推測すればもしかすると現実との乖離《かいり》そして自立の可能性を試みることこそ自分にあたえられた使命かもしれないと彼は思いはじめているのだ」（傍点・引用者）というふうに反応するのである。「虚構と現実」で筒井康隆は、「何度も言うようだが、虚構性の自立こそが第一の目標ではないだろうか」と述べているが、『虚人たち』の登場人物たちは、「虚人」すなわち「虚構内存在」としての人間として「自立」しようとしていて、そのことに読者は何とも奇妙な感覚を持ったまま、この小説を読み進めることになるのである。『虚人たち』では「メタリテラチュアたるこの世界」とも言われているが、登場人物たちは自分たちがいる世界が虚構であり、自分たちは「虚構内存在」であることを自覚しているわけだから、『虚人たち』は虚構についての虚構小説であると言える。

では、そのような方法によって書かれた『虚人たち』が小説として成功しているだろうか。もちろん、大胆な実験的方法をともかくも実践した『虚人たち』は、小説の方法を楽しもうとして読む場合には知的刺激に富んだ読物として興味深いかも知れない。泉鏡花賞を受賞した小説だけのことはあると言える。ただ、この方法の「その効果があったどうかの判断の基準は、読者がその小説を読んで現実存在である自分を虚構内存在ではないかと疑うか、そこまでに及ばなくとも少くとも作中人物が悩む非存在感に似たものを少しでも抱くかどうかにかかっている」（「虚構と現実」）ということに関しては、判断は難しいであろう。むしろ『美藝公』の方が「超虚構」としては成功しているのではないかと思われる。

『美藝公』は、脚本家である黒井という男性が主人公の小説である。黒井はこの物語の語り手でもあるが、黒井たちが住んでいる日本社会は第二次大戦後、「映画産業立国」を目指して発展してきて、今や「アジアのハリウッド」と呼ばれる国になり、世界各国に映画を輸出している国になっているという設定である。

「美藝公」というのは王ではなく、またその地位は世襲制ではないのだが、国の象徴的存在なのである。現在は穂高小四郎という人物がその地位にある。黒井の脚本による「炭鉱」という映画が大ヒットし、且つその効果は甚大であって、炭鉱は国有化されることになり炭鉱労働者の人数もそれ以前に比べて八倍に増加する。「世界各国の石油不足による不況などどこ吹く風、国営化一年目には以前の十倍近くの石炭の生産が見込まれるに到っていた」と語られている。

この紹介だけで、『美藝公』の物語が戦後の実際の日本社会とは異なった社会を提示しようとしているSFであることが了解できるだろう。このSFには黒井をめぐるロマンスも織り込まれていて、それなりに楽しい読物になっているのだが、物語の圧巻は映画の成功を祝うパーティーでの映画関係者の会話である。「(略) 敗戦後、もしこの国が映画産業立国ではなく、経済立国となって繁栄していたとしたら、現在どういう有様になっているだろうかと考えたんだ」という主人公の発言に刺激されて、人々はその仮想現実を話し始める。たとえば、「経済優先社会では、情報の急速な、しかも大量の伝達が重要視される。それは国民に文化的な作品をじっくり鑑賞するような精神的余裕を持たせ得ないのではないか」とか、「渋い藝は嫌われるでしょうから、じっくり聞かせる落語《はなし》は演じられなくなりますね。前後を縮められて、サワリだけを瞬間的に聞かせる(略)」、あるいは「その社会では、文学も科学も、消費の対象なんですね」、「機能よりも、これが見世物的価値があるかどうかで商品を買う」というような話が続くのである。

言うまでもなく、ここで語られている社会とは戦後以降の日本社会そのものである。そして、その様相が「映画産業立国」の立場から語られると、読者はその異常さ異様さを際立った印象として受け止めるだろう。私たちは何と酷《ひど》い社会に住んでいることかと、今更ながら衝撃を受けるかも知れない。「虚構と現実」

では、「現実ではあり得ぬ虚構独自のもの」として、すでに見てきた「虚構内存在」の問題の他に、「自己の対社会的違和感がすべて解消された世界を思考実験的に虚構として構築すること」、「その虚構世界に登場するのは過去でも未来でもない、あり得べき社会でなければならない」、「作者独自の虚構社会でなければならない（略）」と語られているが、『美藝公』はまさにその実践であったのである。

ただ注意しなければならないのは、筒井康隆がこの小説に社会批判を込めようとしたのではないということである。筒井康隆は、現代社会に対する「単に違和感というものだけを手がかりにして設定した作者個人のユートピアであり、（略）あくまで自己表現のひとつ」（「虚構と現実」）と語っている。しかし読者は『美藝公』を読んで、「現実存在である自分を虚構内存在ではないかと疑う」ことはないだろうが、今住んでいる社会は根本的に虚偽の世界ではなかろうかと思うかも知れない。そうならば、これもやはり「超虚構」が齎した一つの効用であろう。あるいは、「超虚構」にはかなりの異化効果があると言えようか。

このように見てくると、筒井康隆の「超虚構」構想は文学の本質を考える上で問題提起的な構想であったと言えるだろう。おそらく「超虚構」論の先人としては、同じく「自然主義の日本的性格」（「短編小説の構成」）を嫌い、小説とは「実在ではなく可能を書く」ことであり、「作者はいちいち体験を相手に不潔な談合などはしない」（「虚構について」）など、優れた小説論を語った石川淳がいるのではないかと考えられるが、両者の対比は稿を改めて考えてみたい。

Ⅲ　現代へ

老いの中の光と影
――日本の現代文学から

一

明治以降の日本の近代社会においては長らく、老いということ、あるいは老人というものは肯定的に扱われてこなかったと言える。老人は言わば生産年齢を過ぎていて、したがって社会にとって、少なくとも経済社会にとっては不要な存在として位置づけられてきた。もちろん、老人にはあるはずだと考えられている、多くの体験から得た知識や知恵から社会の人びとが学ぶという面も無くはなかったわけだが、日進月歩で進歩する技術などに老人たちは遅れがちであり、彼らの知識や知恵というものも、技術的に高度に進歩してきた現代社会には役立たずのものになっていると見られ、もはや彼らからは何も学ぶことは無いというわけである。そういう近代社会の風潮を、時代を近代ではなく、それ以前の時代に設定して、いわゆる姨捨伝説を小説化したのが、深沢七郎の『楢山節考』(「中央公論」、一九五六〈昭和三一〉・一一)である。小説中に「天保銭」のことが書かれているから、時代は江戸時代の後期だと考えられる。

山間の貧しい村は食糧が乏しく、老人は七〇歳になると楢山に捨てられるのが村の掟であった。物語の最初の時点ではおりんは六九歳だとされている。おりんはずっと前から七〇歳になれば「楢山まいりに行く気構え」をしていたのであるが、息子の辰平も再婚した嫁も（一度目の妻は病死している）、年齢の割に元気なおりんを捨てることに気が進まなかった。しかし、おりんは丈夫な前歯を自ら火打ち石で叩いて砕き、それによって歯が欠けたことを老いたことの証として、七〇歳になれば自分を楢山に行かせようとする。結局、おりんが七〇歳になった年に、辰平は村の掟と作法に則り、おりんを背負って楢山に踏み入る。「岩があると必ず死骸があつた」という山中を辰平は歩いて行き、そしておりんを一人置いて楢山の中腹まで下って来たときに、雪が降り始める。雪は山に捨てられた老人を眠らせて凍死させるから、雪が降り始めたのはおりんにとって幸運だったわけである。村の掟に従うなら、辰平は捨てたおりんのいる場所に戻ってはならないのであるが、辰平は雪が降ったことが嬉しくて、座っているおりんが見えるところまで戻って、「おつかあ、ふんとに雪が降つたなァ」と声を掛けるのである。

この雪の場面が感動的なところであるが、おそらく作品発表当時の読者は「楢山節考」を、生活の必要がすべての感傷さらには感情に優先する、前近代的な貧しい村落社会の慣習が描かれた小説として読んだと思われる。そして、これは昔の話なのであって、ヒューマニズムを基調とする近代以降の社会ではあり得ないことだ、と。たしかに、そのものズバリの姨捨は近代以降の社会では無いであろうが、しかし形を変えた老人遺棄の問題は豊かになった近代以降の社会においても厳然とあると言える。生産、効率などの経済性を優先する近代以降の社会の中では、老いや老人というものは負（マイナス）の存在として扱われて、老人は社会的には遺棄されている面があると考えられる。もっとも、「楢山節考」にあるのはギリギリの貧しさがもたらす過酷さであり、それに対して近現代の社会は経済性を優先させて豊かさを守ろうとするところから老人に過酷であるという違いはある。しかし、ともに経済が決定因となって老人を遺棄するという点では同じだと言える。だから、この物語は、過去の話としてだけではなく、戦後当時の日本社会にも通じる話として提出されたと読むべきである。

こう見てくると、『楢山節考』は老いや老人という存在がマイナスのものとして描かれた小説であると言えよう。まず、このことを指摘しておきたい。

次に、老人や老いそのものがマイナスなものとして描かれたわけではないが、しかし結果的には老いがやはり好ましくないものとして描かれているのが、あるいは読者がそのように受け取ったのが、谷崎潤一郎の『瘋癲老人日記』(「中央公論」、一九六一〈昭和三六〉・一一～一九六二〈昭和三七〉・五)である。執筆当時、作者の谷崎潤一郎は七六歳であった。

この小説の主人公で語り手でもある卯木督助《うつぎとくすけ》は、「生キテヰル限リハ異性ニ惹カレズニハヰラレナイ」と思っている七七歳の老人で、彼にとって性とは、迫ってくる死の予感に対抗して生命力をかきたてるものであった。その対象に選ばれたのが、自分の息子の嫁の颯子《さつ》で、彼女は結婚前は日劇のダンシング・チームに属していたとされていて、颯子はタイプとしては『痴人の愛』のヒロインの、あのナオミと同類型の女性である。督助が颯子を性的対象とするとしても、言い換えれば颯子を相手とするのが彼の性生活だと言っても、実際は彼女の足指をしゃぶるという快楽しかないわけだが、それでも「恐怖ト、興奮ト、快楽トガ代ル〱胸ニ突キ上ゲタ」と日記に記すような性的興奮を督助は感じる。この小説には、谷崎潤一郎における母恋のテーマも流れていて、ある夜督助は母親の夢を見る。その母親が美しく、また彼女が素足であったことを思い出して、今度は颯子の足の仏足石を作って、自分の死後に自分の骨をその仏足石の下に埋め、死んでも自分の骨が颯子の足に踏まれることを幻想する。そして、こう日記に書く、「死ンデモ予ハ感ジテ見セル。感ジナイ筈ガナイ」、「痛イ、痛イ」、「痛イケレドモ楽シイ、コノ上ナク楽シイ」、と。〈何をか言わんや〉という思いもするが、谷崎潤一郎は本気でこの物語を書いているのである。同じように、谷崎潤一郎が老年の性、あるいはその性の執着を描いたのが、それよりも約十年前に書かれた『少将滋幹《しげもと》の母』(「毎日新聞」、一九四九〈昭和二四〉・一二～一九五〇〈昭和二五〉・三)である。

この物語は、時代は平安時代で、時の権力者である左大臣藤原時平が大納言藤原国経《くにつね》の若くて美しい妻、北の方を奪う話が主筋の一つである。国経はもう八〇歳近い老人であったが、五〇歳以上も年齢の離れた若い妻を持っていた。美しいという評判のあった北の方に、以前より目を付けていた時平は、年賀の酒宴の席で饗応の引き出物として北の方を奪う。国経は時の権力者に逆らえなかったのである。その後、国経は北の方のことが忘れられず苦しむことになる。国経はそれから三年半を生きるが、ここで面白いのは国経が北の方への恋慕の情を何とか捨てようとして、「不浄観」を行うことである。「不浄観」とは、人間の官能的快楽が一時の迷いに過ぎないことを悟るために、腐乱した死体などを見ることによって、美しいと思っていた人も死ねば誰しもいずれはこうなるのだと思って、今の愛欲の執着を断ち切ろうとすることである。こうまでしなければ、国経は北の方への執着を抑えることができなかったわけである。国経は毎夜、墓場に行ってそれを行う。しかし北の方への愛執は断ち切りがたく、結局は懊悩の内に死ぬ。

この小説にはやはり北の方を恋い慕っていた平中の話があったり、また北の方と国経の子どもである滋幹が、ずっと後に北の方と再会するという、やはり谷崎潤一郎の文学にある母恋のテーマも、もう一つの主筋としてある。ただ、ここでは、北の方への国経の愛執に注目したい。これも、老人には無い、あるいはあるはずがないとされていた、老人における性の執着の問題が書かれているのである。とくに「不浄観」を行わざるを得ないほどの性的執着があったというところに驚かされるが、おそらくこの小説が発表されたときには、本来的に性的執着心が強い、いかにも谷崎潤一郎的な小説として一般には読まれたのではないかと思われる。つまり、特殊谷崎的な世界の話である、と。しかし案外、当時すでに老年期に入っていてこの小説を読んだ人たちは、〈わからなくはない〉と思った人も多かったかも知れない。そういう声は小さく囁かれたであろうから、周囲にはほとんど聞こえなかったであろうが。

老年期の性を扱った文学者としては、谷崎潤一郎の他にも有名な文学者として川端康成がいる。『眠れる美女』（「新潮」、一九六一・一〜一二）がその種の小説である。これは、六七歳になる江口老人が、海近い別荘風の家で眠っている若い女性にただ添い寝して一夜を過ごすという話を語った小説である。その家の二階の一室に眠り薬で眠らされた若い女性が裸体で横たわっているのだが、その横に性的能力を失った、すなわち「安心できるお客さま」である男性老人たちが訪れるわけである。これは秘密が守られている一種の遊びであるが、そこを訪れる男性の老人にとっては、この家は若い女性とともに眠るということ自体が最高の喜びであるという彼らの願望を叶えてくれる場所であった。添い寝すること自体、彼らにとっては性の喜びであったというのである。あるいは、添い寝は一種の回春剤であったと言えようか。江口老人はその家に五回通っていて、一夜ごとに違った娘が眠っていた。江口老人は、眠れる美女の横でその娘に触発されて、昔の恋人たち、自分の娘や母のことなど、彼が関わった女性たちのことを思い出す。物語の中心は、その思い出の叙述にあり、女たちへの哀れみや慈しみや悲しみが語られるのである。

老人の性を扱った小説としては、先ほどの谷崎潤一郎のものがどこか明るく、見方によっては滑稽感さえなくはないのに対して、川端康成のものは陰気で少々薄気味悪くもあると言えよう。しかし、そういう違いはあるものの、川端康成も谷崎潤一郎も、老いと性の問題を正面から描いたわけで、今日から振り返ってみると、その先駆性というものを感じ取ることができる。当時もその後もしばらくは、それらの小説は異常な人間たちのことを描いた小説、あるいはいかにも谷崎的川端的な、あくまで特殊な世界が展開されていると思われてきたのではないかと考えられる。

しかし、老人ホームなどで老人たち同士の恋愛問題が頻繁に起こっているという報道などもあって、その恋愛問題は特別異常なことではないのだということがわかってくると、谷崎潤一郎も川端康成も決して異常な世界を描いたのではないということが、改めて認識される。しかし、発表された当時は、性的関心が希薄になるのが老人であって、性への執着を持つ老人は特別に色ボケだ、というふうに思われていたのではないかと考えられる。だからこそ、谷崎も川端もそういう世間の常識に対して異議申し立てをしたのではないかとも思われる。もっとも、そういう世界が彼らの好みに合っていたという一面もあったであろう。それにしてもそういう小説が極めて特異で異常だ、というふうに見られていたということは、老いと性とは——この場合の性というのはプラトニックな恋愛も含めてのものであるが——似つかわしくないものである、という通念がやはり支配的であったということである。別の言い方をすると、老人は性的な執着や欲望などから脱けきって、そういう世界から言わば解脱しているのが当然だ、とする考え方が普通であったということである。悟りにまでは至らないまでも枯淡の境地が老人には相応《ふさわ》しいとする考え方である。

したがって、恋愛や性愛という問題は、老人が主人公の小説には不似合いであるというのが一般通念であったわけである。しかし、果たしてそうであろうか。

二

老いの問題を論じた古典的名著といっていい著書にシモーヌ・ド・ボーヴォワールの『老い』上・下（原著出版は一九七〇〈昭和四五〉年、朝吹三吉訳、人文書院、一九七二〈昭和四七〉・六）がある。その中でボーヴォワールは、「（略）老いが心の明澄をもたらすという偏見は徹底的に排除されなければならない」と述べている。年を重ねて老齢になるにしたがって、人は激しい情念や欲望から解放されて、明澄な心を持ち平静な幸福感に浸ることができるというのは嘘だ、と言っているのである。年を取れば欲望や情念から自然と解放されるということはないと言うのである。そして、こうも語っている、「われわれの時代にとくに発達した一つの神話がある、すなわち、高齢に特有の超俗《デタシュマン》という神話だ」、と。つまり、老いると脱俗あるいは超俗の境地に至るというのは、あくまで「神話」であるということである。あるいは、そうあって欲しいという人びとの願いとも言えるであろう。東洋においてはそのような言わば枯れた境地が良しとされる考え方があるが、ヨーロッパでもそのようである。しかし、実際はそうではないわけであって、先に見た、谷崎や川端の晩年の小説はそうではないということをよく語っていた。

また、ボーヴォワールの『老い』は厳しい現実も語っていて、近代以降の社会について、「それは発展と豊富という神話の背後にかくれて、老人をまるで非人《パリア》のように扱う」、と述べている。ずっと昔の、進歩がほとんど無い停滞した社会では、老人の知恵は尊重されて老人は敬意をもって遇せられていたのだが、近代以降の社会では、つまり不断に進歩し若返る社会では、それについて行けない老人は「まるで非人《パリア》のように」扱われるわけである。むろん、年を取れば変化に弱くなるのは普通であるし、技術の発展などでは若い人たちに遅れるのはやむを得ないであろう。しかし、このような進歩に遅れるという問題はともかくも、老人たちも「高齢に特有の超俗《デタシユマン》という神話」によって、悟ってもいないのに悟ったふうな顔をしようとするところに問題があるだろう。まずその「超俗《デタシユマン》という神話」から老人たち自身が抜け出すことが必要なのではないだろうか。実は、比較的近年ではそれから抜け出した老人たちが主人公の小説が出てきていて、たとえば瀬戸内寂聴の小説『いよよ華やぐ』上・下〈新潮社、一九九九〈平成一一〉・三〉がそうである。

これは藤木阿紗という九一歳の女性、浅井ゆきという八四歳の女性、杉本珠子という七二歳の女性たちが主人公の小説で、中でも阿紗が中心人物と言える。阿紗は「なぎさ」という呑み屋を経営していて、また俳人としても高く評価されている女性であり、ゆきは着物研究家として知られる女性でテレビに出たりもしている。珠子は「ぺぺ」というクラブをやっていて、三人は仲良しで一緒に温泉旅行などもする。他に、阿紗の娘で薫という六〇歳過ぎの女性も主な登場人物である。薫は大阪で高級な食器類の店を経営していて、彼女の選ぶ品物は好事家の間で次第に評判になっていって今ではれっきとしたブランドになっているとされている。

この小説は、三人の老女のそれぞれの過去が語られながら現在の物語も進行していくという展開になっているが、その三人の過去とはつまるところ男性との関係の話なのである。阿紗は二度結婚したことがあり、最初の夫とは相思相愛で結ばれたのであるが、その男性は事業で失敗し妻子を捨てて蒸発してしまう。二度目の夫は阿紗の姉の死後に阿紗がその後釜として嫁ぐことになった男性で、とくに阿紗は彼を愛していたわけではなかった。実は二度目の夫と結婚した翌年に、阿紗は別の男性と熱烈な恋をする。この男性は最初の夫の教え子であり、阿紗よりも七歳年下の男性であった。この恋はその後四〇年近く続いた。このように、物語は主に阿紗の男性との関係という過去の話が語られるが、浅井ゆきと杉本珠子にもそれぞれ男性との関係があり、阿紗の過去とともに彼女たちの過去も語られるという小説である。阿紗の娘である薫も過去に二度の離婚歴があるとされているが、ただ薫の過去、とくに男性との過去については深く語られてはいない。

この小説で驚くのは、七〇代、八〇代、そして阿紗に到っては九〇代なのだが、彼女たちが元気よく今なお現役で働いていることである。もっとも、とりわけ最高齢の阿紗は老いを意識しないわけではない。夜寝るとき、阿紗は「このまま眠って、翌朝も目を覚まさなければ死のお迎えということか。それなら最高の死に方だと思う」ということが、毎夜彼女の頭をかすめるようで、また、「(略)でもね、この年になると、毎年、この桜は今年が見おさめかなとか、この名月は、来年は見られないかななんて、ちらっ、ちらっと心をよぎるんですよ」とも語っている。九一歳だから当然であろうが、しかし阿紗の素晴らしいところは、先ほどの言葉に続けてこう語っているところである。「ですから、森羅万象が、何でもかんでも、みんなしみじみなつかしいの、それに人もね」、と。今年が最後かも知れないというので、憂愁に沈むのではなく、目に見えるもの接する人が懐かしく、おそらく美しくも見えるからこそ、感動があり、それがまた生きていく力になっているのであろう。だから、いつも目に触れるものや接するものなどが新鮮な感動を阿紗に与えてくれるわけである。そういうふうに阿紗はまさに「森羅万象」と付き合っているのである。

物語の中でこういう会話の場面がある。「「生きていたら、まだまだどんな珍しいものや美しいものに出逢うか、わからないのねぇ」／感慨深げにつぶやく阿紗に、／「そうねえ、もうたくさんと思ってても、まだどんな人との出逢いがあるかわからないわねぇ」／と、珠子が神妙に相槌を打つ」、と。やはりこれは新しいものへの好奇心と言えよう。阿紗の娘の薫はその三人の女性についてこう思う。「三人とも、格別の体力と、若い心の持主だからと考えてみても、やはりあの好奇心と、身についた前向きの生き方には感嘆せずにはいられない」、と。また、その三人の内の珠子も阿紗にこう語っている。「恐れ入りました。女将さんの若さの秘密がわかったわ。その好奇心ね」、と。

ところで、先ほども言及した『老い』の中で、ボーヴォワールは次のように語っている。「（略）もしも心にまだ投企《くわだて》をもつならば、それらはひじょうに貴重である。良好な健康にもまして、老人の最大の幸福《チャンス》は、彼にとって世界がまだ目的にみちていることである」、と。たしかに阿紗にとっても、ゆきや珠子にとっても、「世界はまだ目的にみちて」いるのである。あそこにも行きたいし、これが食べたいしと、彼女たちはいろいろと「投企《くわだて》」ている。彼女たちはそういう言わば精神の姿勢を「好奇心」という言葉で表しているが、心がその「投企《くわだて》」に満ちている限り、彼女たちはいわゆる「老い」の境涯と無縁であろう。ただ、彼女たちはアンチ・エイジングを実践しているのではない。年を取ることを素直に認めつつ、またそのことを肯定しつつ、しかし好奇心が蠢く限り、精一杯言わば人生を味わおうと思っているわけである。年寄りだからこうすべきだ、という考え方はしない。自分が欲しいと思ったら、それを得ようとする。食べ物でもそうである。「三人とも肉が好物だ。年寄は淡泊なものをなどという養生訓など見向きもしない」と、語られている。

こうして見ると、『いよよ華やぐ』という小説には、老いの理想的な生き方が書かれていると言えよう。あるいは、老いは老いのままに肯定されている、と。この物語は、年を取ること自体を肯定しようとしているると言える。阿紗の思いとして、こうも語られている、「長く生きるということは、無駄ではなかったという想いが、阿紗の胸にあたたかく湧き上ってきた。／若いときに見えなかったものが、ひとつずつ見えてくるというありがたさがある」、と。もっとも、見えなくなってくるものもあると語られているが、それは「（略）見えないでもいいもの、聞かなくてもいいいやなことから遠ざけてくれるという、神仏とやらの恩寵ではなかっただろうか」、と。

このような素敵な老いを生きることができるのも、やはり健康に恵まれていたということなど、彼女たちが幸運だったからだということもあるであろうが、その健康も彼女たちの前向きな姿勢と無関係ではないと考えられる。さらに、それぞれの女性には心の支えのようなものがあったことである。阿紗の場合では、それは俳句である。「どんな苦しい時も、俳句があるから、くぐり抜け、耐えてこられたように思う」と阿紗は思っている。何か一つのことに真剣に関わることが、その人の人生を支えてくれるということであろう。これは老若関わりなく言えることだと思われるが、それがまたその人の老年期をも支えてくれるのではないかと考えられる。

さて、『いよよ華やぐ』という、この小説の題であるが、この言葉は岡本かの子の短編小説「老妓抄」（「中央公論」、一九三八〈昭和一三〉・一一、一九三九〈昭和一四〉・三）に出てくる短歌から採られた言葉である。「老妓抄」は、本名平出園子、座敷名を小そのという老妓が、素朴な素人の生活に憧れて、趣味に和歌や俳句をたしなみ、また家庭電化に積極的だったりする暮らしを始めたとき、出入りの電気器具屋の青年柚木に目をかけ、彼に生活の保証をし、好きな発明を完成させようとする話である。しかし、何の条件も附けられることなく、好き勝手ができる生活に、当の柚木の方は虚無感に陥ったり老妓に劣等感を持ったりする。老妓は自分の夢を若い男の仕事に対する情熱の中に賭けようとするのだが、むしろ柚木はそれに圧迫を感じて幾度も家出をする。老妓はその度に連れ戻し、そして最後に「年々にわが悲しみは深くしていよゝ華やぐ命なりけり」という歌を語り手に送ってきた、という物語である。

この老妓と柚木との関係は、小説『いよよ華やぐ』では薫と宗二郎という陶芸作家の男性との関係になる。老妓も薫も一種のパトロンであるが、「老妓抄」とは異なって、薫と宗二郎は最後には性的にも結ばれることになる。薫はまだ六〇代前半の女性であるが、彼女は次のような人生観を語っている。これは阿紗やゆき、珠子にも同じくある人生観であると思われる。すなわち、「(略) その厭な経験だって、何十年が過ぎてふり返ると、しないよりしてよかったんだなって気がつく時があるのよ」、と。これはこの小説の主題を表してもいる言葉であろう。つまりは人生肯定の主題である。

このようなテーマは大乗仏教的とも言え、なるほど寂聴の小説だと思われる。小乗仏教は人生否定的であるが、大乗仏教もその根底にはニヒリズムがやはり厳としてあるものの、それでも人生を肯定しようとする宗教だと言える。その人生肯定の精神から当然のことながら老いも肯定されてくるわけである。性愛も最終的には肯定される。阿紗はこう語っている。「真剣な恋をすれば、その瞬間から地獄が始まりますよ。でもその地獄の責め苦が、わたしくらいまで生きてみると、この世で一番なつかしい想い出となってくるのですからねぇ。人間って不思議な動物ですねぇ」、と。あるいは、「(略) 恋は性が伴わなくなったって可能ですよ」、と。つまり老人の恋も大いに結構だということである。むしろ、プラトニックラブは「恋の最高の醍醐味かもしれない」とも言っている。老いても恋をすることはいいことで、また恋愛あるいは性愛の地獄も、その地獄も含めて恋は肯定されるべきであると言うのである。むろん、老いてからの恋においてもそうだと言うわけである。

こうして見てくると、老いたからと言って、老人はこうあるべきだというような通念に捉われることなく、好奇心いっぱいに生きていくこと、そして好奇心によって積極的に人生の「投企《くわだて》」をすることの大切さが、『いよよ華やぐ』では語られていることがわかる。この小説では、老いは肯定的に扱われているが、その老いは人生の黄昏時として描かれてきた老いではないのである。前向きで人生を貪欲に味わい楽しもうとするような老いである。おそらく、そういう姿勢こそ、老人に求められるものであろう。

三

『いよよ華やぐ』と違って恋愛の話はわずかしか出てこないが、やはり同じように前向きな姿勢で生きている老人が主人公の小説がある。田辺聖子の小説であるが、これは〈姥シリーズ〉と言えようか、あるいは主人公の名前を採って〈歌子さんシリーズ〉というふうに言えるかも知れない。『姥ざかり』『姥ときめき』『姥うかれ』『姥勝手』という四冊の本になっているシリーズである。

最初の『姥ざかり』〈新潮社、一九八一〈昭和五六〉・八〉でヒロイン山本歌子は登場する。このとき歌子は七六歳である。歌子は船場の服地問屋に嫁ぎ、亡夫との間にすでに成人して中年になっている三人の男の子がいる。歌子によれば、亡夫の慶太郎は「弱気で無能」で「足手まといな男」であって、歌子によると、戦災でその服地問屋が焼けた後、問屋を再興したのは「一にかかって私の力によるのだ」ということである。もちろん、忠実な番頭などの協力があったからこそ再興できたのであるが、歌子の言葉通りにやはり歌子の力によるところが大きかったようである。この物語ではいろいろな出来事が起こり、歌子がそれに対処していくのだが、その際の歌子の見解あるいは考え方が痛快で面白いのである。

歌子は今神戸のマンションで一人暮らしをしていて英語クラブや絵画教室に通ったり、お花を習ったり、宝塚歌劇を観劇したりという、けっこう忙しい生活をしている。また自分で習字教室を開いている。我が子や孫たちと一緒に住もうとは全く思っていない。彼女のマンションに立ち寄った警察官に歌子は言う、「なんで一緒に住まな、いかんのですか？　子供は子供、私は私ですよ。それぞれに生活いうもんがありますﾞ」、と。とにかく、彼女には経済力があって、それが今の生活を支えているのだが、それというのも「（略）私は、老後のために確実な株を買い貯めたり、定期にしたり、着る物もしっかり揃えてある」からであった。『姥ときめき』でも、「一人ぐらしできるほどの気力と体力、経済力をかねてとりのけておいたのもよかった」と歌子は言っている。

さて、次に歌子語録と言うべきものを挙げてみる。これが面白いのである。『姥ざかり』からは、「なんで年よりなら味噌汁に漬物、ときめるのだ。年よりだって、洋風料理の方が好きな年よりもいるのだ」、と。また、老人は親類づきあいを好むとされていることについて、「それはちょうど、老人、年寄りらは、死者の記憶を大事にし、年忌ごとの法事を尊重するもの、という阿呆な思い込みと一緒である」、と。野球は無意味だと言う長男の嫁の言葉に対して、「というが、人生で無意味でないものがあろうか。人生はすべて無意味なのだ」、「七十六で老化があらわれるようではいけない」、など。

『姥ときめき』（新潮社、一九八四〈昭和五九〉・五）で、歌子も好奇心について語っている。「（略）好奇心がいままでの私をつき動かしてきたのはまちがいない。好奇心があればこそ、仕事もつづけてこられたし、仕事を手放して隠居しても、英語クラブ、絵画教室、書道、といそがしく首をつっこんで、それが仕事になっているのだから」、と。また歌子は、「女は苦労する。男と社会の双方に苦労する。しかし男は、社会での苦労しか知らないのでその無教養がトシをとるとモロに出てくる」、「とんでもない。あたしゃ幸福ですね。トシとったらとったでより幸わせになる」、「〈略〉私は来年も／〈今まで、やってないこと、ないことをさがして、一つずつ、やってみよう！〉／と思う」、と語っている。やはり、好奇心を持って新しいものにチャレンジする意欲の大切さが、ここで語られているわけである。そして恋についても、「恋のときめきこそ、人間の体の最高のクスリや」と言っている。この場合の歌子の言う恋は、プラトニックでロマンティックな恋のことである。

『姥勝手』〈新潮社、一九九三〈平成五〉・九〉では歌子は八〇歳になっていて、また歌子は腰を痛めてしまい、「人間はふだんはともかく、いざとなった時は一人で生きにくいものである」と、一人住まいの不安も語っている。しかしその精神の姿勢は相変わらず言わばスックとしていて、「そもそも円熟、なんてコトバ自体、気にくわない」、「〈略〉わたしゃ、角熟《かくじゅく》したいわ」と語る。そして、「日本の男は、／「みなどっか、おかしいぞーっ」／と叫びたい」と言っている。

田辺聖子のこの姥シリーズの山本歌子は、先に見た瀬戸内寂聴の『いよよ華やぐ』のヒロインたちと共通するところが多いと言える。何よりも彼女たちは、〈年寄りだから、老いているのだから〉という理由で、自分の精神と生活を世間の通念による枠組みで縛ろうとしない。好奇心が旺盛で、自分の好奇心の赴くまま、新しいことに思い切ってチャレンジしようとする。さきに、心に「投企《くわだて》」を持つことは貴重であり、「良好な健康にもまして、老人の最大の幸福《チャンス》は、彼にとっても世界がまだ目的にみちていることである」というボーヴォワールの言葉を見たが、来年には何をしようかとワクワクしている歌子にとって、まさに世界は「まだ目的にみちて」いるのである。そして、歌子には社会性があって、精神的にもまた実際の行動においても、自分以外の人びとと繋がっている。あちらこちらに出かけていろいろな人たちと知り合いになり、また彼女には孫ほどの年下のボーイフレンドもいるのだ。

ボーヴォワールがあり得べき老人像として語ったあり方は、日本では瀬戸内寂聴や田辺聖子の小説の中で、初めてほぼその理想通りの老人像が描かれたと言えるかも知れない。

四

さて、ここで注意したいのは、老いの理想像を描いたのが女性作家であり、主人公たちも女性であったということである。歌子は、「日本の男は、／「みなどっか、おかしいぞーっ」／と叫びたい」と語っているが、これは彼女の三人の息子のことを念頭に置いての発言である。長男も次男もそして三男も、世間体を過度に気にする男性たちで、歌子に比べれば情けないほどに俗物だと言える。亡夫が「弱気で無能」であり、息子たちも「不出来」だと思っている歌子は、「（略）この日本では、人間のデキは、男より女のほうが上ではないか」と思っている。残念ながらと言うべきであろうか、もちろんすべてではないが、どうも男性の方が駄目なようである。

その駄目ぶりを作者自身もどうもしっかりと認識しないままに描かれているのが、渡辺淳一の小説『孤舟』（集英社、二〇一〇〈平成二二〉・九）ではないかと思われる。この小説は、大手の広告関係の会社で取締役にはなれなかったものの、上席常務執行役員までになった主人公の定年後の物語である。大谷威一郎は社内の主流派閥から外れていたために規程通りに六〇歳で定年退職を迎える。実は、大阪の関連会社に社長として行く話もあったのであるが、その会社は小さく、自分のそれまでの業績に比べて不似合いだと思い、その話を蹴って退職したわけである。しかし、退職後に待っていたのは、為すべきことの無い全くの無為の生活で、妻からも疎んじられるような毎日であった。

たとえば、飼い犬を連れて散歩していると、「見知らぬ人が見たら、朝から暢んびり犬と散歩する恵まれた人、と映るかもしれない」が、「しかし実態は、行くところがなく、暇で妻に追い出された男に過ぎない」というふうに思う。威一郎には妻と二人の成人した子どもがいて、長男は家を出て生活し、長女は家から会社に通っていた。物語は後半に至って、無為に飽いた威一郎がデートクラブで知り合った二七歳の、小西という若い女性と付き合う話が中心になる。ちょっとした恋愛じみた展開である。と言っても女性の方は半分仕事で付き合っているわけである。

もっとも、小西は優しく親切なところのある女性であった。その彼女の好意を自分に都合のいいように解釈している威一郎は、彼女を京都旅行に誘おうと考えて計画まで立てるが、今度結婚することになったと彼女から告げられ、あっけなく振られることになる。しかし、威一郎が今の自分は「肩書きも、なにもないんだ」と言うと、小西は「それで、いいじゃありませんか」と言い、その言葉によって威一郎は「よかった、そういわれて、少し自信がでてきたよ」と応え、威一郎なりに「よし、今日から新しく生きていこう」と少し前向きになるところで、物語は終わっている。

ところで、上野千鶴子は『男おひとりさま道』〈法研、二〇〇七〈平成一九〉・一一〉で、リタイアしてもかつての企業社会などでの社会的地位に縛られていて、自らの弱さや現在の力の無さを認めようとしない男性は、結局は周囲から孤立してしまい、不幸な老後を送ることになる、ということを述べている。精神科医の上野博正も「したたかな老い――挫折をテコにした長期計画のすすめ」という論文(『老いの発見4老いを生きる場』〈岩波書店、一九八七〈昭和六二〉・二〉所収)で、そういう傾向が強いのは企業社会で出世したエリート男性に多いと述べている。威一郎はその典型例である。だから彼は駄目な老人男性なのだ。もっとも、威一郎は六五歳の少し前であるから、現在の老年の規準からすればまだ老人ではないわけであるが、しかし定年退職しているし、年齢もほぼ六五歳に近いわけだから、老年に片足が入っている男性と言えよう。次に彼の駄目なところを見ていこう。

自分に親友がいないことについて、威一郎はこう思っている。「稀《まれ》に親友がいたとしても、社会的地位と、経済力も同じくらいでないと成り立たないが、六十歳を過ぎると、そんなケースはまずありえない。／なんとも、男は孤独な生きものである」、と。たしかにそういう面もあるであろうが、実は本人の友人観がそのように狭いものだから、親友ができないのである。また、何か新しく学び始めようかと思ったときに、「はっきりいうと会社で地位が上がり、まわりから一目《いちもく》おかれて評価される、そのためにだけ学び、努めてきたようである」と威一郎は思う。それについて彼にも反省はなくはないが、しかし会社時代の姿勢を変えることはしないのである。

また、碁会所で一度だけ囲碁を打ったときも、その後に「あそこで一生懸命、囲碁に打ち込んだところで、どうなるわけでもない」と思い、会社時代には囲碁は上役などと親しくなるというメリットがあったけれど、「だがいま、あんな所であんな男とやったところで無駄である。いまさら彼等と親しくなったところで、今後の自分のプラスになるわけではない」というふうに思うのである。損得から物事を考えるという功利主義から離れられない以上、威一郎の老後は不幸である。ユング心理学の第一人者であった河合隼雄は、論文「文化のなかの老年像　ファンタジーの世界」(『老いの発見2　老いのパラダイム』〈岩波書店、一九八六〈昭和六一〉・一二〉所収)の中で、人びとが忙しくしているとき、「(略)老人は何もしないでそこにいること、あるいは、ただ夢見ることが、人間の本質といかに深くかかわるものであるかを示してくれるのである」(傍点・原文)と述べ、「(略)「無駄を大切にしよう」と老人の知恵は語る」と語っている。威一郎はその「知恵」の大切さが全くわかっていない男性なのである。

カルチャークラブの雑誌を見ては、「(略)こちらは一流大学を出ているのに、いまさら若者や主婦と一緒というのもおかしなことである」というふうにも威一郎は思う。本当に度し難いほど、威一郎は愚かでつまらない男である。情けなくもなり、また哀れでもある。家の風呂掃除をしても、「(略)それにしても妻や娘が入る風呂を掃除するとは……。／これでは、浴室の掃除係になったと同じではないか」とも思う。「掃除係」でいいではないか、どうしてそれでいけないのだと言いたくなるが、こういう言葉から彼が掃除係の人たちをどのような眼で見ているかもわかるだろう。こういうふうな意識がある限り、威一郎の老後の生活は辛く生きづらく不幸なものとなるであろう。そう思うと、威一郎のことが少々気の毒にもなるが、しかしそれは彼の身から出た錆だと言えよう。

小説の最後で威一郎は、「よし、今日から新しく生きていこう」と思うが、それは可能であろうか。日野原重明は、『豊かな老いを生きる』(春秋社、一九九五〈平成七〉・一〇)でこう述べている。「若い人の生活、中年の生活、老いの生活、そして老いの姿が別々にあるのではなく、老いの姿は、若いころの歩き方、生き方、食べ方から、延々とつながっており、同じ道の延長線上にあるのだということに気づいてほしいのです」、と。ボーヴォワールも同じ様なことを、たびたび言及した『老い』の中で述べている。すなわち、「（略）彼は老化による変質を受けながらもかつてそうであった個人でありつづける、つまり彼の晩年は大部分彼の壮年期によって左右されるのだ」、と。おそらく、そうであろう。そして、そうならば、どうも威一郎には老後の新しい人生は難しいのではないかと思われる。

もしも、男性の多くが大なり小なり威一郎的なところを持っているとすれば、男性の老後には厳しいものがあることになるだろう。むろん、威一郎のようには出世する人の方が少ないわけだが、それでも家庭の中で権力者であったりすると、やはり威一郎と同じ様な老年期の生活となるであろう。それに比べて、『いよよ華やぐ』の女性たち、姥シリーズの山本歌子は本当に元気がいい。彼女たちは威一郎のようなつまらぬエリート意識も、また人や職業に対しての偏見なども無いことが彼女たちの老年期を輝かせていると思われる。それとともに、彼女たちが健康と経済力に恵まれていることである。もちろん、経済力は彼女たちのそれまでの人生での努力によって蓄えられてきたわけであるが、それにしても羨ましくなるだろう。歌子は、シリーズの最後の『姥勝手』でこう語っている、「（略）女であって年寄り、という存在は、人一ばい金が要る。／なんのために？／プライドと自立を守るためである」、と。

たしかにそうであろう。老年期を生きる彼女たちの姿勢には大いに学びたいが、なかなかそうもいかないところもあるであろう。最後にそうもいかない老いを扱った小説と、爽やかな老年期の恋の話を見てみたい。

五

老いの問題は言うまでもなく、自分自身の老いの問題だけでなく、たとえば家族の老いの問題がある。その家族の老いの問題を扱った小説を〈介護小説〉と言ったりする。戦後で有名なのが、いわゆる痴呆老人の問題を描いた有吉佐和子『恍惚の人』（新潮社、一九七二〈昭和四七〉・六）である。初老にさしかかる夫婦が八四歳の父親を介護する話である。この小説によって痴呆のことが一般世間にも知られるようになって、「恍惚」という言葉は流行語にもなった。もちろん、介護のことを扱った小説は以前にもあり、たとえば先にも言及した川端康成の若いときの作品、満年齢で一六歳のときの自分の日記を元にした『十六歳の日記』（「文藝春秋」、一九二五〈大正一四〉・八）も、その一例と言えよう。これは盲目のお祖父さんを一六歳の少年が介護する話である。

比較的近年では佐江衆一の『黄落』（新潮社、一九九五〈平成七〉・五）がよく読まれた小説である。これは、六〇歳の夫婦が九〇代の父親と八〇代の母親を介護する話である。この父母は主人公で語り手の男性の親で比較的近所に住んでいた。やがて母親の方が自分の息子のことを「これ、弟なんです」とボケ始める。そして、夜寝ているときに夫の首を絞めるということもやり始める。主人公は、父親の昔の浮気相手の女性に対する憎悪が噴出したのではないかと思ったりもする。もっとも、母親は完全な痴呆ではなく、ときどきは正常な意識に戻るという、いわゆる〈まだらボケ〉である。やがて母親は自らほとんど食を断ち、衰弱の内に死んでいく。主人公は、母は自分たちにこれ以上迷惑をかけまいとして、死のうとしていたのではないかと思う。実は主人公には、「（略）父と母が死んでくれたらと願う気持が脳裡の片隅に浮かんでくる」ということもあった。

この小説では、介護が介護している夫婦の仲をおかしくすることも語られていて、主人公は義理の父母の介護に疲れている妻に「離婚しよう」と言い、それに対して妻は「（略）あなたは卑怯よ。離婚なんか持ち出して」と応える。また、妻の死後、子どもたちに引き取られた父親はいよいよ痴呆が進んで盗まれてもいないお金を盗られたと言ったり、性的なことをあからさまに言ったりする。結局、父親は老人ホームに入ることになるが、九四歳の父はそのホームで八〇歳の女性と仲良くなり、俳句を嗜んでいた父はその女性に俳句の手ほどきをしたり、また「室内には二人だけで、父と老婆はたがいの耳に口を寄せて何やら睦まじくささやき合っていた」ということもあった。二人のことはホームの中で噂になる。

このあたりの話が、老人にもある性愛の問題という点で〈やはり〉と思わせるわけだが、作家である主人公は、一休宗純が七七歳でうら若い盲目の女性である森侍者《しんじしゃ》と知り合い、八八歳で遷化するまで彼女との性愛に耽ったこと、また七〇歳の良寛和尚が二九歳の美貌の尼であった貞心尼と恋を語り合ったことを思い浮かべて、「（略）それが老父の唯一の生甲斐だろうと思うと、ほのぼのとした気持も湧いてくるのである」というふうに思う。とは言え、「九十四歳の人生最後の恋を、小説家である私は賞賛している」ものの、「しかし、息子の私はそれが出来ない。（略）母のためにも出来ない」と思っているのである。

小説は何の解決もその方向もないまま、閉じられているのだが、これは介護に纏わる問題、老年期に付きまとう問題を提示した小説と言えよう。重たい問題を投げかけているわけである。さらに重たいのがいわゆる老々介護の問題である。たとえば耕治人の小説『そうかもしれない』（晶文社、二〇〇七〈平成一九〉・二）である。これは妻が痴呆になり、夫が介護する物語である。夫婦は同年齢で物語の初めでは七九歳で、終わりでは八一歳になったとされている。「脳軟化症」になった妻は特別養護老人ホームに入るのだが、夫のことも認識できない状態になる。介護の人に「このかたはご主人ですよ」と何度目かに言われたとき、「そうかもしれない」とはっきりと返事する。小説の題名はここから採られている。妻がそう言っても、主人公は落胆するわけではなく、妻が五〇年あまりも自分の服の洗濯をしてくれたことをしみじみと感じたり、ホームの浴槽で介護者の二人の女性に体を洗ってもらっている妻を見て、「（略）涙でかすんだ私の眼に、この世ならぬ美しいものに変ってゆくように思われた」と語られている。

『そうかもしれない』は老々介護という辛い現実が語られているわけだが、介護する者はむしろ介護される側の人に感謝の気持ちを改めて感じるという話になっている。先の『黄落』とは介護の辛い現実という点においては共通していても、介護側の気持は全く違うのである。

こうして見てくると、老いや老人をテーマにした小説でも、その老いには様々なあり方があることがわかる。もう一つ、老人が主人公の小説に触れておきたい。それは黒井千次の『高く手を振る日』（新潮社、二〇一〇〈平成二二〉・三）で、これは少しロマンティックな物語である。すでに妻を亡くしている稲村浩平は現在七〇代に入った男性で、学生時代に妻とともに友人であった稲垣重子（旧姓・瀬戸）と再会する。彼らは以前にも共通する友人の葬式で会ったこともあるのだが、今はその稲垣重子もすでに夫を亡くしていた。実は、二人は若いときに一度だけ接吻したことがあった。厳密には唇を合わせた回数は二度であるとされているが、それは連続してのものでしたから、やはり一度の接吻と言うべきであろう。接吻したのはもちろん互いに好意を持っていたからである。しかし接吻は偶発的な出来事であったと言え、稲垣重子は接吻の事実など無かったかのように、それ以後は振る舞ったようなのである。

そして、月日が経って二人は会ったのだが、ここで面白いのが浩平の心理である。たとえば、会う約束の数日前からいつもと違う気分になり、また不安感を持ったりする。「久しく身に覚えのない気分だった」と語られている。そして、相手の言動をあれこれと解釈したり、会った後すぐに礼状の葉書を出しておけば良かったと後悔したり、ドキドキとときめいたりもして、要するに恋の渦中にある若者と変わらない心理反応をしていることである。何歳になっても、恋をしている人は若い時と変わらないようである。結局、重子は自分から老人ホームに行くことにする。二人はその前に、もう一度今度は熱い接吻をする。そして、ともかくもしばらくはお別れだというところで話は終わる。本の帯にあるように、この小説は「七〇歳を越えた男と女の純愛小説」と言えるが、年を取っても条件さえ揃えば、そういう純愛もあるのかも知れないと思わされ、なかなか元気の出る小説になっている。

さて、最後に触れておきたいことは、死の問題である。老いの境涯が一般に寂しくて辛いものだと思われているのは、老いると体力が衰え思考の力も鈍って病気をしがちだということがあるであろうが、やはりより端的には老年期が死と近接しているからだと言える。老人とはもうすぐ死ぬ人だというわけである。たしかに、若者や中年と比べれば死に近い存在である。しかし、死を悲しいもの不幸なこととしてのみ捉える考え方から、私たちは一度抜け出るべきではないだろうか。日野原重明も「（略）死自体をもっと明るい太陽のもとに引き出してもいいのではないでしょうか」（『豊かに老いを生きる』）と述べている。たとえば、死を自分の人生の完成として捉えるような見方をしたり、あるいは、自分は死すべき存在だということを、常に自覚しつつ生きるというあり方もあるであろう。

そこで思い起こされるのは、内田百閒である。還暦の翌年から以前に勤務していた法政大学の教え子たちが、〈百閒、まだ死なないか、〈まァだかい〉〉という意味で、「摩阿陀会」というのを毎年一回百閒を招いて行うことにしたのである。以後約二〇年間、「摩阿陀会」は百閒の死の直前まで開かれている。面白いのは、この会を始める言わばプレ「摩阿陀会」では百閒の葬式を済ませていることである。これは、死から眼を逸らすのではなく、笑いながら死に向き合って生きていくような老いの人生を、百閒にはしてほしいという教え子たちの思いが込められていたためであろう。また、ちょうど同じ時期から、百閒は計三万キロを越える「阿房列車」の旅を始めるのである。これはただ列車に乗って旅に出ることが目的の汽車旅行で、まさに無目的で無駄な旅である。先に河合隼雄が述べた、〈何もしないでそこにいること〉の大切さ、あるいは「無駄」の大切さについて見たが、百閒は還暦を過ぎてからまさにそれを実践したわけである。

百閒を大いに見習いたいものであるが、やはり死から眼を背けず、好奇心が芽生えればそれに素直に従っていろいろなことにチャレンジし、〈年寄りらしく〉とか〈老人のくせに〉という世間の通念に囚われることなく、恋心が芽生えれば恋をするべきで、ともかく日々を前向きに楽しもうとして生きていくことが大切だということが、老いを扱った小説から見えてくる。作家の宇野千代は九八歳の天寿を全うしたが、彼女は最晩年のエッセイ『私　何だか死なないような気がするんですよ』（海竜社、一九九五〈平成七〉・一二）で、「この年になっても、生きるということは考え方一つで、毎日毎日、なかなか面白く愉しいものです」と語っている。

老いの問題は社会がそれをどう考えるかという問題と大きく関わってくるが、少なくとも個人の心構えとしては山本歌子や阿紗たち、さらに宇野千代のようにありたいものである。

井上靖『孔子』論
——社会改良家としての孔子像

一

『孔子』は、一九八七（昭和六二）年六月から翌一九八八（昭和六三）年五月まで「新潮」に連載され、その翌年の一九八九（平成元）年の九月に新潮社から単行本として出版された。その執筆時期は井上靖が満八〇歳の時とほぼ重なり、小説『孔子』は井上靖にとって最晩年の長編小説である。そのことから、『孔子』には井上靖が到達した最後の境地というものが書かれているのではないかと考えられる。あるいは、井上文学の終着点がそこには示されているというふうにも言えよう。ところで、執筆の一年前になる一九八六（昭和六一）年の九月には、井上靖は食道癌の手術をしていて、一一月に退院している。『孔子』はその病気からの回復後に書かれた小説ということになり、『孔子』には病気が何らかの形で影響を与えているかも知れないとも考えられる。この影響の問題については、後にも触れたい。

さて、『孔子』は巧みな構成で成り立っている小説と言える。それは、蔫薑《えんきよう》という、記録には残っていない架空の弟子が、孔子没後「三十三年」経って、「孔子研究会」の人々に孔子とその弟子達の話をするという形式になっていることである。このような、架空の弟子が師や高弟のことを語るという形式は、すでに曾根博義が新潮文庫『孔子』の解説で指摘しているように、前作の『本覺坊遺文』でも試みられているものだが、曾根氏が述べているように、おそらく井上靖には様々な人間関係のなかで師弟関係が一番好ましいというような考えがあったと思われる。孔子は、魯の国で当時の魯を実質的に支配していた三つの勢力、すなわち季孫氏、叔孫氏、孟孫氏という三桓氏の勢力を抑えようとして失敗し、魯の国を弟子たちとともに去って、それから約一四年間の外遊に出たのであるが、蔫薑はその外遊中の五年目に孔子の一行に加わったことになっている。この時、孔子は六〇歳、子路は五一歳、顔回は三〇歳、子貢は二九歳、そして蔫薑は二五歳である。

しかし、蔫薑は正式な弟子ではないということになっているのである。蔫薑によれば、蔫薑は孔子の「教団」に「紛れ込み、そのまま居坐ってしまったような形で、子にお仕えした者で」あり、「教団の下働きを受持たせて貰って」いる人間である。蔫薑はこうも語っている、「門下生だと申しましたら、子は優しくお笑いになることでありましょうし、他の門下生たちは、多少、それは困るといった顔をなさることでありましょう」、と。したがって、小説『孔子』で語られている、孔子の思想と人柄や、また高弟たちの人間性などについての見解は、あくまで末弟とも言えないような蔫薑のものであって、その見解が実際の孔子像や高弟像にどれだけ近いかなどといった問題は、論《あげつら》っても仕方がないということになる。たとえば蔫薑も、「孔子研究会」から出た質問について、「質問の要旨がいずれも、私にはたいへん難しく、蔫薑の貧しい知識では、お答えできないことが多々あろうかと思います」というふうに、予め予防線を張っていると言える。さらには、「何分、公然とは門弟とは名乗れないような私の立場。」とも語っている。

そこまで卑下しなくてもいいと思われるが、ともかくも語り手の蔫薑をそういう人物に設定にしておくことは、井上靖が自身の抱く孔子像や高弟たちの像を、自由に思い切って語ることのできる仕掛けになっているわけである。つまり、蔫薑は孔子から遠いところにいたのではないが、子路や子貢、顔回などのような高弟ほど近くにいたのでもなく、そういう蔫薑の位置が孔子を自由に語る際に絶妙の位置だったと考えられる。

また「孔子研究会」の人たちに三〇年以上も前のことを蔫薑が回想して語るという設定も、孔子の一行たちを言わばある程度突き放して見ることができるという点において、その語りに客観性を持たせつつ、且つ実際に自分もその旅の一行の一員であったことからくる臨場感をも併せ持たせることができて、蔫薑の語る話に説得力が出ることになる。もっとも、蔫薑は末弟とも言えないような存在であり「貧しい知識」しか持っていないとされていて、そうなると彼の話には独断性が出てくる偏りもあることになるわけだが、蔫薑は自分の話の後に「孔子研究会」の人たちからの質問や意見を言ってもらう時間を取っていて、そこで様々な人々の見方にも蔫薑は耳を傾けている。そのことによって、蔫薑の話にあるかも知れない独断的な危険性から免れていることにもなるのである。このことも読者に対しては、この小説の説得力を増すことに繋がると言えよう。

このように蔫薑の話には、実際に孔子の一行の一員となって孔子とその高弟たちの謦咳に接したことがあるという強み、しかし孔子亡き後三〇年以上も経っていることで、孔子たちをある程度は突き放して見ることのできる位置に立っているという意味における、客観性の確保という点での強み、またその強みは、「孔子研究会」の人々の意見等を紹介することによって一層増してもいるということ、これらのことによって先ほども述べたが、読者に対しては説得力のあるものとなっていて、蔫薑は架空の人物であるにもかかわらず、彼の話は実際の孔子たちの人柄や思想を本当に伝えているもののように思われてくるだろう。と言っても、もちろん井上靖には、小説『孔子』で語った事柄は、全く虚構ではなく、少なくとも孔子の思想の本質部分を精確に伝えているはずだという自負があったのではないかと思われる。

それでは、その孔子の思想の本質部分とはどういうものだったと井上靖は考えていたのか。それについて次に見ていきたい。

二

まず、有名な〈仁〉についてであるが、たとえば貝塚茂樹は『孔子』（岩波新書、一九七七・一二改版）で、「孔子はこの人間性の完全に実現された状態をば仁《じん》という言葉で表現し、仁をば人間修養の究極の目的と措定したのである」と述べている。また木村英一も『孔子と論語』（創文社、一九七一〈昭和四六〉・一）で、「一方、孔子の教えた最高善もしくは善そのものは仁で、仁の内容は「忠恕」であることは、論語の記述によって立証できる（里仁・雍也・衛霊公）」と述べている。

そのような捉え方に対して、井上靖の『孔子』は少し違っている。蔫薑は、「私は〝仁〟に関してお話する、何の資格も持っておりません」と例によって謙遜しているが、しかし孔子の話として「記憶に遺っている」ものとして、仁という漢字の形からそれが二人の人間が守らなければならない「規約とでもいったもの」であり、それは「〝思いやり〟、相手の立場に立って、ものを考えてやるということ」であって、世を動かす大きな立場にいる人の「大きい仁」も、またそうでない人の「小さい思いやりの〝仁〟」も、「（略）

その核心になっているものは、おそらく同じ人間への愛というか、人間として誰もが持っていなければならぬ〝まごころ〟というか、そういうものであろうかと思います」と語っている。要するに〈仁〉とは、「究極の目的」とか「最高善」とかいうものではなく、むしろその反対に人が最低限持っていなければならぬものとされていることである。

金谷治は『孔子』（講談社学術文庫、一九九〇〈平成二〉・八）で〈仁〉について、〈仁〉という言葉は『論語』の中で百回近くも表れているが、その「意味内容を的確にとらえることはなかなか難しい」としながらも、「わがまごころにもとづく他人へのおもいやり、わが身を他人の身にひきつけて他人の心をおしはかっての行動、そこには自分と他人とが共に生きる道がひらかれている」（傍点・原文）と述べている。蔫薑の語る〈仁〉の内容は、この金谷氏の説明に近いと言えるが、このように〈仁〉とは、「人間として誰もが持っていなければならぬ〝まごころ〟」であるとされると、孔子の教えから道学臭的なニュアンスが消えて私たちにも馴染みやすくわかりやすい教えになるだろう。おそらく、井上靖は孔子の教えをいわゆる儒教の道学臭から解き放ちたかったのではないだろうか。

つまり、孔子の〈仁〉の教えは、誰の心の中にも種《たね》としてある〈思いやり〉の心を育てたものであって、もしもそれとは反対に「人間修養の究極の目的」とか「最高善」であるというふうに考えるならば、私たち凡人では容易に近づけない、恐ろしく難しい教えになるが、孔子の教えはそういうものではなかったという考えが、蔫薑の言葉から窺われよう。もちろん〈仁〉は、「最高善」のあり方を言ったものなのか、「人間として誰もが持っていなければならぬ〝まごころ〟」を言ったものなのかということについては、にわかには判断できないが、しかし蔫薑の解釈の方が、『論語』一冊を読んだ限りでの印象に適合するだろう。孔子は難しいことを言ったのではなく、誰でも反省する心を持って努力すればできることを、〈仁〉という言葉に込めていたのではないか、井上靖はそう考えていたと思われる。その点に眼を向けると前述したように、小説『孔子』にはたとえば〈仁〉に関わって、多くの日本人が持っている、儒教の創始者としての孔子についてのイメージを、すなわちそれは前述した道学臭的なニュアンスや、さらには謹厳実直な聖人君子のためだけにあるような小難しい印象を、変えたかったというモチーフもあったのではないかと思われる。

さて、次に〈天命〉あるいは〈天〉と〈命〉というものを、蔫薑つまりは井上靖は、どう解釈しているかという問題を考えてみたい。〈仁〉の問題は第四章で集中して語られていたが、〈天〉や〈命〉は第一章から第五章までのどの章においても何らかの形で触れられていて、やはり〈天〉や〈命〉すなわち〈天命〉の問題が、この小説において一番大きなテーマの一つであったことがわかる。まず第一章では、魯の国を出て孔子が最初に自分の政治社会思想を実現しようとして頼みにしていたのは北方の強国・晋であったが、その晋の国で政変があったため晋国行きを中止にする。そのとき黄河の津（渡し場）において、「美なる哉、水！　洋々乎たり。丘《きゅう》が渡らざるは、これ命ならんか」と孔子が言った、と蔫薑は語っている。さらに蔫薑は、「確かに子の黄河を渡らないのは、天命というものでありましょう」、とも語っている。

この「美なる哉……」の言葉は『論語』にはなく、司馬遷の『史記』の中の「孔子世家《せいか》」の箇所で語られている言葉である。「孔子世家」によれば、孔子に協力してくれるはずの、晋国の二人の「賢大夫」が殺されたために、孔子は黄河を渡らず晋国行きを断念した。この「美なる哉……」という言葉はそのときの言葉であるが、これは小説『孔子』の第二章でも出てくる。そして第二章では、この孔子の言葉について蔫薑は次のように説明している。すなわち、「子は御自分の生涯を、天からの使命実現のために捧げる決意をなされ、そうした道を一歩、一歩、着実に歩かれている途上、一度ならず、〝命ならんか〟とお号《さけ》びにならずにはいられなかったのであります。天命であります。天命とはふしぎなものでございます」、と。この説明には、蔫薑が物語の中で繰り返し語る〈天命〉という言葉は、言わば両義的な意味を持つとする、〈天命〉について蔫薑の解釈が表れ出ている。つまり〈天命〉には、一つは「天からの使命」という意味と、もう一つは必ずしも好ましい状況にはならない場合もあるということを指すときの意味合いとの二つがあるわけである。

やはり第二章の他の箇所でも、蔫薑は同様なことを語っている。それは、『論語』「陽貨」篇一九の中の、「子の曰《のたま》わく、天何をか言うや、四時　行なわれ、百物　生ず。天何をか言うや」（以下、『論語』からの引用は、岩波文庫『論語』の金谷治の訓読による）という言葉、そして「憲問」篇三八の中の、「道の将《まさ》に行なわれんとするや、命なり。道の将に廃《はい》せんとするや、命なり」の言葉を受けて、蔫薑はこう述べている。「天命を知るということは、こういうことでございましょうか。御自分のお仕事を天から受けた大きい使命だとお悟りになったことが一つ、それと同時に、その仕事が天の弛みない自然の運行の中に置かれる以上、すべてが順調に運ばれてゆくということを期待することはできず、思いがけない時に、思いがけない困難に、いろいろな形で曝《さら》されることもあるであろうということを、確《しっか》りとお悟りになったことが一つ、――この二つを併せて、このことが天命を知るということになるのでございましょうか」、と。

同じ様な内容であるが、第二章のさらに他の箇所では、「為政」篇四の有名な「吾れ十有《ゆう》五にして学に志《こころざ》す」の箇所で言われている、「五十にして天命《てんめい》を知る」の言葉に関して、「自分の仕事としては、天からの使命感を帯びているようなものを選ばねばならぬし、また選びたいものです」と述べた後、「併し、そうしたことと同時に、（略）天からはいささかの支援もないかも知れません。――これはこれで、はっきりと肝に銘じて承知しておかねばならぬことでありましょう」と語っている。つまり、〈天命〉を知るということは、天からの使命を自覚するということであると同時に、天はいささかも援助してくれないということ、失敗したとしてもそれはなるべくしてなったのだということを覚悟することでもあるという意味合いもあるというわけである。〈天命〉を知るということは、その二つの意味合いを了解することだと蔫薑は言っているのである。

〈天命〉を知るという意味には両義性があるという蔫薑の解釈すなわち井上靖の解釈は、必ずしも特異なものではないようである。たとえば吉川幸次郎は『「論語」のために』（筑摩書房、一九七一・六）で、人間には大きな可能性があり、それを信じて進まなければならない、「それが人間の使命である」としながらも、他方で「しかしそれとともに人間は多くの限定をもっている、限定をもっているということを心得て、使命あるいは運命に邁進する」と語っている。この吉川氏の「論語」解釈はその全体においても、蔫薑の解釈に近いものがあるが、しかし蔫薑つまりは井上靖の解釈はそれよりもさらに一歩進んで人生についてより積極的な姿勢を持とうとする、さらには持つべきだとする解釈だと言える。

たとえば、『論語』「顔淵」篇五の中に「子夏が曰《い》わく、商《しょう》これを聞く、死生　命あり、富貴　天に在り」という言葉がある。これは金谷治の訳では、子夏すなわち「商（このわたくし）はこういうことを聞いている、『死ぬも生きるもさだめあり、富みも尊《たっと》さもままならぬ。』と。」（傍点・原文）となっているが、蔫薑はこれについて次のように語っている。「死生も、富貴も、結局のところは天命であり、人力の如何とも為《な》し難い問題であります。と言って、生きるように努力しなければなりませんし、事の大成に向っても、これまた努力しなければならない。その上に於ての天であり、命であります」、と。引用が続くが、さらにこうも述べている。「天が応援してくれるか、妨害するか、そうしたことは一切判らないが、兎《と》も角《かく》、人間はこの地上に於て、正しく生きることを意図し、それに向って努力しなければならないのである。そうした人間を、必ずや天は嘉《よみ》してくれるに違いない。〝嘉す〟とは、天が〝よし〟として下さることである」、と。さらに「人間としては、それでいいではないか」として、続けて「それ以上のことになると、天にしても、手が廻りかねるというものである」と語っている。

このように、孔子の言った〈天命〉には両義性があると蔫薑は考えているのである。そして、必ずしも〈天〉が応援してくれるとは限らない場合もあるが、しかしそれでも人は「事の大成に向って」「努力しなければならない」というところに、蔫薑の理解の重点はあるわけで、そこにまたこの『孔子』の最大のテーマがあると言える。それは、運不運さらには幸不幸も含めて人生を肯定し、その上で人々を激励しようとする姿勢である。作者の井上靖は小説『孔子』を通して、現代人に対してそういう人生肯定のメッセージと、そして励ましのメッセージとを語っていると思われる。したがって、『論語』で語られている多くの事柄についての蔫薑の解釈は、ほとんどすべてが今述べたテーマを中心に展開されているのである。次にそれらについて見ていきたい。

三

『論語』で有名な言葉の一つに、「子罕」篇一七に「子、川の上《ほとり》に在りて曰《のたま》わく、逝《ゆ》く者は斯《か》くの如きか。

昼夜を舎《や》めず」というのがある。「川上の嘆」として有名な言葉である。井上靖は「孔子の言葉」(『税務大学校 税大通信』第56号〈一九七一・一・二〉)と題された短いエッセイで、『論語』に収められている孔子の言葉の中で、この言葉が「一番好きなもの」だと述べている。さらにこの言葉については、「失意の時は失意の時で、人生流転の相をある諦観をこめた思いで感じ、得意の時は得意の時で、生々発展の盛んな流れとして人生というものに奔騰するエネルギーを感じているのである」、と語っている。先に蔫薑つまりは井上靖の『論語』解釈は、吉川幸次郎のそれと共通するところが多いということを述べたが、「川上の嘆」の解釈に関してもそのことが言えよう。

この言葉について吉川幸次郎は前掲書で、「(略)悲観、楽観、両方の意味を含めていると読むことはできないかと考えております。時間は確かにものを時時刻刻に過去に移して参ります、滅亡の原理でもあります。しかし同時にまた、時間があればこそ人間の生命はあり、進歩はあるのであります。それは生命を奪うものであるとともに、生命を伸ばすものでもあるのであります」、と述べている。そして、「かく人間への楽観を中心とし、人間の可能性を強く信ずるとともに、そこには人間の力ではどうすることもできないものも人間を見舞うことがある、そうした嘆きに対しても孔子は決して鈍感ではなかった」とも語っている。因みに金谷治は、「吉川幸次郎博士の説は、いかにも興味深い」と『孔子』(前掲書)で述べている。

そして蔫薑も、この吉川説とほぼ同様の解釈している。すなわち蔫薑は、この言葉については門下生たちはそれぞれに解釈したであろうが、「人生というものに対する詠嘆」がこの言葉の底にあるという解釈においては「みな同じようであります」と述べ、しかし自分は全く別のものをこの言葉から「頂戴しました」として、それは「一口で言うと、〝生きる力〟とでも言うものでありましょうか」と語る。つまり、川の流れも人間の流れも同じであり、「長い流れの途中にはいろいろなことがある。併し、結局のところは流れ流れて行って、大海へ注ぐではないか」ということを語った言葉なのであり、決して無常観やペシミスティックな嘆声というものではない、というふうに蔫薑は解釈するのである。

もしも、以上のようなことだけならば、蔫薑の説は吉川幸次郎の説と同じだと言えるだけであろうが、しかし興味深いのは、先にも少し触れたように蔫薑の考えがそこからさらに進んでいることである。川の流れが大海へと流れ込んでいくように、「それと同じように、人間が造ってゆく人間の歴史も、歴史の流れも亦、人間が太古から夢みている平和な社会の実現へと、いつかは繋がってゆくことであろう。繋がってゆかぬ筈はない」と論を展開しているのである。つまり、人間一人ひとりに対しての悲観楽観の双方を併せ持った見方ということに留まらず、その双方の見方を人間社会全体にまで拡げて、さらには理想的な「平和な社会の実現へと」繋がるものとして、この「川上の嘆」の意味合いを捉えようとしている。ここまで押し広げた見方は、吉川幸次郎の解釈には無いものである。

また、この見方から窺われるのは、蔫薑が語る孔子像、つまりは井上靖が語る孔子像というのは、いかにも道学者的な存在ではないことはもちろんだが、さらには哲学者や思想家というあり方とも離れていて、言わば社会改良家、もっと言うならば社会改良を志す実践家としての面が強く出ている人物となっていることである。したがって孔子は、哲学的な問題やあるいは形而上学的な問題に深入りすることはしない人物として描かれている。

たとえば、思想の問題としては興味深い、『論語』「微子」篇の六および七で語られている、隠者たちとの出会いの箇所も、さらりと語られているだけである。「微子」篇の六では、長沮と桀溺という二人の隠者風の男が田を耕しているところを孔子たちの一行が通りかかり、彼らに渡し場を尋ねたのだが、孔子たちに対して、あなたたちは乱世を改めるようなことは考えず、世間を棄てた生き方をしたらどうか、ということを言う。それに対して孔子は、自分は人間の仲間と一緒に居るのであり、鳥や獣と暮らすわけにはいかないと述べたという箇所である。『論語』では、「夫子憮然として曰《のたま》わく、鳥獣は与《とも》に群を同じくすべからず、吾れ斯《こ》の人と与《とも》にするに非ずして誰と与《とも》にかせん」と語られているところである。この箇所は道家思想と違う儒教思想の核心に触れる箇所、すなわちあくまで人間社会とその中での人間倫理の問題を重視する箇所として興味深い問題を提起していると言えるが、蔫薑はそういう哲学論議には入ろうとしないのである。

蔫薑はこの二人の男について、子路は隠者だとし、子もそうお考えであったようだが、「私の眼にはそう映りませんでした」として、彼らはおそらく蔫薑と同じく蔡国の出身者で、ある程度高い地位にあったが、蔡国が楚に破れて楚の人の下で働くのを潔しとしない連中ではないかと思ったと語られている。要するにこの箇所は、道家思想と儒教思想との違い云々というような、いささか思弁的な傾きも出てこなくはないような議論にするのではなく、長沮も桀溺も単に世を拗ねたひねくれ者として処理されているわけである。また、「微子」篇五では「鳳よ鳳よ、なんぞ徳の衰えたる。（略）已《や》みなん已みなん。今の政に従う者は殆《あや》うし」ということを歌いながら通り過ぎる男のことが語られているが、「この場合も、私は相手が隠者などという気のきいたものであろうとは思いませんでした」、と蔫薑は語っている。そして、「世を拗ね、世を横目で見ないと生きて行けない男女！」というふうに語られている。ひょっとすると作者の井上靖は、隠者という存在も実は「世を拗ね」た人たちであるというふうに見ていたのかも知れない。

それはともかく、このようにして、哲学的人生観が闘わされてもいい場面でも、その問題に深入りすることなく、軽く流されている。実は、孔子自身もそうであったと言えよう。そういう問題に深入りしようとはしないのである。そして、そういう孔子について、蔫薑は批評的な言辞を一切もらさないのである。このことは宗教的な問題についても同様である。たとえば、第一章では季路（子路）が鬼神や死を孔子に問う場面が語られている。『論語』「先進」篇一二の有名な箇所である。「季路《きろ》、鬼神に事《つか》えんことを問う。子の曰《のたま》わく、未だ人に事うること能《あた》わず、焉《いずく》んぞ能く鬼《き》に事えん。曰《い》わく、敢《あ》えて死を問う。曰わく、未だ生を知らず、焉んぞ死を知らん」という箇所である。孔子は問題を正面から受け止めず、躱《かわ》しているとも言えよう。これについては小説『孔子』では、「この問題は何夜か続いて、この団欒も席の話題になり」、それぞれが感想を述べたり、自分の死生観を披露したり、それに対して「同感を表明したり、批判を加えたり」したということが語られているだけで、その議論の内容には踏み込んではいない。鬼神や死などは興味深い問題であるが、蔫薑も孔子と同じく、それらの問題に入っていかないのである。

また『論語』の「雍也」篇二二の、「樊遅、知を問う。子の曰わく、民の義を努め、鬼神を敬してこれを遠ざく、知と謂うべし。」という箇所が、第四章で問題にされているが、ここでも蔫薑は「鬼神とか、なべて信仰問題は、敬して、遠ざける。深入りしない、これが知者の天下を治める態度である」というように解説しているだけで、孔子に倣って蔫薑つまりは井上靖も深入りしようとはしない。むろん、この問題も突っ込んで考えれば大きなテーマになるわけであるが、ここもさらりと流しているのである。もっとも、「述而」篇二〇の有名な「子、怪力乱神を語らず」という言葉については、第四章で蔫薑は珍しく「怪」「力」「乱」「神」のそれぞれについて解説しているが、しかしそのまとめとしては、「（略）子はいつでも一人の人間として、冷静な立場に立っておられ、人間の理性からはみ出してしまうものは、なべてお認めにならず、お寄せつけにならなかった、こう言っていいかと思います」、と言うに留めているのである。

このように、哲学論議や宗教論議を避けて、では孔子は何を最重要の問題としていたと蔫薑は考えていたのかと言うと、それは人々が生まれてきたことの幸福を実感できる社会にしなければならないということだったと語られている。第五章で蔫薑はこう述べている。「いつでも、子はこの地球上に生れて来た人間というものについて、その倖せな生き方、生き甲斐ある生き方について考えておられました。人間、この世に生れて来たからには、いかなる時代であろうと、倖せになる権利がある。そのようなお考えが、あらゆる子のお考えの根本に坐《すわ》っていたか、と思います」(傍点・引用者)、と。この趣旨の発言は繰り返し出てくるのである。やはり第五章だが、「子は、人間はこの地球上に生れて来たからには、いかに世が乱れようと、最低限の倖せ、〝やはり、この世に生れて来ただけのことはあった。生れて来てよかった！〟――そういうぎりぎりの倖せだけは、確保しなければならぬ、そういうことを、一再ならず仰言《おっしゃ》っておられました」(同)、と。

ここで贅言すると、この当時は「地球」という概念はなかったわけで、したがって「この地球上」という言い方はやはり適切ではないだろう。それはともかく、孔子が目指していたのは、人々が「生れて来てよかった」と言える「最低限の倖せ」を実現する社会を造ることだというのは、小説『孔子』のとくに後半部分で繰り返し語られている。となると、すでに触れたように、孔子という人物は眼に見える具体的な形で人々に幸せをもたらそうとした社会改良家であったのであり、彼が哲学論議や宗教論議を避けたのも、社会改良家はそういう思弁的な議論よりも現世の幸せが少しでも増すことの方に精力を傾けるからである、ということになる。小説『孔子』における孔子像とは、実に一貫して社会改良家として描かれている。次にそれについて見ていこう。

四

ところで井上靖は、季刊「文学」（岩波書店、一九九〇・一）の「《インタビュー　井上靖に聞く――『孔子』から『わだつみ』へ――」で、『孔子』執筆にあたって三人の本を座右に置いたとして、一つは『催東辟遺著』ともう一つは銭穆《せんぼく》の『孔子伝』、そしてH・G・クリールの『孔子伝』（田島道治訳、岩波書店、一九六一〈昭和三六〉・一）であったと語っている。『催東辟遺著』は孔子一行の中原放浪を中心に置いた本のようで、また銭穆の『孔子伝』はその年譜が参考になったようであるが、おそらく自身の孔子像を構築するにあたって一番参考にしたのは、クリールの『孔子伝』だったのではないかと考えられる。

たとえばクリールは、孔子は「本来学者で無くて、革命家であり、当時の渾沌に近い世の中から脱出する方法を考えた人だった」と述べ、また「孔子は大体形而上学的で無い基礎の上に立って、政治的且つ社会的性質を帯びた、重要中でも最重要と考えた改革をやろうと企てつつあったというのが真相である」と述べている。あるいは孔子は、宗教的信仰は持っていたものの、「さして深い関心は無かった」として、それよりも「孔子はこの堪え難い世を住みよい世に変えることに興味を持っており、如何ともし難いことは孔子の関心をさほどに強く引かなかったのである」と語っている。この「如何ともし難いこと」というのは、宗教もしくは宗教が扱う世界のことである。

だから、「孔子がほとんど専心、深甚な関心を寄せていたのは、人生、而も現在この世に於いての人生であった」のであり、形而上学的、宗教的論議には背を向けて、人々にとって辛い現実を如何に変えるかという問題をこそ考え、そしてその問題が孔子にとって最大の課題として意識されていたとクリールは述べている。したがって、「道」というのも「形而上学的概念」ではないのであって、「道」の「中心概念」は「協同社会の観念」だったとしている。さらに孔子は、「一面経験論者であると共に他面理性論者であったのである」が、それは「孔子の思惟の特徴は、独断の無いこと、（略）知的民主主義を支持していたことであ」り、近世科学勃興以前の哲学者中で彼ほど「重きを柔軟性に置いた人は無かったことは確かである」と述べている。

さらにクリールは、プラトンやアリストテレスとは違って、「孔子から政治理論の討議をした話は曾て耳にしたこと無く、彼は大概いつでも近い将来に実施可能と考えた改革についてのみ語ったことである」、と述べている。そしてその「改革」とは世襲貴族の政治ではなく有徳有能なものがすべての人々のために行う政治であり、「（略）各人、おのおのがすべての人の為に、為し得る最善を挙げて寄与する相互共助の社会としたいものだというのが彼の念願であった」としているのである。

たしかに、このように見てくると、孔子は具体的な社会変革を志す「革命家」のように思われてくる。もっとも、孔子を「革命家」としたクリールであるが、クリールはすぐに「たとい慎重であったにせよ」という留保を付けている。井上靖『孔子』では、クリールのように孔子が「革命家」だったとは語られていないが、しかし社会改良家であったと捉えられている。もっとも、社会改良家とは「慎重」な「革命家」のことだと言えよう。孔子は、哲学や宗教の形而上的な問題よりも、目の前の具体的な社会変革を志向した人物であり、と言って社会改良家にありがちな独善性や独断性からはほど遠く、弟子の指摘にも耳を傾け、自らに過ちがあると分かれば、すぐに改めようとする人物である。そして、こういうところはクリールが『孔子伝』で展開している孔子像と大きく異なるものではない。それはヒューマンなという言葉で表現されるような人物像である。たとえば、蔫薑は第二章でこう語っている、「私などが感ずる子の魅力は、人間への愛情、正しいことへの情熱、そして、不幸な人間を、仮令《たとえ》一人でも少なくしようという執念の如き意志。——こういったところにあるのではないかと思います」、と。

このように、小説『孔子』では社会改良家としての面を最重視して孔子を捉えているのだから、たとえば『論語』「里仁」篇八の有名な「子の曰わく、朝《あした》に道を聞きては、夕べに死すとも可《か》なり」という箇所も、「朝に道あるを聞かば」と読ませて、「あしたに道徳の支配する理想社会が生れたと聞いたら、ゆうべに死んでもいい」という意味であるとしている。この言葉の解釈については、宮崎市定は『論語の新研究』（岩波書店、一九七四・六）で、古注では朝に道を聞くとは「道が行われるような結構な世の中になったという報せを聞く意味になり、原文に対して何か違和感が生ずるのを免れない」と述べている。おそらく普通にはそうであろう。しかし、孔子を社会改良の実践家として捉えている小説『孔子』では、この古注の方の解釈を採るのである。井上靖自身も「《インタビュー　井上靖に聞く——『孔子』から『わだつみ』へ——》（前出）で、「道」を真理と捉える新注も理解できるものの、孔子の時代を考えると、「道あるを」と「ある」を入れた、古注の解釈の方が「ぴったりする」と述べている。時代のことはともかく、社会改良の実践家として孔子を捉える場合には、たしかに古注の解釈の方が相応しいであろう。

さらに『論語』「述而」篇の一八で、葉公《しようこう》が子路に孔子のことを聞いたとき、子路は答えなかったのであるが、孔子は子路にどうして言わなかったのかとして、その人となりやは、「憤《いきどお》りを発して食を忘れ」云々と語られている。その「憤《いきどお》りを発して」は新注では「[学問に]発憤して」という解釈であるが、ここも古注に従うべきだとして、同インタビューでも「社会的不正」や「なにか社会的に嫌な事件があったら、食べることができなくなった」というふうに解釈すべきであると語っている。小説『孔子』では蔫薑は、「生きてゆく人間の道に外れたことに対する怒り」だとしている。このように古注を採用したことについては、すでに田村嘉勝が『日本の作家１００人　井上靖《いのうえやすし》―人と文学』（勉誠出版、二〇〇七〈平成一九〉・六）で指摘しているが、この場合もやはり古注を踏まえた解釈を採用する方が社会改良家としての孔子像に相応しいと言えるであろう。

孔子が社会改良に力を入れるのは、もちろん人間の幸福の実現をまず第一に考えていたからである。そして、その幸福のイメージとして、蔫薑は物語の末尾で自分の故里に灯った燈火を眺めることを挙げ、それは「人間の数少ない倖せの一つであるに違いありません」と語っている。この故里をめぐる話は孔子の言葉に基づいてというのではなく、蔫薑自身の考えである。もっとも彼は、孔子もそう考えたはずだと述べているが。それはともかく、孔子が人間の幸福の実現を信じたのも、人間を信頼し人間の可能性を信じる気持ちが孔子にはあったからであろう。先にも見た「川上の嘆」に触れた箇所で、蔫薑は孔子に成り代わってこう語っている。「川の流れが大海を目指すように、人間の、人類の流れも亦、大海を理想とする、大きい社会の出現を目指すに違いありません」、と。「大きい社会の出現」とは、「人間が太古から夢みている平和な社会の実現」だと語られ、そして蔫薑はそのように考える孔子については、「人間を信じ、人間が造る歴史を信じておられた子の、お心の、お人柄の大きさであり、明るさであります」と述べている。

また、「人間を信じ、人間が造る歴史を信じ」ていたという孔子には、したがって「絶望」感などはあり得なかった、と蔫薑は語っている。すなわち、「それから、当然と言えば当然なことかも知れませんが、子には絶望というものはなかったかと思います。自分の死後、いつか、必ず、〝聖天子出現〟という言い方で象徴される、戦乱の終わった、明るい平和な時代はやって来るだろう。必ず来るに違いない。そういう信念をお持ちになっておられたと思います」、と。それでは、『論語』の「子罕」篇九にある、「子の曰わく、鳳鳥《ほうちょう》至らず、河《か》、図《と》を出《い》ださず。吾れ已《や》んぬるかな」という言葉に見られる絶望感はどう考えればいいであろうか。蔫薑によれば、孔子自身は決して行き詰まっているとは思っていないが、世間から見れば自分は老齢でもあり、「多少の弱音を吐露すべきではないであろうか」という気持ちから、「こういった半ば遊びのお気持ちで」言っただけであって、「子には、我々の言う〝絶望〟なるものはなかった」と語っている。

　このように見てくると、人々の幸せを考えて社会改良を志す実践家としての孔子は、怪力乱神の問題を遠ざけ、形而上学的あるいは宗教的な問題に対してはエポケー（判断停止）をして深入りすることは避け、あくまで実効性のある社会改良の問題に専心した人であったということになろう。また、決して独断的ではなく弟子たちの意見にも耳を傾け、自らに誤りがあるならば躊躇せず訂正する、というような柔軟性もある人物で、その楽観的と言える向日性というものは、彼が人間とその未来を信頼しているところから来るものだということもわかる。と言っても、孔子は人生の不幸や社会の悲劇を見ないのではない。むしろそれをしっかりと見ている人であった。彼の天命観がそのことを示している。たしかに人生には不幸も不運もあるだろう、しかしそれでも人々は幸せになるべく前を見て生きていくべきだとする、その意味での楽観的な姿勢なのである。

前に触れたが、死の問題に対しても、孔子はエポケー（判断停止）の姿勢を採るのである。孔子は死をどう考えるかという問題よりも、今生きていることだけに眼を向けようとした人だったと、小説『孔子』から言うことができる。最初に、井上靖が食道癌の手術をした後にこの小説が書かれたことを述べたが、おそらく井上靖はこの小説を書くことによって、死の問題についての形而上的な煩悶や宗教的な問いかけは一切止めるべきであって、それよりも今を全力で生きることの大切さを、より一層考えていたと考えられる。

人間を信頼すること、人々が生きていて良かったと思える社会を造ること、幸も不幸も併せて人生を肯定すること、それらの考え方は決して形而上学的な思弁や宗教的な神秘思想から生まれるものではなく、人々の理性的な思考から生まれ出て来るものであることなど、小説『孔子』で語られていることは、この二一世紀のこの社会にもそのまま通用する考えと言える。むしろ、今なおそれらが実現できていないことに問題があるのだと思えば、小説『孔子』は井上靖が私たちに残した重要なメッセージと言えよう。また、多くの日本人の中にある、『論語』のイメージや孔子像についても、『孔子』によって少しは改められたかも知れない。

労働と文学
――非正規雇用と自己責任のなかで

一

いまから約三〇年前の一九八〇年代半ばは、日本経済は一九七〇年代初頭のオイルショックも乗り越えて発展し続けていた時代であった。今日から振り返ってみるならば、到底信じられないが、二一世紀は日本の世紀になり、東京証券取引所が世界経済で最も注目される場所になるだろう、というような予測がまことしやかに語られていた。さらにはこうも言われていた、二一世紀には労働者の貧困などは克服されて、階級対立などは古典的な問題になっていることであろう、と。しかし、三〇年後の今日、それらの予測は悉く外れた。とくに今日において問題なのは、労働者の貧困や労働環境の悪化などが切実な問題として浮上してきていることである。本稿では、それらの問題を扱った文学作品を幾つか取り上げて、今日の労働現場で何が起こっているのか、またそのことと関連してそれまでの労働現場にあった問題とどう関連しているのか、という問題について考えてみたい。

石田衣良の人気シリーズである『池袋ウエストゲートパークⅧ』(文藝春秋、二〇〇八〈平成二〇〉・七)には「非正規レジスタンス」(原題は「非正規難民レジスタンス」)という小説が収録されている。この話は、主人公で語り手でもある真島誠が「ある雑誌」に連載しているコラム執筆のため、フリーターの柴山智志(サトシ)を取材するなかで、サトシの話からフリーターの過酷な生活を知ることから始まる。真島誠は、いつも事件のとき応援してくれるタカシとその配下のGボーイズの助けを借りながら、年商五千億で「人材派遣最大手」のベターデイズの社長である亀井繁治の住まいに乗り込む。ベターデイズは、過酷な条件でフリーターたちを酷使して利益を不当に貪っていたのである。

この小説には、派遣労働者側に立って彼らを支援している「東京フリーターズユニオン」のメンバーである萌枝《もえ》が持っている秘密とその開示が物語の落ちになっていたり、またいつものごとく真島誠たちによる胸のすくような活躍があったりと、「池袋ウエストゲートパーク」らしい楽しめる読み物になっているが、他方でフリーターたちの深刻な生活も語られている。たとえば真島誠はこう語っている、「必死で格差社会の急斜面にしがみつき、ネットカフェやファストフードで夜を明かす透明人間の悲鳴は誰にも届かない」、と、あるいは、派遣労働者の事故については、「試しに、やつらがどこかの工場で作業中に大怪我でもしたとしよう。企業も派遣業者も責任逃れで、たいていは知らん顔だ。部品がひとつ壊れたくらいなんだというのだ」、と。派遣業者による給料の実質的なピンハネについてはサトシも、派遣業者は一人当たりの労賃を一万千円から二千円で仕事を請け負いながら、当の派遣労働者たちには六千五百円から七千円しか渡さないと語り、「仕事をメールで紹介するだけで、四割近く天引きするんだから、もうかるのあたりまえだよね」と言う。

悲しいのは、そういう不当な労働条件に置かれながらも、その状態に自分が陥っていて辛い日々を過ごさざるを得ないのは、「すべてがただの自己責任なのだ」とサトシが思っていることである。そういうサトシについて真島誠はこう思う、「やつはあんな絶望的な状況でも、誰もうらまないという。すべては自己責任だといって自分を責めている」、と。むろん、それは自己責任ではない。政治と社会の責任である。とりわけ、そういう状況を放置した政治家たちにこそ重大な責任があるのだが、元首相の小泉純一郎などは「自己責任」論という欺瞞的な論で、不幸に陥っている人たちに責任を転嫁したのである。

このように見てきただけでも、「非正規レジスタンス」の物語は、今日の非正規社員に関しての実情がかなり正確に語られていることがわかるだろう。たとえばサトシは、「気がついたら、日雇いの派遣の仕事をして、ネットカフェで寝泊まりするようになっていたんだ」と語り、また真島誠も、家族や友人さらには財産など、普通は誰でも一つくらいは自分の身を守るバリヤーがあるのだが、「でも、なにかの理由でそのバリヤーが全部ダメになっちゃうと、今は誰でも難民になる時代なんだと思う」と語る。たしかに、不運が重なりバリヤーが無くなると、たいていの人たちは坂道を転げ落ちるように転落していってしまうのが、今の日本社会であろう。サトシは未だホームレスではないものの、しかしホームレスへの転落一歩手前なのである。

この転落について増田明利は、『今日からワーキングプアになった』（彩図社、二〇一五〈平成二七〉・一二）で、「だが、綱渡りのような生活では、（略）会社が倒産した、入金のあてが外れたなどのアクシデントがホームレス生活への片道切符になっていることもあるのだ」と述べている。実際にも同書で紹介されている事例の中には、真面目な普通の勤め人が何らかの「アクシデント」によってワーキングプアやホームレスに近い生活をせざるを得なくなった例が語られている。同じく増田明利による『今日、ホームレスになった』〈彩図社、二〇一二〈平成二四〉・一〇〉では、元大手総合商社の財務部次長だった人や元米国系投資銀行ファンドマネージャーだった人、元大手鉄鋼メーカー副部長だった人が、リストラに遭ったり早期退職をしてその後の転職に失敗したりして、ホームレスに転落した事例が数多く語られている。その一人である、倒産した準大手クラスのゼネコンで営業部長だった人は、こう語っている。「大学まで出て、比較的大きな会社で管理職をやっていたけど、そんなものは何の役にも立たなかった。サラリーマンなんて会社がコケたら一発で終わりってことさ」、と。彼らにはその転落を食い止めてくれるバリヤーが一つも無かったわけである。

これらの増田明利の著書で紹介されている事例は、最初から非正規社員だったサトシとは異なって、最初は正規の社員だったのである。これらの事例からは、正規の社員でも状況は必ずしも明るくないことがわかる。小説「非正規レジスタンス」には、そういう正社員の苦しみも描かれている。人材派遣会社ベターデイズの池袋支店の店長の谷岡は、ベターデイズの組織に近づくためにフリーターを装っている真島誠に、「ときどきそっちの仕事がうらやましくなるよ。正社員は果てしなく残業しなくちゃならないから。ぼくの残業は去年千二百時間を超えたんだ」と語る。この残業時間は、過労死の認定ラインの九百時間をはるかに超えている。そしてその残業手当は無いのである。残業について谷岡店長はこう語っている、「その話はやめてくれ。店長は幹部ということで、残業代はつかないんだ。平のころと年収でいったら、ほとんど変わらない」、と。

この小説では「支店長」は「店長」とも言われているのだが、彼は店長であるから管理職であって、したがって残業したとしても残業手当は付かないわけである。おそらくそれが理由で彼は店長になった、あるいはならされたのである。このことも今日の経済社会で問題になっていることである。経済記者の竹信三恵子は『ルポ雇用劣化不況』（岩波新書、二〇〇九〈平成二一〉・四）で、「（略）「店長」であることを理由に残業代も払わずに長時間労働を強いる「名ばかり店長」の典型例」を挙げ、その店長が極端な長時間労働で体を壊して家族生活まで損なわれたとして、会社を相手取って裁判を起こした事例を述べている。

また、労働社会学が専門の今野晴貴も『ブラック企業2』（文春新書、二〇一五・〉三）で、「若い社員を「幹部」に仕立て上げることで、長時間働かせ、しかし残業代を支払わない」ことが行われていると述べている。そして、そのような幹部としての「管理監督者の典型は「店長」という職種だ」として、入社後わずかの期間で店長になれるなどの「うたい文句」で求職者や就職活動生を惹きつけながら、「その内実は（略）「無限サービス残業地獄」であることが少なくない」と語っている。小説「非正規レジスタンス」の谷岡店長はまさにそのような店長の典型例だと見てよいだろう。

フリーターを装っている真島誠は、根が正直そうな谷岡店長に対して少し好感も持っていて、こう語りかけている。「一方ではおれたちみたいな働いても働いても自分の部屋ももてないフリーターがいて、正社員になることにあこがれている。でも、その正社員が店長みたいに過労死ぎりぎりなんてことになっている。それじゃ、どこにも逃げ場がないじゃないですか」、と。この谷岡店長が非正規の従業員たちに対して厳しいノルマを課しているのは、実は彼自身が厳しいノルマを課せられているからである。このことについては、労働経済学の熊沢誠は『株式会社ニッポンで働くということ』（岩波書店、二〇〇九〈平成二一〉・六）で、「私は管理職が厳しい査定や叱正、ひどい場合には罵詈雑言やいじめ、やくざな小企業では暴力さえ使って部下に圧迫を加えるのは、自分自身が重いノルマを背負っているからだと推測します」と述べているが、まさにその推測通りだと思われる。

さらに熊沢誠は同書の中で、「この世の安定的な差別」というものは、差別されている人びとがその状況を「『仕方がない』と思って受容している処遇にほかならないことです」と述べているが、これは先に見たように、「サトシには敵などいない。すべてがただの自己責任なのだ」というふうに思い込み、正確に言えば思い込まされていることに当てはまるであろう。サトシは現在の辛い境遇を「自己責任」だとして受容しているからである。

こうして見てくると、おそらく軽い読み物として書かれたと思われる「非正規レジスタンス」は、その内実は決して軽いものではなく、非正規や正規の社員たちをめぐる今日の過酷な状況を、かなり精確に物語の中に掬っている小説だと言える。物語は、萌枝が所属するユニオンから、萌枝の父である亀井繁治の経営するベターデイズは派遣法違反であることの資料が関係省庁とマスコミに送られ、そのためにベターデイズは一ヶ月の業務停止処分となり、また亀井繁治は代表権を持たない会長に退いたという、まずは穏やかな終わり方になっている。

それにしても、二一世紀になって非正規労働者が急増し、その雇用条件は悪化の一途を辿っていて、他方では正規労働者も厳しい就労状況にあるわけだが、どうしてこのような労働環境になったのであろうか。非正規労働者の圧倒的部分を占めるアルバイトとパートの増加については、熊沢誠は先の本で「(略)低賃金と数量的フレキシビリティが二大「活用」理由であることは疑いありません」と述べている。「数量的フレキシビリティ」とは、経営側にとって労働者数の調整が柔軟(すなわち容易)にできるということである。「低賃金」については言うまでもないであろう。つまり、この「二大「活用」理由」とは、雇用に関しては経営側にとって自由自在ということであって、労働者の権利などは省みられていないわけである。このような事態になったのは、熊沢誠が同書で述べているように、やはり労働組合が格差社会やワーキングプアの問題に対しては為す術《すべ》も無いごとくに見過ごしてきたことに大きな原因の一つがあるであろう。労働組合が弱くなったのである。

そうなると、資本はあからさまに牙を剝き出して来たのである。さらに言うならば、その背景には、実態はともかくも社会主義の看板を掲げていた旧ソ連や東欧の社会主義政権が崩壊した後、グローバル資本が好き勝手放題をし始めたという世界情勢も作用していると考えられる。そして新自由主義を標榜する昨今の資本の攻勢によって、それまで積み上げられてきた、労働組合による成果も、吹き飛ばされてしまったと言えよう。

それでは、以前においては非正規や正規の労働者の雇用等をめぐる状況はどうだったのだろうか。その状況を確認するために、次に名高いルポルタージュ作品を取り上げたい。高度経済成長期のほぼ最後の時期を扱ったものとして一九七三年に出た、鎌田慧の『自動車絶望工場』（本稿では講談社文庫版の『新装増補版　自動車絶望工場』〈二〇一一〈平成二三〉・九〉をテキストとしている）、また主に戦後期を扱った『日本残酷物語現代篇1　引き裂かれた時代』（平凡社、一九六〇〈昭和三五〉・一一）、そして時代をさらに遡ることになるが、大正期を扱った、一九二五〈大正一四〉年七月刊行の細井和喜蔵『女工哀史』（本稿では二〇〇九年の岩波文庫版をテキストとしている）について見ていきたい。

二

『自動車絶望工場』は、自動車産業のトヨタの工場での過酷な労働生活を扱ったルポルタージュである。ところでトヨタについては、フランスのいわゆるレギュラシオン経済学がその生産性の高さに眼を向け、それをフォーディズムに倣ってトヨティズムと名付けて分析したことがあった。その分析では、トヨタにおいては労働者の企業活動への積極的参加が見られることを挙げているが、しかしそれについて、レギュラシオン経済学の日本における第一人者である山田鋭夫は『レギュラシオン・アプローチ』〈藤原書店、一九九一〈平成三〉・五〉で次のように述べている。その積極的参加にはその対価としての「生産性分配と取引する」ということがあるからではなく、「〈略〉じつは企業に同調・順応し積極的参加をしなければ企業から落ちこぼれていくことへの不安・恐怖から、労働者間ではげしい生き残り競争が作用していることの結果である」、と。つまり、給与面での見返りなどがあるからではなく、むしろ強いられて積極的参加をしているのである。だから、その積極的参加とは、『格差社会ニッポンで働くということ』の熊沢誠の言葉を借りれば、「強制された自発性」と言えよう。それについて、山田鋭夫も先の同書で、「〈略〉労働者は強制と自発のアンビバレンスのうちに「参加」する」と述べている。

このような積極的参加の例を見ても、トヨタが従業員を企業労働に駆り立て、かつ自社への忠誠心の発露を常に求めている企業であるということ、そしてそこには従業員にとっては心身ともに拘束されるような息苦しさと厳しさとがあることが窺われるが、その様子が現場の労働として語られているのが『自動車絶望工場』である。たとえば、コンベアのスピードはベテランの労働者の作業速度に合わせられていて、新人にとっては過酷なのである。期間工（季節工）として働いていた著者とトヨタの寮で同部屋でやはり期間工である工藤君（弘前出身）は言う、会社は「人の身体のことより、生産のことばっかり考えている」、と。著者も思う、「仕事をしていて恐《おそ》ろしく思うことがある。これは労働ではない、なにかの刑罰《けいばつ》なのだ」、と。彼らは九月から働き始めたのだが、二ヶ月経った頃、「本工を夢に描いていた工藤君さえ、一二月末でやめて帰ろう、といい出している」と語られている。

それほどまでに労働がきついのだが、期間工同士の間での、「トヨタに来ると、みんな五、六キロは痩《や》せるよな」、「わしは一〇キロ痩せただ」、「車ばっかりか、死人と病人を作っとるや」というような会話があることも語られている。そして、残業時間の増大、「コンベアタクトの短縮としての超密度による労働強化」が、トヨタの生産を支えていること、さらに「自動車の需要《じゆよう》の変動に応《おう》じて、自由に採用も、不採用もでき、経費も安くつく臨時工としての期間工が、自動車産業の高収益《こうしゆうえき》を現場の最底辺《さいていへん》で支えて来た」と鎌田慧は語っている。さらに必要な時に必要な部品を調達する、トヨタの「スーパー・マーケット方式」や「旗（かんばん）方式」などについても語られていて、それは「労働者と材料をギリギリの極限《きよくげん》まで効率化《こうりつか》して使うため」であるとされている。

こうして見ると、昨今の派遣労働者のあり方とトヨタの期間工のあり方とは、実は同質のものであることがわかる。鎌田慧は二〇〇七（平成一九）年に開かれた派遣労働者を中心にした労組結成集会に立ち会い、その集会で次のように発言したと述べている。「労働者派遣法は必要な時に必要な人間を必要な量だけ派遣する。これはトヨタのカンバン方式と一緒ですね。（略）だから在庫はいらない。労働者をこの部品と同じように扱い、企業の一方的な都合で右から左に動かすだけ。それを可能にしたのが労働者派遣法なんです」、と。因みに、この本の「補章の補章　キカンコーとハケン」でも述べられていることだが、二〇〇四（平成一六）年の製造業への派遣労働者解禁は、当時トヨタの会長であり日本経団連会長でもあった奥田碩の強い要請により、あの小泉・竹中のラインがそれを解禁したのであった。

これらからわかるのは、昨今の派遣労働者や非正規労働者をめぐる悲惨な状況は、トヨタの期間工たちの過酷なあり方を全国規模に押し拡げたものであったということであろう。さらに言えば、トヨタにおいても労組が労組としての役目を果たしていないことも語られている。この闘わない労組の問題に関しても、現在ではトヨタのあり方が全国規模にまで拡大してしまったと言えようか。それはともかく、派遣労働者や非正規労働者に関する問題は、実はずっと以前からトヨタのような日本の基幹企業の内に組み込まれていたわけである。だから、それは何も昨今だけに見られる特殊な問題なのではないということである。日本の企業の体質に本質的にある問題なのである。もっとも、それは日本の企業だけの問題ではなく、資本主義に胚胎する問題ではないかという面もあるだろう。それはともかくも、少なくとも日本の企業体質にその問題があるということ自体は否定できないだろう。その問題をさらに考えるために、戦後期の労働を扱った『日本残酷物語現代篇1　引き裂かれた時代』（平凡社、一九六〇・一二）について次に見てきたい。

『日本残酷物語』は民俗学者の宮本常一や作家の山本周五郎、山代巴などが監修したシリーズで、その内の二冊が現代篇となっているが、『日本残酷物語現代篇1（略）』では「第一章　巨大産業の底辺」で、先に見たトヨタと同じように、労働者が「ベルト・コンベアに追いかけられている」ことが語られている。京浜工業地帯の軽電部門の組み立て工場で、そこで働いている「娘たち」に関わって、「工場長からみれば、娘たちは機械より安あがりな自動人形であるが、もっと安あがりな人形を使うこともできる」ということが述べられているが、この「もっと安あがりな人形」とは「臨時工」や「下請の社外工」のことなのである。本工の労働者よりも人件費が安い「臨時工」などが使われるわけだが、もちろん不況になれば彼らを即座に馘首することもできて、企業としては人員調整に便利なのである。

　残業代については、「どんなに低く計算しても三十五時間の残業はしていた。しかし、かの孫請は十時間にけずった。残業代をピンハネされたのである」と、「ペタリスト」の一人は語ったとされている。この「ペタリスト」というのは、下請け、孫請けに働く人たちの別称であるが、これには蔑称のニュアンスもあって、自動化や機械化の時代に「てくてく足で歩く人という意味をもってつけられた」ということのようである。さらに驚くべきことは、人身事故が起きても死亡事故でない限り公表しようとしないばかりか、ある労働者が「水道管の内面乾燥機」に巻き込まれて気絶するということがあったときに労働者の一人が救急車に連絡すると、「おれにだまって誰が救急車を呼んだのだ！」と「職長がどなった」ということが報告されていることである。

　先に見た小説「非正規レジスタンス」においても、作業中に非正規従業員が足首の骨折をしたとき主人公の真島誠が救急車を呼ぼうとすると、「正社員が飛んでき」て、「待ってくれ、うちの敷地に救急車なんか呼んでもらったら困る」と言ったということが語られていた。つまり、このようなことは小説内だけにある話ではなく、実際にもあった話だということである。そして、それは遠い過去のことではないのである。鎌田慧によればトヨタにおいても、「（略）組・工長はことさら自分の現場での労災《ろうさい》発生には神経質で、もし発生してもおおやけにならないように気を配っていた」（前掲書、傍点・原文）と語られている。死亡事故については、「会社も労組も、本人の不注意として処理してしまったのであろう」（同）とされ、そして「落とされた指や、もぎ取られた片腕《かたうで》や、潰《つぶ》された足などに対しては「遺憾《いかん》」の声明も、「哀悼《あいとう》」の意も表せられない」（同）と語られている。

さらに『日本残酷物語現代篇1（略）』で注意されるのは、繊維産業の女子労働について、こう述べられていることである。「しかし、結婚前の娘を臨時的に、低賃金で働かせた日本女子労働の性格、伝統的に単純な仕事の反復にならされてきた女子労働の特質は、変化したということができるであろうか。それらは戦後の機械化のなかでも維持されてきた。ある場合にはかえって強化されてきた」、と。また、『自動車絶望工場』においても、生産台数を増やすという工長の話に触れて期間工の一人が、「まだふやす気かいな。これじゃ、昔の紡績《ぼうせき》女工といっしょやな。だれか、〝トヨタ残酷《ざんこく》物語〟いうのを書かんな。よう売れるぞ」と語っている。戦後も高度経済成長時代も、言わば上層の労働でない限りは、あの『女工哀史』の世界と共通していると、労働者たちは感じていたのである。要するに、労働の質と労働者の境遇は、昔と少しも変わっていないのだ、と。

実際、『自動車絶望物語』や『日本残酷物語現代篇1（略）』で語られている事柄の多くは、驚くほど『女工哀史』とも重なる内容なのである。たとえば、工場内の人身事故である。『女工哀史』では、「破壊された鋳物《いもの》の下敷になった少女、（略）脚のない者、手のない者、首の失える者、砂にまみれた肉片、その凄惨たる光景は戦場より酷《ひど》かったであろう」、と語られている。また長時間労働も同様である。ある紡績会社では労働の十一時間制を公表しているものの、実際にはその上に一時間を「残業」として、しかも「一夜に僅か金五銭くらいな「夜業手当」でもって、無智な彼女たちを釣ろう魂胆に外ならない」のである。

そして、賞与に関しては、給料に加えての「勉励した賞」として出されるのではなく、賞与を「合算してやっと最低の生活費に届く」ような仕組みになっているが、これは残業代をピンハネされた「ペタリスト」の処遇と同様と言えよう。あるいは、「（略）五年間ぐらい劇甚な工場労働に服役した女は他の社会的労働において一種の活動不能者になっているということだ」と、「某医学者の研究」が紹介されているが、このことは『日本残酷物語現代篇1（略）』での、キイ・パンチャーの事例に相当していると言えようか。当時のＩＢＭのキイ・パンチャーには、一日二七〇分までが限度という作業を四〇五分という「過重な労働」をさせられて、それによる「腕の痛み」などのために退職せざるを得なくなった人もいた。過重な労働で身体を壊した点において共通しているのである。

さて、このように見てくると、今日の派遣や非正規の労働者たちをめぐる労働環境の悲惨さは憂慮の次元を超えていると言えるが、その悲惨さ自体は現代になって初めて出てきたものではなく、かなり以前から続いているということがわかってくる。しかもそれは、中小の企業やブラック企業だけではなく、日本を代表する大企業においても変わりがなかったこともわかる。そうすると、その問題を解決するためには社会全体のシステムの変革が必要になってくるのではないかという問題になってくるだろう。前述したように、少なくと今のままの社会経済システムではどうにもならないであろう。その問題に論及する前に、非正規労働者の悲惨さが描かれている長編小説である、福澤徹三の『東京難民』（光文社、二〇一一・五）について少し見てみたい。

三

主人公の時枝修《ときえだおさむ》は東京にある偏差値の高くない、二十数年前に開校した私立大学の三年生であったが、実家が破産して授業料が払えなくなり、そのため大学を除籍される。両親とは連絡が取れなくなり、日々の生活にも困るようになり、すぐに現金が入りそうな短期のアルバイトをし始める。たとえば、ポスティング、テレアポ、テッィシュ配り、治験のバイト、さらにはホスト、日雇い作業などもやる。マンションも追い出され、友人の部屋に居候したりするが、居づらくなりネットカフェで寝泊まりするようになる。その後も、タコ部屋での生活や建設会社の寮での生活もやり、その間に誤解から警察の留置所に入ったこともあった。そして結局、ホームレスのテント生活をすることになる。

普通に大学生だった時枝修の、この転落ぶりは凄まじいのだが、彼の転落は前述したようにバリヤーが全く無かったことからくる急落なのである。物語は非正規の仕事の様子を読者に知らせようとしているかのように、それぞれの仕事の中味について詳しく語られていて、それなりに読者の関心を惹きつけ、また時枝修の善良な性格も好ましいものであり、読ませる物語となっている。そして、時枝修が河川敷でテント生活をしているホームレスの人たちの声援を受けながら、テント生活から別れを告げて新たな摸索をする、というところで物語は終わっていて、まずは希望の持てる話となっているが、作者の主張は日雇いの現場作業員仲間の小早川という三十代なかばくらいの「インテリふう」の男が語る話にあるだろう。

小早川は次のようなことを語る——今の社会は椅子取りゲームのようなもので、椅子そのものが足りない以上、どうしてもあぶれる者が出る。これは本人の責任ではない。「責められるべきなのは、こういう世の中を作りだした連中なんだ」。以前は、セーフティーネットとして国家、家族、企業があった。このうち国家は大して援助を与えてくれなかったが、その分、企業と家族がその役目を果たしていた。しかし、今の企業はリストラばかりやり、家族は核家族が多くなってネットの役割を果たさなくなった。そして、「いまの時代、働こうにも働く場所がないんだから、そんな自己責任論は過去のものさ」と語り、「椅子に坐り損なったひとたちを救うには、ベーシック・インカムのような国家レベルの取り組みが必要なんだ」、と。

―

因みに「ベーシック・インカム」とは「最低限所得保障制度」のことで、小早川はその制度に対する国家レベルの取り組みが必要だと言うのだが、もし日本がそういう「取り組み」をする国家だったならば、すでに今日のような格差社会や、OECD国の中で貧困率が最低から第五位になっているような事態を、そして子どもの貧困率が一六%で六人に一人が貧困の中にいるような事態を、予め避けるべく努力していたはずである。そういう努力を一切せずに自己責任論を声高に語るような人物が、宰相になっていたような国家なのであるから、小早川の提案はまさに画餅である。もっとも、本来ならそうあるべきだということを小早川は語っていると思われ、おそらくそこに作者の主張もあったわけで、その主張自体は正論である。また、そういう問題を正面から小説作品において提起した『東京難民』は、物語の展開の良さも含めて評価できる小説だったと言える。

しかしながら、繰り返せば、残念ながら小早川の提案は画餅である。少なくとも、今の国家にそれを求めることはできないであろう。ならば、どうすればいいのか。まず、私たちにできることは、どう見ても聡明とは言えない政治家たちが繰り出すデマゴギーに眼を奪われることなく、まず問題の本質を見抜くことであろう。その点に関して、たとえばエコノミストの浜矩子は『さらばアホノミクス』（毎日新聞出版、二〇一五〈平成二七〉・一二）で端的にこう述べている（なお、アホノミクスは誤植ではない。アベノミクスとはアホの経済政策だという浜氏の判断から出た命名である）。経済政策の目的とは均衡の回復と弱者救済の二つであるが、アホノミクスはその二つに眼を向けない、と。そして経済政策において今一番大切なのは、「分配政策」である、と。言うまでもなく、「分配政策」とは富の再配分のことである。一部の人に富が集中するようなあり方を是正する政策のことである。賢明とは言えない政治家たちは、今もなお成長政策に固執しているようだが、二一世紀に重要なのは成長政策ではなく、「分配政策」なのである。

おそらく、私たちはそのことをしっかりと認識して、少しずつ今のあり方を変革していかなければならないだろう。もちろん、その変革は旧来型の社会主義革命運動に戻るようなものであってはならないであろう。というよりも、旧来型のそういう運動には変革の力量はもはや無いのではないかと考えられる。といって、今の資本主義のあり方が行き詰まっていることも明瞭な事実であろう。

ウルリケ・ヘルマンは「資本主義はなぜ危機に陥ってばかりいるのか」という副題目のある『資本の世界史』（猪俣和夫訳、太田出版、二〇一五年一〇月）で、近代的な資本主義は必然的に生まれたのではなく、「むしろ偶然にうまれたものです」と述べている。必然でないのならば、私たち人類には他の経済システムへと向かう可能性も大いにあるということである。それがどういうシステムかは、もちろんわからないが、公平さと安定が行き渡っている、新たなシステムの社会像を、私たちは希望を持って模索していかなければならないだろう。

原発と沖縄と文学

――差別社会日本

一

二〇一一（平成二三）年六月から一一月まで「週刊ポスト」に連載され、小学館文庫から刊行された、福井晴俊の『小説・震災後』（二〇一二〈平成二四〉・三）は、東日本大震災の問題を扱った小説としては、今の時点で最も長い小説の一つであろう。

主人公はメーカー企業の「環境管理課課長補佐」である野田圭介で、物語は、大震災の年の三月一一日から九月一一日までの半年間に野田一家に起きた出来事を追う形で展開される。東京の多摩に住む野田一家は地震でそれほどの被害を受けなかったので、一家で気仙沼方面にボランティア活動にも出かけたりするが、長男で中学生の野田弘人《ひろと》は震災で大きなショックを受けたようなのだ。ただ、弘人がショックを受けたのは、多くの人を飲み込んで死に追いやった津波による直接被害よりも、むしろその津波による原発事故の方だった。弘人たち中学生三人は、主犯格の無職青年とともに「悪質なデマ画像をネットに流し、警察沙汰《ざた》を起こし」たのだが、その画像は「フクシマ・ベビー」と名付けられていた。「フクシマ・ベビー」

は弘人たちの赤ちゃん時代の写真を加工したものだったと語られている。弘人たちは、被曝による胎児への影響をグロテスクに捉えていたわけである。

だが、それは遊び半分の行為ではなかった。そのことがバレた時、弘人は父の圭介に向って、「未来を返せ！」と叫ぶ。原発事故によって自分たち若者の未来が閉ざされてしまったと、弘人なりに絶望感に陥っていたのである。結局、弘人たち中学生は厳重注意で済んだのだが、中学ではこの「デマ画像」事件を受けて全校集会を開くことになる。圭介は問題を起こした子の父兄としてその集会に参加することになるが、圭介は自分も生徒たちに演壇で話をさせてくれとＰＴＡ副会長に事前に頼み込む。話をすることを認められた圭介は、その日までにエネルギー問題や原発のことなどを懸命に勉強して、当日演壇に立って長広舌を揮う。圭介一家には圭介の老いた父が同居していたのだが、父は元警察官であって、在職中に旧防衛庁に出向していたことがあり、どうも国の中枢部分にも深く関わっていたらしいのである。しかし今は重病で入院していて、圭介の話が終ったほぼ同時刻に臨終を迎える。圭介はこの父と心の中で想像上の対話をしながら演説を進めていく。父が語る〈話〉の内容も小説に語られている。

生徒たちを前にして圭介はこう語る、「原発なき社会は結構だけど、それで日本の経済や国民生活が成り立つものなのか？　誰もが持つ疑問に対して、維持派も反対派も明確な答を持っていない」、「……公害と原発事故を同列に語るつもりはありません。ただ、程度の違いはあれ、人間は同じような理不尽に過去も直面してきた。よかれと思ってやってきたことが裏目に出て、未来を汚してしまったのは今回が初めてじゃない」、と。想像上の父の〈話〉にも、「よかれと思ってやってきたことが仇《あだ》となり、先行きを見失われるほどの害を為す……」とある。そして圭介は、「人間は過ちを正す力があります。石油依存の代替としての原発、それもダメになったら次の手を考えるまでのことです。（略）人間は過去にも理不尽を乗り越えてきたんです。今度も必ず乗り越えられる」と語り、想像上の父も「同じような過ちをくり返しているようで、人も世界も少しずつ前進している」と語る。圭介はさらに「これまでそうしてきたように、前に進むしかないんです」とも語るのである。

物語はこの集会の後、とくに大震災から心が離れていた圭介と弘人とが互いに理解し合うという父子和解の〈いい話〉として収束するのだが、圭介の長広舌の場面がやはり物語のクライマックスであって、作者福井晴俊の主張も圭介の長広舌と想像上の父の〈話〉に込められていると考えられる。おそらく、福井晴俊は読者を元気づけようとして、圭介や想像上の父にこのような主張をさせているのだろう。その意図は了解できなくはないが、しかし圭介の長広舌も父の〈話〉も問題の本質を曖昧にしてしまっているし、事実誤認があったりすることに注意しなければならない。

たとえば圭介は、原発を無くして「日本の経済や国民生活は成り立つものなのか」という疑問に対しては、「維持派も反対派も明確な答を持っていない」と言うが、電力需要に関しては十分に成り立つ、と反対派の一人で原子力の研究者の小出裕章は『原発はいらない』（幻冬舎ルネッサンス新書、二〇一一・七）などで明確に答えているのである。また圭介も父も、原発を「よかれと思ってやってきたこと」というふうに語っているが、それはいったい〈誰〉にとっての「よかれ」だったのだろうか。小説ではその辺が曖昧なのだが、文脈から判断するなら、国民全体にとってということであろう。だが、国民全体にとってというのならば、それは明らかに間違っている。有馬哲夫の『原発・正力・ＣＩＡ　機密文書で読む昭和裏面史』（新潮新書、二〇〇八〈平成二〇〉・二）や山岡淳一郎の『原発と権力――戦後から辿る支配者の系譜』（ちくま新書、二〇一一・九）などによって、原発導入が正力松太郎の名誉欲と権力欲からなされたものであることが明らかにされているのである。原発導入は正力松太郎にとっての「よかれ」だったのである。「国民生活」のことを考えて、というような善意からではなかったのだ。

父の〈話〉にある、「よかれと思ってやってきたことが仇《あだ》となり」というのはどうだろうか。原発立地が過疎地に集中していることを見てもわかるように、電力会社と歴代の自民党政府は原発が「仇《あだ》」となりうる可能性も想定していたのである。ジャン－ピエール・デュピュイの『ツナミの小形而上学』（岩波書店、二〇一一・七）の「解説」で西谷修が述べているように、原発の推進には確かな「悪意」があったとは言えないだろうが、しかし、「少なくとも「未必の故意」のような、あるいは半ば意図的な「無思考」（思考の切捨て）による選択の意図は働いていた」と言えよう。「未必の故意」とは、行為者が罪となる事実の発生を積極的に意図したわけではないが、そうなるかも知れない蓋然性を認めつつ行為することである。この場合では、原発事故が起こり得る危険性を知りつつも、原発を推進したことを指す。原発が過疎地に造られていたのは、その危険性が十分に承知されていたからである。

圭介は今回の原発事故を「理不尽」だと言っていることも問題である。たしかに津波自体は「理不尽」な天災だったと言えようが、原発事故は決して「理不尽」な天災ではなく人災であったのだ。圭介の言う「理不尽」という言葉は、反転すれば人智を超えたものの仕業という考え方にもなり、それは容易に石原慎太郎の「天罰」発言に繋がっていくだろうし、あるいは、あの『長崎の鐘』の永井隆が語った、原爆の爆発は神の摂理の証であるという考え方にも結びつくだろう。むろん、そういう考え方は責任の所在を曖昧にしてしまうことになるのである。また、想像上の父は父で原発事故を漠然と「人」や「人間」の「過ち」というふうに捉えているが、原発事故は「人」一般の「過ち」ではなく、それを推進してきた行為主体を特定できる過失だったのである。話を一般化させてはならない。「人」の「過ち」という考え方は敗戦後の「一億総懺悔」論に結びつく捉え方である。しかし、〈皆が悪かった〉という「一億総懺悔」論は、戦争責任の主体を曖昧にしてしまい、とりわけ軍のトップであった昭和天皇裕仁の最も重い戦争責任を免責する流れに加担したのである。原発に関してもそうであって、原発を推進してきた主体とその経緯を具体的に追及していかなければならない。

このような原発をめぐる問題について、たとえば有名な文学者はどのように捉えているのかについては、その一例として村上春樹の講演がある。それは二〇一一年（平成二三）年に「カタルーニャ国際賞」の記念講演での講演である。この講演については拙論「『第三の新人』論――核家族・母・そして受験」で触れたが、彼は十分に準備の無いままに大向こうの受けを狙ったようなスピーチをした。そこで彼は、「我々日本人は核に対する「ノー」を叫び続けるべきであった。それが僕の意見です」、「核を使わないエネルギーの開発を、日本の戦後の歩みの、中心命題に据えるべきだったのです」と言ったのである。文芸評論家の黒古一夫が『村上春樹批判』（アーツアンドクラフツ、二〇一五〈平成二七〉・四）で、この発言は「（略）反核運動に関わってきた人への冒瀆であったと言わねばならない」と手厳しく批判している。その通りである。また同書でも述べられているように、「核」「反核」について村上春樹は日本国内でその後はほとんど発言していないのである。あの大見得を切ったような発言に込められていたはずの思いは、どこへ行ったのであろうか。やはり、受けを狙っただけの発言だったのか。

もっとも、『職業としての小説家』（スイッチ・パブリッシング、二〇一五・九）で村上春樹は、わずか一、三頁であるが一応原発の問題にも言及している。その中で彼は、原発は「経済効率が良い」というだけで導入されたと述べている。さらにはあたかも日本国民全体もその「効率」第一の考えに乗ってしまったかのように語っている。そして、「我々はそのような「効率」という、短絡した危険な価値観に対抗できる、自由な志向と発想の軸を、個人の中に打ち立てなくてはなりません」、と語る。しかし、先ほども山岡淳一郎の『原発と権力――戦後から辿る支配者の系譜』に言及しながら述べたように、原発の導入には、正力松太郎の政治的野心が大きく関与していたこと、そこに中曽根康弘などの自民党政治家たちの利権が絡んでいたのである。国民が「経済効率」を優先の考えから原発を選んだのではない。この問題についての村上春樹の認識の浅さには呆れる思いがする。

もっとも、村上春樹は小説家なのだから、時局的な発言よりも小説をこそ見なければならないが、しかし小説の方もどうであろうか。因みに、比較的近作の『色彩を持たない多崎つくると、彼の巡礼の年』（文藝春秋、二〇一三〈平成二五〉・四）は、青春時に受けた心の傷をめぐって物語が展開するところなど、黒古一夫が先に挙げた本で指摘しているように、『ノルウェイの森』と同様の物語構造を示していて、「村上春樹はマンネリズムに陥っているのではないか」とさえ思われるのである。村上春樹は、根本的なところでの自らの点検が必要なのではないだろうか。

さて、話を戻すと、戦争の問題と同じく原発に関しても、私たちには一切の責任が無いということにならないだろう。ジャーナリストの外岡秀俊は『震災と原発　国家の過ち――文学で読み解く3・11――』（朝日新書、二〇一二〈平成二四〉・二）で、次のように述べている。「私たちの多くは、原発を意識下に葬り、「原発推進」「原発反対」いずれの立場をとることもなく、「原発体制」の確立を許容してきたのではないか。

原発を「なかったこと」にして、意識せずに、増え続ける原発が供給する電力を享受してきたのではなかったか」、と。たしかに外岡秀俊の言う通りである。しかし、もはや私たちは原発の問題を薄ボンヤリと看過することは許されない。原発を注視しなければならないのである。そのためにまず、原発立地の問題や原発内の労働の問題に目を向けなければならないだろう。

それらの問題を探っていくと、日本社会の根深い差別構造に行き着くのである。作家の田口ランディは『ヒロシマ、ナガサキ、フクシマ　原子力を受け入れた日本』（ちくまプリマー新書、二〇一一・九）で、「ただ私は、今回の事故は単に「こんな会社」だけに原因があるのではなく、社会の底辺を支える人々を虐げる日本の社会構造に本当の原因があると言いたいのです」と語っているが、まさにその「本当の原因」に突き当たるのである。

二

それらの問題を正面に据えて展開しているのが、すでに二〇年以上も前に刊行された、「反原発のもうひとつの視角」という副題のある、八木正編『原発は差別で動く』（明石書店、一九八九〈平成元〉・八）である。八木正によれば、原発立地の推進過程に露呈されるのは「〈過疎〉地差別の構造」であり、過疎状況を政治的に作り出しておきながら、「支配層の利益」に繋がると見た場合には、危険な原発を「開発」として過疎地に「恩恵的」に上から押し付けているわけで、これは「二重の地域差別・欺瞞」である。しかも、八木正が述べているように、その押しつけが「〈過疎〉地域に対する都市部住民の潜在的な差別意識」の上に立脚していることを忘れてはならないだろう。さらに驚くことに、八木正が土方鉄の論考「福井の原発銀座と被差別部落」（『被差別部落　東日本編』〈三一書房、一九八〇〈昭和五五〉所収〉を紹介しながら述べているように、福井県では高浜町、美浜町、大飯町などの被差別部落は原発の一〇キロメートルの範囲にあり、高浜町ではわずか二・五キロメートルのところにあるのだ。まさに「原発は差別で動く」のである。

むろん、被差別部落に限らず、多くの原発が過疎地や辺境地にあることの背景には、それらの貧しい地域に対する差別があるのである。電力会社は金で誘惑して危険な原発を押し付けているわけであるが、被差別部落ではないところでも、貧しさは変わりなく、たとえば原発による放射性廃棄物の中間貯蔵地がある青森県の六ヶ所村もその一例である。高村薫の『新リア王』上・下（新潮社、二〇〇五〈平成一七〉・一〇）は、地域振興の餌に釣られて核廃棄物の再処理場を誘致をすることに、結局は同意する政治家たちの物語であるが、この小説はかなり事実に近いものと考えられ、原発誘致がやはり地域の貧しさと深く関わっていることがこの小説からも読み取れるのである。

貧しさと原発との関わりはそれだけではない。原発内の危険な労働は、八木正の同書によれば、「被差別部落の人びとや「在日韓国・朝鮮人」の多くが、「寄せ場」労働者や地元労働者として従事している現実」があり、さらに「（略）敦賀において多数のアフリカ人労働者が基準以上の放射線被曝を受けていたという衝撃的な事件が明るみに出ている」。アフリカ人ではないが、日本の原発で働いていたアメリカの黒人青年が登場する小説が、平石貴樹の「虹のカマクーラ」（『日本原発小説集』〈水声社、二〇一一・一〇〉所収）である。黒人青年によると、原発内の労働は一時間で百ドルという高給だが、一日に一時間しか働くことができず、それも一週間と限定されている。それは放射線被曝のことを考えての限定であるが、それだけでなく、とくに一週間という労働期間の限定は、もしも彼らが被曝で病気を発症させたならば、地元からの反発が起こるために、それを恐れる電力会社が、彼らが一ヶ所に長く留まることを嫌がるからでもある。彼らは〈原発ジプシー〉と呼ばれる人びとである。

物語はその黒人青年と日本でストリップ・ショーのステージで観客とセックスする仕事をしているフィリピンの少女とが、一日鎌倉でデートをする話なのだが、小説の終わりで青年はほとんど唐突に日本人カップルを惨殺するのである。その行為の動機は小説には書かれてはいなく、またその行為に至る黒人青年の心理は説得的に語られているわけでもないが、読者は黒人青年が使い捨て同然の原発労働者であることから来る怒りと彼の発作的な殺人行為とが関係していることを感じ取るであろう。フィリピンの少女は惨殺行為に加担したのではないが、彼女の悲しみと怒りを黒人青年が代行もしているとも言える。この小説では、黒人青年は自身の原発内の労働については淡々と語っているだけなのだが、しかしそれだけにその危険な労働のことが印象深く読者の頭に残ることになり、どうしてもそのことと発作的な殺人とを結びつけて考えざるを得ない小説になっている。田口ランディの言う、「社会の底辺を支える人々を虐げる日本の社会構造」の問題が、垣間見える小説である。

このように、原発が日本社会の格差・差別構造の上に成り立っていることを、私たちはしっかりと見据えなければならない。原発は、『小説・震災後』の圭介や彼の父が言う、「よかれと思ってやってきた」云々というような問題ではないのである。高橋哲哉は『犠牲のシステム　福島・沖縄』（集英社新書、二〇一二・一）で、大事故を想定していたからこそ、原発は過疎地などに造られてきたことを指摘した後、「原発はこのように、人口の稠密《ちゅうみつ》な「中央」と人口過疎な「周辺」との構造的差別のうえにつくられてきた」（傍点・

引用者）と述べているが、沖縄に米軍基地が集中しているのも、沖縄は必ずしも過疎ではないものの、沖縄が「周辺」あるいは「周縁」であったからである。高橋哲哉は同書でさらにこう語っている。「戦後日本国家は、一つには米軍基地の沖縄への押しつけというかたちで、もう一つには原発の地方への集中というかたちで、中心と周縁とのあいだに植民地主義的支配・被支配の関係を構築してきたのではないだろうか」、と。

たしかに、日本におけるそのような「中心」と「周辺」の関係は、「植民地主義的な支配・被支配の関係」と言える。西川長夫も『パリ五月革命　私論　転換点としての年』（平凡社新書、二〇一一・七）の「あとがき」で、東日本大震災と福島原発が暴き出した問題として、「被災地における国内植民地状況がある」と述べている。「周辺」の地域は貧しく収奪されているが故に、原発の誘致に傾いてしまうのであるが、そのことは沖縄においても同様であることを、作家の目取真俊は『沖縄／草の声・根の意志』（世織書房、二〇〇一〈平成一三〉・九）で語っている。たとえば、「経済の自立どころか、むしろ政府への依存は増し、基地経済から抜け出せない仕組みが強化されてさえいる。／あたかも沖縄自らが基地との共存を望んでいるかのように演出しながら、そうしなければ生きていけないような仕組みを意図的に作り出す日本政府の沖縄政策。それは今に始まったことではない」、と。あるいは、「沖縄にとっては基地問題は、たんなる理念やイデオロギーの問題ではない。日本（政府）の高率補助と基地関連収入に依存した経済構造の問題を抜きには語れない。（略）不況を逆手にとって「振興費」という飴《あめ》をばらまき、巧みに弱みをついてくる」、と。

現在、普天間基地の移転問題が焦点になっているが、もちろん沖縄の問題は普天間に限ることはできない。在日米軍の約七五パーセントが沖縄に集中していることの全体が問題なのである。なぜ、そういうことになったのか。知られているように、一九四五（昭和二〇）年の二月に近衛文麿が早急に終戦工作をした方が良いと昭和天皇裕仁に上奏文を提出したが、天皇制の存続を心配していた昭和天皇裕仁はこれを退けたのである。もしも裕仁がそれを受け入れていたなら、沖縄戦の悲劇は無かったのである。もちろん、その後の全国各地への空襲も広島・長崎への原爆投下も無かったのである。さらに裕仁はやはり戦後における天皇制の存続のために、戦後マッカーサーに沖縄へ米軍に駐留してもらうことを提案もしているのである。昭和天皇裕仁によって沖縄は二度も酷い目に遭わされたと言えよう。沖縄の問題の中心部分は天皇制の問題とも深く関わっているのだ。

目取真俊は天皇制の問題について同書で、「人の上に人を置く思想は、人の下に人を置く思想と表裏一体のものだ」として、天皇制が「部落差別や在日外国人への差別の問題ともつながっていく」と述べた後、「天皇制の持っている同化と排除、差別の問題は、今日も日々生み出されている。沖縄も当然、それと無縁ではない」と語っている。作家の住井すゑも対談集『「橋のない川」を読む』（解放出版社、一九九九〈平成一一〉・三）で、「天皇制をなくすことが、差別の根元を断ち切ることですよ」、「天皇制があることは、人間に貴賤があるということ。こんな非科学的な発想はないですよね」と語っている。たしかにそうである。象徴制であろうが何であろうが、差別の根源には天皇制があるのである。

原発の問題と沖縄の問題を考えていくと差別の問題に突き当たり、差別の問題の根源を考えていくと天皇制の問題に行き着くのである。〈平成〉の今日においてもそのことは基本的には変っていないと考えられる。もちろん、講座派の経済学者や歴史学者が分析したような絶対主義的な性格を持って資本主義を支えているというような性格は、今日の天皇制は持っていない。だが、象徴天皇制も今日の資本主義社会との枢要部分と繋がっていて、且つ今なお腫れ物の芯のように、差別という膿を出し続けていることにおいて変わりはないのではないか。差別に関して言えば、原発事故で故郷の飯舘村を追われた酪農家の長谷川謙一は『原発に「ふるさと」を奪われて　福島県飯舘村・酪農家の叫び』（宝島社、二〇一二・三）で、放射線の問題に触れて、「広島や長崎の被爆者たちが差別を受けたように、これから飯舘の村民たちも同じような差別を受けると思う」と述べている。そのことも憂慮されるだろう。

ジャン‐ピエール・デュピュイは前掲書で「人目を引く本物のツナミ」に人びとの目は向けられるが、第三世界の貧しい子ども達が毎年マラリアで三〇〇万人亡くなっていることには目が向けられないと述べている。今回の大震災においても、ボランティア活動などで多くの人びとの善意が見られたが、しかし彼らの多くは差別の問題には目を向けないのである。そこに目が向けられるならば、差別社会日本のあり方に突き当たり、今日の資本主義社会の問題も浮上してくるだろう。絓秀実は『反原発の思想史　冷戦からフクシマへ』（筑摩選書、二〇一二・二）で、「資本主義批判としての反原発。この視点こそ、今日もっとも必要なものにほかならない」と述べている。私たちは、原発‐差別‐天皇制‐資本主義の繋がりに目を向けなければならないのではなかろうか。

現代の文学と思想
——反動化が進む中で

一　「戦争のできる国」

小説家で文芸評論家でもある笠井潔は、『8・15と3・11　戦後史の死角』〈NHK出版新書、二〇一二〈平成二四〉・九〉で納得できることを述べている。笠井潔によれば、戦前日本の戦争指導部は最悪の事態を想定しての準備をすることをせず、日米開戦に踏み切ったのだが、これは「考えたくないことは考えない、考えなくてもなんとかなるだろう」という「空気」の中で決定的な選択をしてしまったということであり、この無責任と目の前にある現実への無批判な追随は、そのまま戦後にも続き、結局は3・11の原発事故を招来したのである。もう一つは、拙論「二一世紀から見る井伏鱒二」でも触れたことだが、時代はすでに一九世紀的な「国民戦争」ではなく、対戦国の体制破壊を最終目的とする二〇世紀的な「世界戦争」に突入していたのに、日本の戦争指導部はいまだ一九世紀的なイメージで戦争を捉え、敗戦直前まで軍事的に言わば一矢を報いて少しでも有利な条件で講和を結ぼうとして戦争を長引かせ、結局は日本全土の空爆と遂にはヒロシマ、ナガサキの惨劇を招くことになったことである。有利な条件での講和というのは、せいぜい日露戦争の時代までの話であって、そういう時代は終わっていたにもかかわらず。

笠井潔は、前者の問題についてはこう述べている。「事なかれ主義、問題の先送り、既成事実への屈服、責任回避、などなどという軍国支配者の精神形態は、福島原発事故を惹きおこした原子力ムラの住人たちにも忠実に継承されている」、と。もちろん、原子力ムラの住人たちだけではない、多くの原発を再稼働させようとしている現政府の人間たちにも、その「精神形態」は引き継がれているだろう。しかしながら、それとともに注意しなければならないのは、笠井潔が同書で述べているように、原発事故を経験したにもかかわらず、なお原発政策を推進させようとしているのは、原子力の平和利用は「潜在的核保有」能力の隠れ蓑であるからだということである。つまり、日本がプルトニウムを大量に持つことで、近隣諸国から「潜在的核保有」国であることを認めさせ、それによって軍事的な優位を確保しようとしているわけである。

では、何のために?

もちろん現政府のメンバーも、戦前のような大日本帝国を築いてアメリカや中国と肩を並べることを考えているのではないだろう。この問題については、ジャーナリストの斎藤貴男が『戦争のできる国へ――安倍政権の正体』（朝日新書、二〇一四〈平成二六〉・三）で、安倍政権の追い求める到達点ということで、次のように述べている。すなわち、「すなわち巨大帝国・米国の衛星国（≒属国）ではあるが、そこそこの帝国にもなりたい。国民挙げて飼い犬よろしく尻尾を振って、虎の威を借りながらだろうと、世界に相当程度の支配力を行使できるキツネ――ただし大きな――でありたい――」、と。おそらく、狙いはそのあたりであろう。安倍政権は、尖閣諸島の問題をむしろ奇貨として、アメリカを後ろ盾にしながら中国に対して強い姿勢で臨む目論見であろう。

しかしながら、そのような目論見こそ、時代を読み誤った錯誤ではないだろうか。このことは先に見た笠井潔の述べている後者の問題に関係する。笠井潔は白井聡との対談『日本劣化論』（ちくま新書、二〇一四・七）でこう述べている。「かつて東アジアで共産圏を封じ込めたように、冷戦後もアメリカが日本とタッグを組んで中国や北朝鮮の封じこめに邁進するだろうという安直な期待は、すでに裏切られているのに、安倍政権はそれを直視しようとしません」、と。つまり、今なお冷戦時代の枠組みの中でしか思考できないという時代錯誤なのである。それは、一九世紀的な戦争概念で対米戦争に踏み切った、かつての戦争指導者たちと同様の時代錯誤である。

秘密保護法を成立させ、集団的自衛権の閣議決定を行った安倍政権が文字通りに戦争政策に前のめりだという、極めて危険で愚かな性格を持っていることは明らかであるが、実際の対外的な戦争の前にまず国内での締め付け政策を実行しようとするであろう。というよりも、C・ダグラス・ラミスが『要石：沖縄と憲法9条』（晶文社、二〇一〇〈平成二二〉・一〇）で述べているように、敵となる外国を攻撃したいというよりも、「支配層のいうことを聞かない国民を攻撃したい、ということがよくある」のであり、「やはり、この攻撃の第一の対象は日本の国民なのだ」と考えられる。また、ラミスは「二〇世紀に国家によって殺された二億人以上のうち、大半が民間人であったことは言うまでもないし、半分以上は外国人ではなく自国民だった」とも述べている。

さらに、同書でラミスは日本国憲法の9条について、「9条を抜けばすべてが壊れ始めるだろう」とも語っている。むろん、自衛隊の存在を見れば9条が骨抜きにされていることは明らかではあるが、それでも建て前としての9条があるからこそ、日本社会が民主主義をともかくも維持しているという面がたしかにあるだろう。ラミスはこう述べている、「9条がなくなれば、その右翼・軍国主義勢力は、六〇年ぶりに檻から解放された肉食獣のように行動し始めるだろう」、と。そして、その「肉食獣」が「（略）最初の餌食とするのは、外国ではなく、日本国内、つまり自分を六〇年間檻に入れた、平和国家を求めた日本国民であろう」、と。なるほどそういう予感を持たざるを得ない。だから、9条は平和だけでなく民主主義を護る条項でもあるのだ。自民党憲法草案などは絶対に認めてはならない。

さて、首相の安倍晋三は今のところ天皇制の問題に関しては黙っているが、おそらく天皇制についても色々と画策していると考えられる。松本清張は今から四〇年近く前に、「「万世一系」の天皇制の研究　連綿たる「万世一系」を支えてきた力は何か」（「諸君!」、一九七八〈昭和五三〉・一）で、「これは将来の万一のばあいをいう憶測だが、憲法九条の副文の解釈が拡大されるような事態となったとき、第一条に規定された天皇の国事行為が、儀礼的ではなくなり、第九条の副文と合流するのではないか、という遠い空を望んでの杞憂もおこらないではない」と述べている。格差問題に見向きもしないアベノミクスは、遠からず破綻するであろう。そのときが清張の「杞憂」が杞憂でなくなる危険なときかも知れない。

言うまでもなく、政治的保守層は戦前型に近い日本国家の復活を本心では目論んでいるのである。それが第一次安倍内閣のとき安倍晋三が述べた「戦後レジームからの脱却」である。しかし、アメリカは日本のそこまでの反動的復古を望んではいない。だから、たとえば安部晋三が右翼色を前面に出して、従軍慰安婦問題や植民地支配と侵略について、それまでの河野談話（一九九三〈平成五〉年）や村山談話（一九九五〈平成七〉年）を否定するような発言をすると、米国の有力メディアから厳しい批判が起こるのである。おそらく安部晋三は、衣の下の鎧をチラチラと見せて観測気球を上げつつ、当面は教育問題等で重点的に右翼色を鮮明に出し、対外的な国家戦略としては、先にも触れた斎藤貴男が『安部改憲政権の正体』（岩波ブックレット、二〇一三〈平成二五〉・六）で述べているように、アメリカに徹頭徹尾従属しながら「衛星プチ（ポチ?）帝国」を目指そうとするであろう。「ポチ」というのは、アメリカの忠犬であることを含意させているからであろう。アメリカの逆鱗に触れるようなことがあってはならないのである。

当面は、安倍政権はいわゆるアベノミクスを進めて行くであろうが、そのアベノミクスも大いに疑問のあるものである。金融緩和、有効需要の喚起、規制緩和を中心とする供給側重視という三本の矢の政策であるが、これらはマネタリズムとケインズ理論、さらにサプライサイド・エコノミクスという、本来は相容れない複数の経済政策のごちゃ混ぜなのである。そもそも、アベノミクスという言葉は、レーガン元大統領の経済政策であるレーガノミクスを捩《もじ》って言われ始めた言葉であるが、レーガノミクスという言葉は経済学の初歩も理解していないレーガン大統領の経済政策を揶揄して言われた侮蔑的な言葉だったのである。それを捩ったアベノミクスという言葉を安倍晋三自らも嬉しそうに使っていること自体、その知性のほどが知れて情けなくなる。

それはともかくも、経済学者の浜矩子が『「アベノミクス」の真相』（中経出版、二〇一三・五）で述べているように、今の日本経済で大切なのは成長政策でなく分配政策であり、市場にはできない弱者救済を政府がすることなのであるが（日本はOECD三五カ国で貧困率の高さで四番目）、安倍政権はそれらの問題には眼を向けず、一九六〇年代の高度成長時代のような政策を実行しようとしているのだ。そのアナクロニズムの成功は危ういであろう。それよりも一層問題なのは、危機を迎えたとき、右翼体質を持つ安倍政権が衣の下の鎧を全面的に出して超反動的な政策を打ち出すのではないかということだ。そういう危険な動向を察知した小説も書かれるようになった。芥川賞作家である田中慎弥の『宰相A』（新潮社、二〇一五〈平成二七〉・二）がそれである。

二　憂鬱な近未来小説『宰相A』

『宰相A』は、ひょっとすると日本が実際に今後そうなってしまうかも知れない姿が語られている小説である。そして、それは相当深刻に憂鬱になってしまいそうな小説である。

——語り手で主人公のT、すなわち「私」は、小説のアイデア探しの目的も兼ねて、三十年ほど前に亡くなった母の墓参りをするために列車に乗って故郷のO町に帰ったのだが、そこは既に日本ではなくなっていた。日本列島はアングロサクソンあるいは欧米人と呼ばれていた人種によって統治され、公用語も英語になっていて、それが今の「民主国日本」なのであった。他方、かつて日本に居住していたモンゴロイドは旧日本人として扱われていて、彼らは列島の中の「居住区」に住まわされ、言語は日本語であった。ただ、「民主国日本」の首相は旧日本人の中から「（略）頭脳、人格及び民主国日本への忠誠に秀でた者が選ばれる」ことになっているらしい。これは主権を奪われた旧日本人を封じ込めるためのやり方で、現在の「民主国日本」が成立した時から踏襲されている。

つまり、旧日本人は一種の植民地支配を受けていたわけだが、彼ら旧日本人たちにはJに似た人物がやって来て、自分たちの救い主になってくれるという神話があった。Jとは、かつて自分の工員仲間を五人殺し十人に傷を負わせ、自分は警察によってその場で撃ち殺された人物であった。しかしこのJの行動は、旧日本人たちには「民主国日本」に対しての「たった一人での反乱」として受けとめられたのである。さらにJは手記を書き残していて、その手記にはやがて自分に似ている人物が「居住区」にやってきて、旧日本人のリーダーとなって彼らを救ってくれるということが書かれてあった。実は、この物語の語り手の「私」すなわちTが、Jによく似ていたのである。

この後「私」は、モンゴロイドであるものの「民主国日本」側の人間となっている女性と関係を持ったり、また「居住区」の旧日本人たちは「私」がやって来たことで、反乱に向けての謀議が熱く語られたりすることもあった。しかし、小説を書くことに執していた「私」は、Jに似た人物としての役割を果たす気は無く、結局は「私」も「民主国日本」に籠絡されてしまうのである。――

やや詳しく『宰相A』の梗概を述べたが、この小説の面白いところの一つに、この宰相Aの演説内容とそのレトリックが、宰相安倍晋三のそれとよく似ていることである。たとえば、「いつも申し上げる通り、戦争こそ平和の何よりの基盤であります。戦争という口から平和という歌が流れるのです。戦争の器でこそ中味の平和が映えるのです」と語る宰相Aの言葉は、平和のための軍事を主張する宰相安倍にそのまま重なるであろう。宰相安倍はそれを〈軍事力拡充による積極的平和主義〉と呼んだのだが、〈積極的平和〉というのは、たとえば古賀茂明も『国家の暴走　安倍政権に世論操作術』（角川oneテーマ、二〇一四・九）で述べているように、ノルウェーの平和学者であるヨハン・ガルトゥングが用いた言葉で、単に戦争状態が無い〈消極的平和〉ではなく、貧困や飢餓、人権抑圧や環境破壊などの〈暴力〉が無い状態を指して言った言葉なのである。それを知ってか知らずかわからないが、宰相安倍は本来の意味をねじ曲げて遣ったのである。

この小説では、宰相Aは宰相安倍と同じくアメリカには忠実であるとされている。Aは次のように語っている、「現在我が国は、（略）アメリカとともに、世界に絶対的平和をもたらすための地球規模の、平和的戦争を行っている只中にあります」、あるいは「我が国とアメリカによる戦争は世界各地で順調に展開されています。戦争こそ平和の何よりの基盤であります」、と。さらには、「（略）我が国の目差すべき、戦争主義的世界的平和主義に基く平和的民主主義的戦争の帰結たる、戦争及び民主主義が支配する完全なる国家主義的国家たる我が国によってもたらされるところの、地球的平和」云々、と。

「民主主義」や「平和主義」さらには「戦争主義」「国家主義」などの言葉も総動員して、それらの間の言語矛盾も何のその、とにかく強引に戦争政治の正当性を語るところなども、先に見たように〈軍事力拡充による積極的平和主義〉ということを語る宰相安倍にそっくりである。そして、その「平和的戦争」が「地球規模」だとされているのだから、これはこの度一八年ぶりに改定された「日米防衛協力のための指針」（新ガイドライン）の、米軍に対しての「地球規模」の「後方支援」にもほとんど重なるのである。

また、カフカの小説『城』に似ているところもある『宰相A』には、映画の『ゴッドファーザー』のシーンに言及する箇所が何度もあったりして、戦争の暴力とマフィアの暴力との間に本質的な違いがあるのかという問題なども喚起させていて興味深いが、それにしても宰相安倍の内閣は、まさに危険な水域に喜んで入ろうとしていると言えよう。少なくとも、国民一人ひとりのことなど考えていない。エコノミストの浜矩子は『国民なき経済成長　脱・アホノミクスのすすめ』（角川新書、二〇一五・四）で、安倍政権は人間に目が向いていないとして、「労働者をみるべきところに、労働力をみている。生産者をみるべきところに生産力をみている。（略）学生をみるべきところに学力をみている。国民をみるべきところに、国力をみている」と述べているが、まさにそうである。なお、すでに拙論「労働と文学——非正規雇用と自己責任の中で」で述べたように、「アホノミクス」は誤植ではない。アベノミクスとは「アホ」の経済政策であるという浜氏の判断から出た言葉である。

この「アホ」の経済政策は極めて危険でもあるというところから、「アベノリスク」と言う人もいる。やはりエコノミストである植草一秀は『アベノリスク　日本を融解《メルトダウン》させる7つの大罪』（講談社、二〇一三・七）で、大増税が大不況に繋がることを述べている。財務省が財政赤字を盾に消費税増税を主張したのであるが、これは国民を騙す論である。植草一秀が同書で述べているように、日本政府には債務が約一千兆円あるが、その反対に資産も一千兆円を少し上回っているのである。借金もあるが貯蓄もあるのである。増税し、さらに脱デフレということでインフレ政策を取っているが、インフレ政策は基本的な生活物資が高額になるわけだから貧困層を痛めつける政策である。そして、財政赤字を理由に、社会保障費は大幅に削られたのである。

資本主義が放っておけば格差を拡げていく経済制度であることは、話題になった『21世紀の資本』でトマ・ピケティが過去二百年のデータから実証した経済的事実である。だからこそ、政府にはそれを是正する政策を行う義務が課せられているのだ。しかし宰相安倍晋三には格差を是正しようとする気持ちなど微塵も無いのだ。

次に、これまで述べてきたような危険な動向に歩調を合わせようとする小説、すなわち『永遠の0《ゼロ》』について見ていきたい。

三　『永遠の0《ゼロ》』のデマゴギー

太田出版より二〇〇六（平成一八）年に出版された、百田尚樹の小説『永遠の0《ゼロ》』は、二〇一三年には映画化されて大ヒットし、その年の日本アカデミー賞では最多の八部門で最優秀賞を受賞し、さらに二〇一五年の二月にはテレビ東京でテレビドラマ化もされ、これも高視聴率を獲得したようだ。もちろん、それ以前に原作の小説がベストセラーになったから、映画化されたりしたわけだが、しかしこの小説は、危険な方向へと読者を引っ張っていこうとするデマゴギーが、物語の中のあちらこちらに埋め込まれているのである。

小説は、司法試験浪人の佐伯健太郎（二六歳）と姉の慶子（三〇歳）が、敗戦間際に特攻隊で死んだ、自分たちの母方の祖父である宮部久蔵《きゅうぞう》のことを調べる物語で、健太郎と慶子は軍隊時代に久蔵の同僚であったり上司や部下であったりした人たちの所に直接行って、久蔵に纏わる話を聞く話として進行する。その中で極めて優秀な戦闘機乗りであった久蔵の人物像や、さらには戦争時の話や戦後の日本への批判なども、彼ら旧軍人たちから語られるのである。そしてその戦争時の話には旧軍部への批判が込められていたりもする。もっとも、旧軍部批判というふうに言うと、作者の百田尚樹はあの一五年戦争に対して批判的であるかのように聞こえるかも知れないが、実際はそうではない。逆である。

たとえば、旧軍人の話を聞いて慶子は、「おじいさんは海軍に殺されたのよ」と言うが、しかし彼女は戦争そのものを批判しているのではない。『永遠の0《ゼロ》』の中では慶子もさらには旧軍人たちも、かつての軍指導部を批判することはあっても、あの戦争自体を決して批判していないのである。これについては、ただ感涙するだけでいいのか』（日本機関誌出版センター、二〇一五・七）で説得的にこう述べている。すなわち、「実は、百田さんは戦争と軍隊とを否定しているわけではありませんから、あの戦争は正しかった、海軍が愚劣で無能だったからだ、それに代わる正しい作戦と有能果敢な軍隊とが必要なのだ、と考えているのです」、と。たしかにそうなのである。この小説における軍部批判や指導部批判は、〈もう少しマシな組織と指導部だったら、有利な戦いを行えたのに〉という嘆きでしかないのである。軍部批判に惑わされてはならない。

さらに、秦重雄たちの著書でも指摘されているが、宮部久蔵は部下の井関飛行兵曹長に向かって、「家族は貴様が死んで悲しんでくれないのか！」と言い、井関が「いいえ」と答えると、「それなら死ぬな。どんなに苦しくても生き延びる努力をしろ」と言うのだが、兵の命を全く軽視していた旧日本軍にあって宮部のような発言は有り得るはずがない。また、やはり部下の永井整備兵曹長に、宮部は「私の一番の夢は「生きて家族の元に帰ることです」と言う。これも有り得ない発言である。と言うよりも、旧日本軍では決して言ってはならないことであり、もしも部下に公然とそういうことを言ったならば、宮部には処罰が下されたはずである。他にもこのように、旧軍隊についてデタラメな叙述がなされているのだが、とりわけ読者として首を傾げるのは、特攻を志願しなかった宮部が（もっとも、志願しないことは事実上は不可能であったはずだが）、なぜ最後に自ら特攻隊の一員となったのかという疑問が浮かぶ。これについても殆ど説明らしい説明はない。そして宮部は、自民党の代議士たちが好む言葉で言えば、〈粛々《しゆくしゆく》〉として死地に飛び立っていったのである。それについては淡々とした筆致で抑えて書かれているが、だからこそ一層それは安っぽくて危険な特攻ヒロイズムを称揚する効果に繋がっているのだ。

そして、それらのいい加減な叙述の合間に、「祖父たちは何と偉大な世代だったことか。あの戦争を勇敢に戦い、戦後は灰燼に帰した祖国を一から立て直したのだ」とか、「戦後の民主主義は、日本人から「道徳」を奪った」などの百田尚樹によるデマゴギーが語られるのである。しかし、前者について言うならば、祖父たちの「世代」が行った、無謀で悲惨な戦争が、日本を「灰燼に」してしまったのだから、それを立て直すのは当然の責任であって、だから「戦い」はもちろん、「立て直し」も、「偉大」でも何でもないのである。また後者に関しては、戦前戦中においてアジア人を蔑視し、彼らの人命を人命とも思わなかった戦前の日本人に、胸を張れるだけの「道徳」があったと言えるだろうか。人々の人権を認める戦後の民主主義の方が、はるかにモラルは高いのである。

今年の六月に沖縄の普天間問題に関連して、沖縄の新聞二紙をつぶせと言ったり、安保関連法案を批判するマスコミに対しては企業は広告収入をなくせばいいと言ったりし、まさに百田尚樹は〈文化人〉としては愚劣以下の人物だと言わざるを得ない。情けないのは、そういう人物と首相の安倍晋三とが仲がいいことで、二〇一三年一二月には『日本よ世界の真ん中で咲き誇れ』（ワック・マガジンズ）という、実に知的レベルの低い、対談による共著も出しているのである。〈類は友を呼ぶ〉という言葉があるが、やはりと言うべきか、その種の人物同士は仲がいいのであろう。

因みに、松元ヒロとの共著『安倍政権を笑い倒す』（角川新書、二〇一五・七）で佐高信は、第一次安倍内閣のとき安倍はあるテレビ局から「今年一年を漢字一文字で表すと何でしょうね」と問われて、「変化」と答え、テレビ局のクルーが困って、「総理、一文字で表すとすれば…」と言うと、次に「責任」と答えたという話を紹介している。安倍のお友だちの元首相の麻生太郎は、漢字が読めないという基礎学力の不足が認められたが、安倍晋三も同様である。これも、先ほどと同様の〈類は友を呼ぶ〉一例だろう。

安倍晋三が日本を一挙に右傾化させようとしていることはもちろんだが、過去約三〇年の間に日本は徐々に右傾化していると言える。中野晃一が『右傾化する日本政治』（岩波書店・二〇一五・七）で述べているように、時には左へと揺り戻しもあったが、その場合でも大きく戻されることはなく、全体としては右へ右へと動いているのである。その右傾化が端的にそして最も憂慮される問題として見られるのは、教育行政に関してであろう。

四　危険な「道徳」教科化と子どもたち

二〇一四年一〇月二三日の朝日新聞（大阪本社版）によれば、文部科学相の諮問機関である「中央教育審議会」は、二〇一八年度から小中学校の道徳をこれまでの「教科外の活動」から「特別の教科」に格上げするという答申を出したようだ。教科化されれば、当然のこと、その教科書には検定教科書が用いられ、子どもたちは「道徳」の教科の〈成績〉を評価されることになる。答申には、評価は「多様な観点で評価し」云々という文言があるようだが、しかしそういう評価の技術的な問題よりも、「道徳」を教科化しようとすること自体に大きな問題がある。

そもそも、「道徳」の教科化を推進しようとしてきたのが、首相安倍晋三の肝いりで作られた「教育再生実行会議」であることを考えただけでも、それがどういう方向を目指しているかがわかるであろう。安倍晋三の言う〈戦後レジームからの脱却〉というのは、つまるところ〈戦前レジームへの復帰〉のことである。したがって、「道徳」の教科化というのも、能う限り戦前の「修身」に近づこうとするものであると考えて間違いない。おそらく、教科となった場合の「道徳」教科書には、〈愛国心〉〈目上の人への尊敬心〉〈公衆道徳の（過度の）強調〉、さらには遠回しに且つ曖昧にオブラートに包んで〈皇室への畏敬の念〉などの徳目も語られることになるのではないかと考えられる。文字通りの極右反動である安倍晋三が狙っているのはそういう道徳の教科化であろう。そうならば、極めて深刻に憂慮せざるを得ない事態である。

振り返って見れば近代日本の為政者たちの多くは、学科の教育よりも道徳教育を重んじてきた。そのことは、『日本の教師　歴史の中の教師Ⅰ』（寺崎昌夫他編、ぎょうせい、一九九三〈平成五〉・一〇）に収録されている史料からも窺われる。たとえば、一八八一（明治一四）年六月に出た文部省「小学校教員心得」には、「人ヲ導キテ善良ナラシムルハ多識ナラシムルニ比スレバ更ニ緊要ナリトス。故ニ教員タル者ハ殊ニ道徳ノ教育ニ力ヲ用イ、生徒ヲシテ皇室ニ忠ニシテ国家ヲ愛シ、父母ニ孝ニシテ（略）」と語られている。また一八八八（明治二一）年に、文部大臣であった森有礼は「埼玉県尋常師範学校ニ於テノ演説」で、「何程学科ニ長ジ又其教授ヲ善クスルモ、其人トナリ若シ善良ナラズンバ其学科ノ効能何クニアル」と、やはり「学科」の勉強よりも「善良」なることが重要だとして、「従順、友情、威儀」の気質を養うべきだとしている。この「従順」とは、言うまでもなく権力者に対しての「従順」である。

もっとも、教育現場の教師たちは、やはり学力の問題を無視することはできず、たとえば群馬県尋常中学校校長だった沢柳政太郎は、一八九五（明治二八）年に発表した「教育者の精神」の中で、教育者の資格として「まず第一に挙ぐべきは学識なり」とは述べている（傍点・原文、以下同）。しかしながら、やはり「次には徳義なり」として、「忠君愛国の精神」を挙げ、「教育に関する勅語に包含する徳義」の「涵養する任」があると述べているのである。「教育に関する勅語」とは、あの「軍人勅諭」の教育版と言える「教育勅語」のことであり、やはり沢柳校長も為政者たちと大同小異の精神であったのである。「軍人勅諭」や「教育勅語」が一五年戦争下において、人々を駆り立ててどのような猛威を振るったかは、多くの記録が語っているが、「修身」の教科書はその「教育勅語」に沿って作られたのである。

「国民学校の教科書を読む」という副題目のある、入江曜子の『日本が「神の国」だった時代』（岩波新書、二〇〇一〈平成一三〉・一二）が紹介している例で言えば、国民学校時代の「初等科修身四」（尋常小学校四年生向け）には、「日本人は（略）一朝国に事ある時には、一身一家を忘れ、大君の御盾として兵に召されることを男子の本懐とし、この上ないほこりとして来ています」と述べられ、それ以前においても、一九三七（昭和一二）年二月の能瀬寛顕著『新日本の学校訓練』（厚生閣）は、「学校は教授の場所ではなく、人物養成の道場であり」、「公のために一命を犠牲にする事」を教える所であると語られている。このような教育が子どもたちにとって、いかに理不尽で酷いものであったかは、たとえば戦前昭和の学校生活を扱っている、三浦綾子の小説『銃口』上・下（小学館、一九九四〈平成六〉・三）などに描かれている。そこでは、「修身」教育の権化のような教師が出て来て、生徒たちを苦しめるのである。

今日、教育の問題は根本的に考えてみる必要があるが、過去に子どもたちはどのような環境に置かれ、また今はその環境はどうなっているのであろう。

日本ではないが、中国の子どもたちの状況について憂慮していたのが、魯迅である。魯迅の処女作である「狂人日記」は、或る精神異常者を主人公にして、「四千年来、絶えず人間を食ってきた」自分たちのおぞましさを語った小説である。もちろん、「人間を食ってきた」というのは比喩であるが、しかしながらそれは、たしかに詰まるところは「食っている」に等しい、と言えるのではないかと思える話である。

この小説の末尾で魯迅はほとんど唐突と言えるほどに、「人間を食ったことのない子どもは、まだいるかしらん。／子供を救え……」（竹内好訳）と、主人公に語らせている。魯迅は、子どもが社会の矛盾に圧殺される悲劇を描いたと言える、有島武郎の短編小説「お末の死」や、同じく有島武郎の手記とも言える作品「小さき者へ」を翻訳している。また魯迅は「随感録六十三」で、この「小さき者へ」を引用しつつ、魯迅自身の中にもある、「一切の小さき者に対する愛」（増田渉訳）を語っている。

「狂人日記」は「随感録六十三」と同年の一九一八（大正七）年の作であるが、中国であれ日本であれ、当時の子どもたち、とくに貧しい子どもたちの状況には過酷なものがあった。そしてそれ以後も、その過酷な状況は続いたのである。たとえば、小説「石狩川」で知られるプロレタリア作家の本庄睦男の、「改造」に発表された短編小説「白い壁」（一九三四〈昭和九〉・五）には、その状況下の子どもたちが描かれている。この小説は尋常四年生のクラスの担任の杉本という教師の視点から語られているが、ここに登場する子どもたちはすべて貧しく不幸な子どもたちである。その一人である柏原富次は母親から学校を休まされ、「コルク削りの内職手伝ひ」をさせられている。富次は「発育不全」でもあった。塚原義夫は視力が〇・五しかなく、そのため「注意散漫」となってしまうのだが、父親は眼鏡を買ってやろうとしない。その金が無いからである。また、元木武夫の継母は嫌がる武夫を奉公に出そうとしている。武夫が嫌がると、実の父親も武夫に暴力を振るおうとするのである。これらの不幸な子どもたちは、家よりも学校にいる時間だけが楽しいひと時なのである。その学校の校長は子どもたちの視力を傷めないために校舎内部の壁を真っ白に塗ったことが自慢なのだが、そういう設備の問題よりも子どもたちの生活環境の改善に取り組む方が、断然重要なことは言うまでもない。

何よりも残念で腹立たしいのは、貧しい子どもたちを取り巻いていた、このような大正期や戦前昭和期の過酷な状況が、今日になっても基本的には変わっていないということである。たとえば、ユニセフが二〇一二〈平成二四〉年に発表した子どもの貧困率では、日本は一四・九％となっていて、先進二〇カ国の内の、最も貧困率が高い最下位から四位なのである。一番下が二三・一％のアメリカでスペイン、イタリアと続いて日本である。この貧困率は現在ではさらに高くなっていて、子どもの六人の内の一人は貧困であると言われている。因みに、貧困というのは、世帯の所得を高い順から低い順に並べたときの真ん中の値すなわち中央値（平均値ではない）の、その半分以下の所得しかない世帯を指している。その世帯の人たちは、健康で且つ通常の社会的文化的な生活を営むのが困難になっているのである。

子どもの貧困の問題でさらに深刻になってくるのが、阿部彩が『子どもの貧困——日本の不公平を考える』（岩波新書、二〇〇八〈平成二〇〉・一一）で述べているように、「子ども期の貧困は、子どもが成長した後にも継続して影響を及ぼしている」ことである。このことを阿部彩は同書で図式化しているが、それは「一五歳時の貧困」→「限られた教育機会」→「恵まれない職」→「低所得」→「低い生活水準」という図式になる。この図式を見てすぐに気づかされるのは、その「低い生活水準」の家庭に生まれ育った子どもは、自分の親が辿ったのと同様の人生経路を辿る確率が高くなるだろうということである。このことについて山野良一は、『子どもに貧困を押しつける国・日本』（光文社新書、二〇一四〈平成二六〉・一〇）で「貧困の世代間連鎖」という言葉を用いながら、「親子の間で貧困が受け継がれてしまう確率が統計的に高い」（傍点・原文）と説明している。もっとも、同書で述べられているように貧困の連鎖は、その確率が高くなるということであって、それが運命的に決まっているわけではない。

しかしながら、そうではあるのだが、しかし阿部彩が『子どもの貧困Ⅱ――解決策を考える』（岩波新書、二〇一四・一）で述べているように、「貧困状態に育った子どもは、学力や学歴が低いリスク、健康状態が悪いリスク、大人となっても貧困であるリスクが、そうでない子どもに比べて高い」以上、「子ども期の貧困経験が、大人になってからの生活水準、就労状況にマイナスの影響を及ぼすのであれば、その「不利」がさらにその次の世代に受け継がれることは容易に想像できる」として、やはり「貧困の連鎖」を指摘している。阿部彩はその一例として、生活保護を受けている世帯で育った子どもが、成人となってからも生活保護受給者となる確率が高いことを挙げている。

では、子どもを貧困から救うためにどうするべきか。もちろん、子どもが貧困なのはその世帯が貧困だからであり、当該の世帯が貧困状態から脱することが子どもを救うことになる。ただその場合、好景気になれば富のお零《こぼ》れが底辺層にも行き渡るという「トリクルダウン理論」は、先進国においては成り立たない。お零れは最下層までには届かないのである。そのようなまやかしの理論を語る前に、まず貧困の問題で大切なのは、貧困の事実を正面から見ることである。山野良一は『子どもの最貧国・日本　学力・心身・社会におよぶ諸影響』（光文社新書・二〇〇八〈平成二〇〉・九）で、「もっと重要なことは、子どもたちの貧困という厳しい事実を隠し続け、まったく問題としない政府の態度です」と述べている。たしかにそうだろう。二〇一六年一月の国会でも、「日本が世界有数の貧困大国だという認識はあるか」という問いに、宰相安倍晋三は「決してそんなことはない」と答弁したと朝日新聞で報じられていた。子どもの貧困については少し言及したらしいが、しかし子どもの六人に一人が貧困であるという事実自体が、貧困大国の立派な証拠なのである。愚劣な宰相安倍にはこのことが理解できないのであろうが、私たちは、「子どもを救え……」という魯迅の叫びを、正面から受けとめなければならない。

因みに宰相の安倍晋三は非正規雇用をますます推進しようとしながら、他方で少子化対策ということも言っている。だが、非正規雇用の人は生活に不安があり子育てどころではないだろう。非正規雇用と少子化は結びついているのだ。このわかりやすい理屈さえ、安倍晋三は理解できないのかも知れない。また、北朝鮮による核攻撃の脅威を述べて危機感を煽りながら、他方で原発の再稼働を推進しようとしている。豊下楢彦が『集団的自衛権と安全保障』（岩波新書、二〇一四・七）で述べているように、約五〇基の原発は六割が日本海側にあり、もしも再稼働された原発が核攻撃されたら、日本は壊滅するだろう。ここにも矛盾がある。

安倍晋三は二〇一三年九月訪米時に「私を右翼の軍国主義者とお呼びになりたいのであれば、どうぞお呼びいただきたい」と発言した。本音を語ったわけだ。政策の矛盾も何のその、安倍晋三の眼は真っ直ぐ〈戦前レジーム〉に向いているのである。私たちは、この愚劣で危険な宰相の政策を食い止めなければならない。

このように現今の社会情勢や思想状況を見てくると、実に暗澹たる気持ちに成らざるを得ないが、しかし他方では社会変革のあるべき方向を指し示す著作も表れたことには勇気づけられる思いがする。次にそれについて見ていきたい。

五　社会変革思想の現在

柄谷行人によると『哲学の起源』（岩波書店、二〇一二〈平成二四〉・一一）は、二〇一〇〈平成二二〉年六月刊の『世界史の構造』（岩波書店）では十分に論じられなかった古代ギリシャ哲学を、それとは別に一冊の本として書かれたものである。だから、『哲学の起源』は『世界史の構造』を踏まえて書かれたものであり、もちろんテーマの上においても連続している本である。そのことを柄谷行人は明示すべく、『哲学の起源』には巻末に「附録」として「『世界史の構造』から『哲学の起源』へ」という文章を収めていて、その文章で『世界史の構造』の要旨とともに、何がポイントなのかについても述べている。つまり『世界史の構造』の論述は、社会構成体の歴史を生産様式からではなく交換様式から見る試みであったが、それは、交換様式の歴史を「A互酬」から「B略取と再分配」へ、そして「C商品と交換」へと進んできたと捉え、それらの段階に応じて世界システムも「Aミニ世界システム」「B世界＝帝国」「C世界＝経済（近代世界システム）」というふうに変化してきたとするものであった。

ここで大切なのは、それらの段階の後に来るべき「D」の段階である。柄谷行人は、「D」とは「A」における「互酬＝相互扶助的」な関係を高次元で回復するもの」であると言う。すなわち、来るべき理想社会とは、「相互扶助的」な社会であり、且つ自由と平等とが共に成立している社会のことなのである。もっとも、『世界史の構造』では未来の「D」における交換様式の中味は、当然のことながら不分明であるために、「D」は「X」としてしか書き表されていなかったのだが、しかし『哲学の起源』では「私はその最初の事例を、イオニアの政治と思想に見出した」と語っている。『哲学の起源』はイオニア社会のあり方と、その社会が古代ギリシア哲学に与えた影響についても述べられた本である。

柄谷行人はハンナ・アーレントの『革命について』の中の論述を援用しつつ、こう語る。ギリシアにおけるデモクラシーの進展はアテネを中心に語られているが、そのデモクラシーよりもイオニアにあった「イソノミア」に眼を向けるべきだ、と。「イソノミア」とは「無支配」のことであって、「イオニアでは、人々は伝統的な支配関係から自由であった」し、また「人々は実際に経済的にも平等であった」のである。それは、「イオニアのイソノミアが独立自営の農業や商工業の発達とともに形成された」からで、たとえば土地を持たない者は「他人の土地で働くかわりに、別の都市に移住した、そのため大土地所有が成立しなかった」のであり、「その意味で、「自由」が「平等」をもたらした」。イオニアの諸都市は氏族的伝統を持たない植民者によって形成され、彼らは血縁的地縁的な繋がりから自由であり、ポリスに所属するのは彼らがポリスを「自発的に選んだ」からであって、それらのことが「イソノミア」を成り立たせていたのだ。それに対してアテネの「デモクラシー」では「財産において不平等がある」し、何よりもそれは奴隷制と裏腹の関係にあった。

柄谷行人の論述は、ソクラテスや樽の中の哲学者であるディオゲネスなどの哲学が「イソノミア」の精神を受け継ぐものであることにまで論及していて、これまでのギリシア哲学観に訂正を迫る興味深いものとなっているのだが、もちろん本当に「イオニアのイソノミア」がそのように言えるかどうかは、専門家の判断を俟《ま》たなければならないだろう。しかし実証的な当否よりも大切なのは、人類が到達した最終的な形態であるかのように現在考えられている「自由‐民主主義は最後の形態などではない。それを越える道はあるのだ」と柄谷行人が述べていて、その「越える道」の萌芽を「イソノミア」に見ようとしていることである。理想社会の萌芽は過去において現実にあったのであり、その原理は「イソノミア」である、と。

柄谷行人と同様に来るべき社会のあり方を模索しようとする試みが、経済学者の大内秀明の『ウィリアム・モリスのマルクス主義　アーツ&クラフツ運動の源流』（平凡社新書、二〇一二・六）である。モリスはジョン・ラスキンとともにイギリスの社会主義者であるが、彼は労働を創造の喜びのある芸術活動のようなものにしなければならないと考え、また行政の単位は人々が参画し「相互に意識的に「アソシエーション」に関与する」「分権的な小単位」であるべきだとした。しかし、その社会への移行は権力を奪取して強権的に推し進めていくものであってはならない。それについて大内秀明は、「つまり、革命は段階的に進むし、人類の理想に向けて、永続的な変革となります」、と述べている。したがって、社会変革は「あくまでも、下からの自由な教育など、自主的で主体的な努力を通しての意識の変革と形成に基づくものでなければならない」のである。そして、その分権的な社会主義は国民国家を越えるものになるであろう。

大内秀明は、モリスの社会主義を国家社会主義とは違う「共同体社会主義」だと述べているが、もちろんその場合の「共同体」とは地縁的血縁的なものではなく、イオニアのそれのように人々が「自主的に選んだ」ものである。さらに大内秀明は、モリスが倫理を重んじていることから彼の社会主義は「倫理社会主義」だとも述べている。因みにモリスはラスキンの影響を受けた社会主義者だが、やはりラスキンから学んだ賀川豊彦もモリスと同様な論を語っている。ただ、賀川豊彦は「倫理社会主義」ではなく「人格社会主義」という言葉を用いているのだが、両者の内容には通じるものがあることは言うまでもない。

倫理については、テリー・イーグルトンは『批評とは何か　イーグルトン、すべてを語る』(大橋洋一訳、青土社、二〇一二・二)で、「(略)倫理とは、生の充溢や、実り豊かで多様な自己実現や、力強さや、喜び、潜在能力の豊富さなどを扱うものです」として、「この意味で、マルクスは、絶対的に倫理的思想家です」と述べている。さらにイーグルトンは「罪の対極にあるのは愛です」と述べた後、「しかし、もし私たちの相互に傷つけあうようなことをした動物としての存在のありようが変革され視界から消えたときには、罪も完全に克服されうるのです」と語る。イーグルトンの言う「愛」の概念の中には、相互扶助や「イソノミア（無支配）」、そして自由や平等、さらには創造の喜びなども内包されていると言えよう。二一世紀の世界が進むべき道筋は、これらの方向にあるのではないだろうか。

すでに見てきたように、日本の社会は危険水域に入ろうとしている。これは極めて憂慮される事態である。しかし、本稿の最後で述べたようにあり得べき未来を語る希望の著書も表れている。私たちは、そのあり得べき未来の方向に進んで行かなければならない。

あとがき

本書は、この数年に発表した論文によって構成されている。その中には、講演原稿や発表原稿を論文にまとめたものもある。「I」の「漱石文学と探偵小説」は、二〇一六年四月に開かれた「京都漱石の會」第17回定例会での講演原稿を論文にしたものであり、また「正宗白鳥――絶対志向と懐疑精神」は二〇一一年一二月に吉備路文学館で行った講演を、「里村欣三論――弱者への眼差し」は二〇一二年七月に里村欣三の郷里の日生町で開催された「里村欣三生誕一一〇年記念講演会」で行った講演を論文にまとめたものである。講演にあたっては、「京都漱石の會」代表の丹治伊津子氏、吉備路文学館副館長の熊代正英氏、そして里村欣三顕彰会会長の田原隆雄氏にお世話になった。

「II」の「永瀬清子をめぐる詩想のつながり――高良とみ・高良留美子・タゴール」は、二〇一二年九月に岡山県赤磐市の、永瀬清子展示室がある熊山公民館で行った講演を踏まえた論文である。「二一世紀から見る井伏鱒二」は、二〇一六年七月の「鱒二忌」に「ふくやま文学館」で行った講演を論文にしたものである。永瀬清子の講演では、永瀬清子展示室の職員であり永瀬清子の研究家でもある白根直子氏に、井伏鱒二の講演では「ふくやま文学館」の館長である岩崎文人氏にお世話になった。

「III」の「老いの中の光と影――日本の現代文学から」は、勤務校での公開講座での話を論文にしたものであり、「井上靖『孔子』論」は、二〇一五年七月に北上市で開催された「井上靖研究会」での研究発表を論文にまとめたものである。

これらの講演や発表は、いずれも依頼もしくは慫慂されたものであるが、他の論文もほぼ同様の事情から作成したものである。このように声をかけていただいたことで、私にとっては新しい領域や作家を研究することができたわけであり、声をかけてくださった方々には、お礼を申し上げる次第である。

前著である『教師像——文学に見る』（新読書社、二〇一五・一二）の「あとがき」に私は次のようなことを書いた。「現在、日本は右傾化の方向に大きく傾いている。やがて、極めて憂慮されるような事態が出来《しゅったい》するのではないかと懸念される。どう見ても聡明とは言えない為政者たちが、日本を変な方向に引っ張って行こうとしているからである。そうなったときには、最も困難な状況に見舞われるのが、教育の現場であろう」、と。

残念ながら、一年後の現在においてもその危険な動向に変わりはない。教育の現場は極めて厳しい状況に直面すると考えられるが、しかし「困難な状況に見舞われるのは教育の現場」だけではない。そのとき、私たちはその状況にどう立ち向かえばいいのであろうか。そういう状況に対峙する姿勢とは、おそらく硬直した姿勢ではなく柔らかくしなやかでありつつ、しかしながらあくまでも原則を堅持しながら、譲れないことに対しては一歩も引かないような、勁《つよ》い姿勢であろう。

「柔軟《じゅうなん》と屹立《きつりつ》」という本書の主題目には、そういう思いも込めたのであるが、たとえば本書で扱った井伏鱒二はまさにそういう文学者であったと言えよう。本書で扱った文学者で言えば、三好十郎もそうであるし、安岡章太郎や吉行淳之介などの「第三の新人」たちも、「柔軟」でありつつ「屹立」しているような精神が確かにあったと言える。もちろん、正宗白鳥や永瀬清子、井上靖などにも、同様のことは言えなくはないだろう。「屹立」しつつ「柔軟」さを失わない姿勢で、現代という時代の言わば悪気流に抗していかなければならないと考えている。もちろん、私たちは何としてでも、そういう危険な状況が全面化することを阻止しなければならない。何としてでも、である。

厳しく暗い「あとがき」になってしまったが、しかし未来に希望は無くはないのである。本書の最後の論文「現代の文学と思想——反動化が進む中で」の最終節「社会変革思想の現在」で述べたように、相互扶助やイソノミヤ（無支配）、そして自由と平等、さらには創造の喜びなどが存在するような社会を、私たちは目ざすべきであり、それは決して不可能ではないと思われる。

本書の出版にあたっては、御茶の水書房の橋本盛作社長、そして本書を担当して下さった黒川恵子氏には、今回もたいへんお世話になった。お礼申し上げる。

本書は、私の勤務校であるノートルダム清心女子大学の学内出版助成を受けている。高木孝子学長をはじめ関係各位に感謝申し上げる。

二〇一六年九月

綾目広治

初出一覧

Ⅰ　戦前まで

作者の虚構と読者の虚構――森鷗外「舞姫」（文芸教育）97、新読書社、二〇一二・四）

「京都漱石の會」第17定例会（二〇一六・四）における講演「漱石文学と探偵小説」を論文にまとめた。

正宗白鳥――絶対志向と懐疑精神（「清心語文」第十四号、二〇一二・九）

里村欣三論――弱者への眼差し（『里村欣三の眼差し――里村欣三生誕百十年記念誌――』、吉備人出版、二〇一三・二）

「地球図」論（『太宰治研究24』、和泉書院、二〇一六・六）

東南アジアの戦線（『コレクション・モダン都市文化　第97巻　東南アジアの戦線』）、ゆまに書房、二〇一四・六）

Ⅱ　戦前から戦後へ

永瀬清子をめぐる詩想のつながり――高良とみ・高良留美子・タゴール――（「ノートルダム清心女子大学紀要　日本語・日本文学編」通巻四十九号、二〇一四・三）

不条理をめぐる論争から――シェストフ論争と『異邦人』論争――（「昭和文学研究」第65集、二〇一二・九）

『恐怖の季節』論――「ヘド」は正しく吐かれている」（「三好十郎研究」第六号、二〇一三・一二）
二〇一六年七月に行われた「ふくやま文学館」主催の「鱒二忌」での講演「21 世紀の井伏鱒二」を論文にまとめた。
「第三の新人」論――核家族・母・そして受験（「昭和文学研究」第72集、二〇一六・三）
筒井康隆「超虚構」の構想と実践（「国文学 解釈と鑑賞」第76巻9号、二〇一一・九）

Ⅲ 現代へ

老いの中の光と影――日本の現代文学から見る――（「ノートルダム清心女子大学紀要 文化学編」通巻号、二〇一四・三）
井上靖『孔子』論――社会改良家としての孔子像（「井上靖研究」第15号、二〇一六・七）
労働と文学――非正規雇用と自己責任のなかで（『社会文学の三〇年 バブル経済 冷戦崩壊 3・11』日本社会文学会編、菁柿堂、二〇一六・八）
原発と沖縄と文学――差別社会日本（『3・11から一年 近現代を問い直す言説の構築に向けて』、本山美彦他編、御茶の水書房、二〇一二・五）
「清心語文」第十七号（二〇一五・一一）に掲載した論文「現代の文学と思想――反動化が進む中で――」に、「千年紀文学」一一三号に掲載した小論「「子どもを救え……」魯迅」を加えて一つの論文にまとめた。

人名索引

〔主題的に論じている人名の当該論文箇所、及び注記の箇所については除外している。外国人名については寛容の日本語表記に従った。事項を表す言葉に含まれている人名についても、人名索引の中で取り上げた。〕

あ行

か行

さ行

た行

な行

は行

ま行

や行

ら行

わ行

〔著者略歴〕

綾目広治　（あやめ　ひろはる）

1953年広島市生まれ。京都大学経済学部卒業。広島大学大学院文学研究科博士後期課程中退。現在、ノートルダム清心女子大学教授。「千年紀文学の会」会員。
著書に『脱＝文学研究　ポストモダニズム批評に抗して』（日本図書センター、1999年）、『倫理的で政治的な批評へ　日本近代文学の批判的研究』（皓星社、2004年）、『批判と抵抗　日本文学と国家・資本主義・戦争』（御茶の水書房、2006年）、『理論と逸脱　文学研究と政治経済・笑い・世界』（御茶の水書房、2008年）、『小川洋子　見えない世界を見つめて』（勉誠出版、2009年）、『反骨と変革　日本近代文学と女性・老い・格差』（御茶の水書房、2012年）、『松本清張　戦後社会・世界・天皇制』（御茶の水書房、2014年）、『教師像—文学に見る』（新読書社、2015年）。編著に『東南アジアの戦線　モダン都市コレクション97』（ゆまに書房、2014年）、共編著に『経済・労働・格差　文学に見る』（冬至書房、2008年）、共著に『概説日本政治思想史』（ミネルヴァ書房、2009年）など。

柔軟《じゅうなん》と屹立《きつりつ》——日本近代文学《にほんきんだいぶんがく》と弱者《じゃくしゃ》・母性《ぼせい》・労働《ろうどう》

2016年12月28日　第1版第1刷発行

著　者——綾目広治

発行者——橋本盛作

発行所——株式会社御茶の水書房

〒113-0033　東京都文京区本郷5-30-20
電話　03-5684-0751

印刷・製本　東港出版印刷株式会社

Printed in Japan
ISBN978-4-275-02059-8 C3095

装画：中村ちとせ「チューリップの苦重い　2015」　装丁：AKIO